만 년 만에 귀환한 플레이어

나비계곡 퓨전 판타지 장편소설

WISHBOOKS FUSION FANTASY STORY

만 년 만에 귀환한 플레이어 17

나비계곡 퓨전 판타지 장편소설

초판 1쇄 찍은 날 | 2020년 12월 23일
초판 1쇄 펴낸 날 | 2020년 12월 31일

지은이 | 나비계곡
펴낸이 | 권태완 우천제

기획 | 위시북스
편집책임 | 한준만
편집 | 위시북스

펴낸곳 | (주)케이더블유북스
등록번호 | 제25100-2015-43호
등록일자 | 2015. 5. 4
KFN | 제2-65호

주소 | 서울시 구로구 디지털로31길 38-9, 401호
전화 | 070-8892-7937 팩스 | 02-866-4627
E-mail | fantasy@kwbooks.co.kr

ⓒ나비계곡, 2019

ISBN 979-11-293-7024-2 04810
      979-11-293-3914-0 (set)

※ 파본은 구입하신 서점에서 교환하여 드립니다.
※ 저자와 협의하여 인지를 붙이지 않습니다.
※ 이 책은 케이더블유북스와 저작자의 계약에 의해 출판된 것이므로 무단 전재 및 유포, 공유를 금합니다.
※ 이 도서의 국립중앙도서관 출판시도서목록(CIP)은 서지정보유통지원시스템 홈페이지 (http://seoji.go.kr)와 국가자료공동목록시스템(http://www.nl.go.kr/kolisnet)에서 이용하실 수 있습니다.

귀환한 플레이어 만년 만에

나비계곡 퓨전 판타지 장편소설

WISHBOOKS FUSION FANTASY STORY

17

만년 만에 귀환한 플레이어

CONTENTS

1장 GAME OVER	7
2장 닿지 않은 목소리	19
3장 라그나로크	73
4장 짊어진 무게	119
5장 에르노어 사절단	155
6장 또 한 명의 주인공	200
7장 사랑하는 동생을 위해	225
8장 벽을 넘다	259
9장 빛의 은총을 받아볼 생각 없니?	296
10장 영혼의 동반자	308

· 1장 ·
GAME OVER

"으음, 이미 임자가 있는 몸이었소?"

제우스는 슬쩍 강우를 바라보았다.

살피듯 강우를 위아래로 훑어보더니 이내 특유의 능글맞은 미소를 입가에 머금으며 말을 이었다.

"당신처럼 아름다운 파랑새에게는 어울리는 않는 남자군."

호탕한 웃음을 터뜨리며 은근한 눈빛으로 한설아를 돌아보았다.

"단언컨대, 저자보다 훨씬 더 당신을 행복하게 만들어 드릴 수 있소."

"……시끄, 러워요."

"하하하! 좋군! 따기 어려운 꽃만큼 남자를 뜨겁게 만드는 건 없지!"

제우스는 불쾌하다는 듯 날카롭게 쏘아붙이는 한설아를 바라보며 오히려 더욱 큰 웃음을 터뜨렸다.

이내 그는 한설아를 위아래로 훑어보며 탄성을 흘렸다.

"아프로디테가 오더라도 당신의 아름다움에는 고개를 숙일 거요! 물질계에 이런 귀중한 보석이 숨어 있을 줄이야……."

한설아를 보며 연신 탄성을 내뱉던 제우스는 강우의 뒤편에 서 있는 또 하나의 여인을 돌아보았다.

"오오, 세상에 어찌 이런 일이 있을 수가!"

리리스를 바라보는 제우스의 눈이 빛이 나듯 반짝였다.

"하하하, 하나도 아니고 두 송이의 꽃이 이렇게 나란히 있다니! 마치 축제에 온 것 같은 기분이군!"

"어머, 과찬의 말씀 감사해요."

리리스는 방긋 웃으며 강우를 향해 다가갔다.

"그런데 어쩌죠?"

강우의 어깨에 손을 올리며, 야릇한 미소를 입가에 지었다.

"두 꽃송이를 이미 모두 가진 남자가 여기 있는데."

"흐음."

제우스는 살짝 당혹스럽다는 듯 침음을 흘렸다. 그러더니 이내 강우를 돌아보며 호탕하게 웃었다.

"하하하! 이거 난처하게 됐군. 혹시 지금이라도 생각을 바꾸고 가이아 님의 말씀을 따르지 않겠는가? 이대로라면 자네의 사랑스러운 여인들 앞에서 꼴사나운 모습을 보이고 말 텐데!"

"제우스!"

참다못한 가이아가 버럭 소리쳤다.

"내가 정신 좀 차리라고 분명 말하지 않았느냐?"

"하하하. 농담입니다, 어머니. 아무리 저라고 해도 이미 짝이 있는 여인까지 욕심내진 않는다고요."

"헛소리! 신계에서 사고를 친 것만 해도 몇 번인 줄 잊었느냐?"

"아, 그랬나요?"

제우스는 능글맞은 미소를 지우며 강우를 돌아보았다.

"그래서, 자네가 시험에 떨어진다면 잠시 자네의 연인과 단둘이 시간을 가져도 괜찮겠나?"

"……싫, 어요."

그의 물음에 답한 것은 한설아였다.

한설아는 강우의 뒤에 숨은 채, 파르르 몸을 떨며 팔을 끌어안았다. 그러더니 으드득, 사납게 이를 갈았다.

"왜, 저랑 강우 씨 사이를 방해하려고 하는 거예요?"

공허한 눈빛으로 제우스를 노려보았다.

"하하하. 방해하려는 것이 아니오. 그저 연인이라는 답답한 굴레에 묶여 있는 꽃을 그냥 바라보는 것이 너무 안타까울 뿐."

제우스는 호탕하게 웃었다.

능글맞은 그의 태도에 한설아는 거칠게 표정을 일그러뜨렸다. 그녀의 등 뒤에 반투명한 열두 장의 날개가 돋아나려고 할 때였다.

"진정해, 임자."

"……강우 씨?"

강우는 한설아의 어깨를 잡아 살며시 팔을 빼냈다.
제우스를 돌아보며 슬쩍 미소를 지었다.
"그렇게 하죠. 다만, 제가 자격시험을 통과했을 때는 제 부탁을 하나 들어주실 수 있으시겠습니까?"
"하하하! 얼마든지! 번개의 신격을 걸고 맹세하지!"
제우스는 호탕하게 웃으며 고개를 끄덕였다.
강우의 입가에 환한 미소가 지어졌다.
"자, 그럼."
제우스는 어깨를 으쓱이며 가이아를 돌아보았다.
"여기 근처에 자격을 시험하기 좋은 장소는 있습니까?"
"……제우스."
"하하하, 그렇게 걱정하지 않으셔도 어머니의 사랑하는 권속에게 심하게 손을 대지는 않을 겁니다."
주변을 두리번거리던 제우스는 가볍게 손가락을 튕겼다.
파지직.
그의 손에서 빠져나간 푸른 스파크가 벽을 타고 퍼졌다.
"오, 마침 좋은 장소가 있군."
그렇게 말하며 제우스는 발걸음을 옮겼다. 그가 찾은 곳은 김시훈이 즐겨 사용하던 널찍한 수련장이었다.
강우가 제우스의 뒤를 따라 수련장 안으로 들어가려고 할 때였다.
"나의 아이야. 다시 생각해 보거라."
가이아는 초조한 표정으로 강우의 팔을 잡았다.

"제우스는 전투 면에서는 올림푸스에서 따를 신이 없는 존재다. 네가 아무리 나의 힘을 받았다고는 하지만…… 제우스를 상대로는 힘들 것이다."

걱정 어린 가이아의 애원에 강우는 살며시 웃었다.

아무런 대답도 하지 않은 채 수련장 안으로 발걸음을 옮기는 강우의 뒷모습을 가이아가 안타깝다는 듯 바라보았다.

우라노스가 천천히 다가와 가이아의 어깨를 잡았다.

"너무 걱정하지 마십쇼. 제우스가 선을 넘을 것 같으면 제가 가서 막겠습니다."

"하지만……."

"가이아 님의 권속도 이번 기회에 신의 힘에 대해 제대로 느끼지 않겠습니까? 모든 신을 통제한다는 말도 안 되는 계획도 포기할 것입니다."

가이아는 걱정스럽다는 듯 파르르 몸을 떨며 두 손을 모았다.

그녀의 몸에서 흘러나온 새하얀 빛이 강우를 향해 흘러 들어갔다. 최소한 강우가 크게 다치지 않도록 신성으로 이루어진 보호막으로 강우의 몸을 덮었다.

"하하. 여전히 권속 사랑이 남다르시단 말이야."

제우스도 그 사실을 눈치챘는지 소탈한 웃음을 흘렸다.

"자, 그럼 어디 한번 먼저 공격해 보거라."

제우스는 느긋한 표정으로 강우에게 말했다.

강우는 활짝 웃으며 정중히 고개를 숙였다.

"한 수 배우겠습니다."

"하하하! 그래도 예의는 갖추고 있는 인간이로군! 걱정하지 마라, 네 연인이 보는 앞에서 너무 꼴사나운 모습을 보이지 않도록 신경…….''

허공에 녹아들 듯, 강우가 황금빛 광휘로 변해 사라졌다.

턱.

"응?"

제우스의 뒤로 이동한 강우가 그의 목덜미를 붙잡았다.

움켜쥔 머리를 밑으로 내려찍으며 무릎을 들어 올렸다.

뻐억!

"커헉!"

정확히 무릎에 내려 찍힌 제우스의 입에서 비명이 터졌다.

강우는 두 손으로 제우스의 머리를 잡고 연달아 무릎을 처올렸다. 제우스의 신격이 박살 나 터져 나가며 코뼈가 짓뭉개졌다.

"자, 잠…….''

종잇장처럼 찢겨 나간 신격의 보호에 제우스가 다급히 외쳤다.

강우는 제우스의 뒷덜미를 잡은 채 그의 머리를 바닥에 처박았다.

차자자작!!

가볍게 발을 구르자 황금빛으로 이루어진 검이 송곳처럼 바닥에서 솟아올랐다. 수백 개는 가볍게 넘을 법한 검이 솟구친 바닥은 마치 검으로 이루어진 무덤을 보는 듯했다.

바닥에 처박은 제우스의 머리를 잡고, 달렸다.

콰드드득!

"아아아아악!!!"

끔찍한 비명이 터져 나왔다. 광휘의 검이 솟구친 바닥에 말 그대로 머리가 갈린 제우스는 피투성이가 된 채 필사적으로 몸을 비틀었다.

"허억, 허억, 허억!"

강우의 손에서 빠져나온 제우스는 다급하게 숨을 헐떡였다. 그는 믿을 수 없다는 듯 강우를 바라보았다.

"어, 어떻게 신격의 보호를······."

"그야 저도 신격이 있으니까요."

"······뭐?"

태연한 대답에 제우스는 당황스러운 표정으로 강우를 바라보았다.

잠시 가이아를 향해 시선을 돌렸지만 이내 고개를 저었다. 화신이 아닌 이상, 직접적으로 신격을 전달받는 것은 불가능했다.

'그렇다면.'

스스로의 힘으로, 신격을 획득했다는 의미. 그것이 얼마나 경이로운 일인지 제우스는 잘 알고 있었다.

"이거 실례했군."

제우스는 강우를 얕잡아 보던 시선을 거두고, 두 다리를 어깨너비로 벌렸다.

"자네의 신명을 알려줄 수 있나?"

파지직!!

제우스의 눈이 빛나며, 푸른빛 전하가 전신을 뒤덮었다.

방금 전 능글맞은 표정은 어디 갔는지 강우를 바라보는 그의 표정에는 번개의 신으로서의 근엄함이 물씬 흘러나왔다.
　강우는 제우스를 바라보며 나지막이 입을 열었다.
　"광휘."
　그의 신명을, 수많은 역경과 고난을 뛰어넘으며 손에 쥐었던 신격의 이름을 입에 담았다.
　"제 신명은 광휘(光輝)입니다."
　눈을 뜨기 힘들 정도로 찬란한 광휘가 수호의 전당을 가득 채웠다.

　[가이아의 권속, 광휘의 신이 올림푸스에 정식으로 소속됩니다.]
　[오류, 오류.]
　[광휘의 신의 올림푸스 가입이 알 수 없는 이유로 취소되었습니다.]

　번개의 신 제우스와 광휘의 신 오강우의 격돌. 일방적이리라 예상했던 둘의 전투는 전혀 다른 방향으로 끝을 맺어버리고 말았다.
　"이, 이럴 수가."
　두 신들의 전투를 바라보고 있던 헤라클레스는 경악에 찬 표정으로 입을 벌렸다. 아찔한 전율이 등골을 타고 퍼졌다.

전투는 압도적이었다. 문제는.

"쿨, 럭! 크으으."

바닥에 쓰러져 나뒹굴고 있는 것이 올림푸스 최강의 신 중 하나, 제우스였다는 거지만.

"져, 졌다."

제우스는 강우를 향해 고개를 숙이며 말했다.

인정하고 싶지 않아도, 이렇게 압도적으로 두들겨 맞은 이상 인정할 수밖에 없었다. 자신은 패배했다. 처참하다는 표현조차 아까울 정도로 압도적으로.

"과연…… 모든 신들을 통제하겠다는 말이 헛소리가 아니었군."

제우스는 순순히 고개를 끄덕이며 말했다.

단순히 최상격 신격을 지닌 것이 문제가 아니었다. 설사 올림푸스의 신들 전원이 달려들어도 상대할 수 있을까 의심스러울 정도로, 광휘의 신이 지닌 힘은 압도적이었다.

"그럼 제 계획에 따라주시는 거라고 생각해도 좋겠습니까?"

제우스는 굳게 입을 다물며 가이아 쪽을 슬쩍 바라보았다. 가이아는 두 눈을 부릅뜬 채 지금 광경을 믿을 수 없다는 듯 벌어진 입을 다물지 못하고 있었다.

제우스가 작게 고개를 끄덕였다.

"최종적인 선택은 어머니가 내리시겠지만, 적어도 나는 따르도록 하지."

이렇게 압도적인 패배를 겪었다. 여기서 발뺌을 하는 것은 그의 자존심이 허락지 않았다.

강우는 방긋 웃었다.

가이아의 반응은 굳이 볼 것도 없었다. 자신이 내뱉은 말이 허황된 말이 아니라는 것은 이미 충분히 깨달았을 테니까.

"자, 그러면."

강우는 제우스의 어깨를 잡았다. 이미 원하는 것은 다 이뤘지만, 그렇다고 해서 아까 전 제우스가 한설아와 리리스에게 추파를 던진 것을 그냥 넘어갈 생각은 없었다.

"아까 전에 말씀드린 부탁을 해도 될까요?"

"으음."

제우스는 난처한 표정으로 시선을 피했다. 당연히 이길 줄 알고 신격까지 걸었건만, 막상 이렇게 되니 짙은 후회가 밀려왔다.

"……무슨 부탁인지 말해보아라."

"아, 별일 아닙니다. 제우스 님은 그냥 가만히 계시면 되는 거죠."

"……?"

"잠시만 저를 따라와 주세요."

강우는 바닥에 쓰러진 제우스의 손을 잡아 일으키며 환한 미소를 지었다.

가이아에게는 제우스와 단둘이서 할 얘기가 있다고 둘러댄 강우는 제우스와 함께 수호의 전당 지하로 이동했다. 가디언즈에게 지급할 장비나 포션 등을 모아두는 장소였다.

드르륵. 단단한 철문을 옆으로 밀어 열었다.

"이곳은 어디냐?"

"창고입니다."

"이곳에는 왜……?"

제우스는 이해할 수 없다는 듯 고개를 갸웃거렸다.

강우는 그를 돌아보며 입꼬리를 올렸다.

"제 부탁은 간단합니다. 신격을 비롯한 모든 힘을 사용하지 않고, 이곳에 몇 시간 정도 앉아 계시면 됩니다."

"……뭐?"

뜬금없기 그지없는 제안에 제우스는 눈살을 찌푸렸다.

"으음…… 무슨 생각인지는 모르겠지만, 알았다."

잠시 고개를 갸웃거리던 제우스는 이내 흔쾌히 고개를 끄덕이고 창고에 굴러다니고 있는 의자 하나를 주워 앉았다.

강우는 의자에 앉은 제우스의 뒤로 돌아갔다.

오른손을 앞으로 내밀자 마해의 열쇠에서 질퍽이가 튀어나와 제우스의 얼굴에 폴짝 튀어 올랐다.

"크흡! 이, 이건 뭐……!"

질퍽이가 제우스의 눈을 가렸다. 강우는 날뛰는 제우스의 양팔과 다리를 봉쇄의 권능을 사용해서 단단하게 묶었다.

"크헙! 푸, 풀어라!!"

제우스가 다급히 외쳤다. 하지만 신격에 건 맹세 때문에 힘을 쓸 수 없는 그는 아무리 몸을 뒤틀어도 봉쇄의 권능에서 벗어날 수 없었다.

"제우스 님."

"크웃! 이, 이런 제길! 무슨 짓을 할 셈이냐!"

강우는 몸을 비틀고 있는 제우스의 귓가에 입을 가까이 가져다 대었다.

"그런 말 들어보신 적 있습니까?"

몸부림치는 제우스의 어깨에, 손을 올렸다.

"아름다운 꽃송이에는……."

찔꺽.

"촉수가 달려 있다는 말."

찔꺽, 찔꺽. 창고의 틈에서, 녹색 촉수가 쏟아져 나왔다.

"무, 뭐? 그게, 무슨…… 자, 잠깐! 이, 이상한 소리는 대체 뭐냐!! 크헉! 뭐, 뭔가 몸을 타, 타고, 꺼억!"

"하하하. 나중에 와서 기억을 지워 드릴 테니 너무 걱정하지 마십쇼. 기억이 지워지면 그냥 기분 나쁜 악몽을 한 번 꾼 것처럼 느껴질 겁니다."

트라우마를 심어줄 정도로 끔찍한 악몽이겠지만.

"그럼."

강우는 이쪽을 바라보며 손을 흔드는 리리스를 향해 고개를 까닥이고는 창고의 문 쪽으로 향했다.

"자. 잠깐!! 기, 기다려라!! 제, 제발 이걸 풀어줘!!"

덜컥, 덜컥, 덜컥. 미친 듯이 몸부림치는 제우스를 뒤로한 채.

드르륵.

두꺼운 철문을 닫았다.

"GAME OVER."

쾅.

· 2장 ·
닿지 않은 목소리

가이아를 통해 신계에 새로운 율법이 세워졌다.

가이아와 광휘의 신의 허가를 받지 않은 신들은 물질계에 현신하는 것을 금지한다는, 만약 법을 어겼을 시 이유를 막론하고 신격(神格)을 소멸시키겠다는 터무니없는 율법이.

"반응은 어떻습니까?"

"……예상하고 있던 대로니라."

가이아는 착잡한 표정으로 고개를 끄덕였다.

강우는 고개를 끄덕였다.

하긴. 기껏 족쇄가 풀려 자유를 얻은 신들에게 뜬금없이 새로운 족쇄가 생겼으니 반응이 어떨지는 생각할 필요도 없다. 그래도 티탄의 율법에 의해 제약을 받았을 때는 자신들보다 상위의 존재, 티탄이 만들어낸 규율과 법칙 속에 제약을 받고 있었기에 큰 불만을 토해낼 수 없었을 것이다.

하지만 이번 경우는 다르다. 그들을 제약하고 있는 것은 최상격 신격을 지녔다고는 하나 근본적으로 동격의 존재인 가이아였고, 심지어 광휘의 신은 인간 출신인 가이아의 권속이었다.

신격을 획득했다고는 하나 인간 출신의 신에게 행동을 제약당하다니. 인간을 기준으로 하면 개나 고양이처럼 애완동물로 기르던 존재가 주인에게 목줄을 채운 셈이니 불쾌함을 넘어 모욕감을 느낄 것이 분명했다.

'가만히 있을 리가 있나.'

아무리 올림푸스의 세력이 신들의 세력 중 가장 강대하다고는 하나 이런 터무니없는 독재를 순순히 받아들일 리가 없다.

"이렇게 되면······."

가이아는 걱정스러운 듯 말끝을 흐렸다.

강우는 고개를 끄덕였다.

"뭉치겠죠."

올림푸스의 독재에 대항하기 위해, 반 가이아 파 세력들이 손을 잡기 시작할 것이다. 공통된 적만큼 연대를 이끌어낼 수 있는 것은 손에 꼽았으니까.

가이아와 강우의 대화를 듣고 있던 우라노스가 앞으로 나섰다. 사납게 생긴 인상과는 달리, 칼을 벼린 듯한 날카로운 분위기를 풍기는 신이었다.

"현재까지 정황대로라면 오딘을 주축으로 한 아스가르드의 세력에 반기를 품은 신들이 모이고 있습니다."

"오딘이라······."

가이아는 눈살을 찌푸렸다.

오딘. 최상격 신격을 지닌 신 중 하나로서, 한때 그녀처럼 지구의 수호신의 역할까지 맡았던 신이었다.

마신 바울리와의 전투에서 큰 부상을 입어 수호신의 자리를 내려놓았지만, 그것이 이미 아득한 과거의 일. 이제는 전성기의, 아니, 그 이상의 힘을 가지고 있다고 해도 이상하지 않았다.

"허, 오딘까지 있는 겁니까?"

굉장히 익숙한 이름에 강우는 헛웃음을 흘렸다.

제우스나 헤라클레스를 만났을 때도 그렇지만, 어렸을 적부터 만화나 소설로만 봤던 신화의 존재들이 직접 살아 움직이는 모습은 당최 적응하기 힘든 이질감을 느끼게 만들었다.

"그렇다. 한때 지구의 수호신까지 맡았던 존재지. 그의 아들인 토르도 제우스와 비견될 정도로 강력한 신이다."

"토르는 살은 좀 뺐답니까?"

"응?"

"솔직히 마지막까지 뚱르일 줄은 상상도 못 했는데."

"그게 무슨 소리냐?"

고개를 갸웃거리며 가이아가 물었다.

강우는 어깨를 으쓱이며 화제를 돌렸다.

"그래서, 아스가르드 세력에 붙은 신은 또 누가 있습니까?"

"스사노오라는 신이 있다."

스사노오. 굉장히 오랜만에 들어보는 이름이었다.

'걔 이름이 뭐였더라.'

강우는 눈썹을 좁히며 생각에 잠겼다.

'츠지모토? 아니, 그 사람은 플레이어가 아니라 신이고……
후지모토였나?'

제한적이나마 스사노오를 현신시키는 데 성공했던 플레이어. 그 이름이 안개가 낀 것처럼 흐릿하게 떠올랐다.

'뭐, 어쨌든.'

스사노오라면 일본 신화의 신일 것이다.

'진짜 신들이 더럽게 많긴 하나 보네.'

셀 수 없을 정도로 많은 신화의 신들이 모조리 실존한다면, 그 숫자는 가늠하기 어려울 정도였다.

'괜히 헤라클레스가 미쳤냐고 발작을 일으킨 게 아니었군.'

그 수를 가늠하기 어려울 정도의 신들을 적으로 돌리겠다고 선언한 것이나 마찬가지니, 올림푸스의 신들 입장에서는 거품을 물고 자신을 욕해도 이상하지 않았다. 제우스를 압도적으로 꺾은 것만으로 그의 제안이 통과된 것이 오히려 의아할 정도.

'가이아도 이대로 족쇄를 푼 채로 방치하면 무슨 일이 일어날지 알고 있을 테니까.'

줄초상을 지낸 듯한 그녀의 어두운 표정을 보아하니 지금도 이 계획이 무리수라고 생각하고 있는 모양. 다만 계획이 무리수고 아니고를 떠나서 선택의 여지가 없기에 자신의 제안을 받아들였다고 판단하는 것이 옳다.

어두운 표정의 가이아와는 달리, 강우는 절로 입꼬리가 올라가려는 것을 필사적으로 막고 있었다.

'반기를 든 신들이라.'

강우의 입장에서는 그들이 뭉치면 뭉칠수록, 그 숫자가 감당키 어려울 정도로 많으면 많을수록 좋았다.

쿵쿵.

심장이 뛰며 아릿한 허기가 배를 죄었다.

혀를 내밀어 입술을 핥았다. 에르노어 대륙과 지구를 잇는 균열을 억제하는 도중 보았던 메시지를 떠올렸다.

'초월급 신격.'

최상격 신격의 다음 단계. 그에 대한 실마리가 보인 지금, 일용할 양식들이 늘어난다는 것은 분명 쌍수를 들고 반겨도 좋은 일이었다.

'바알…… 이 다시 보니 선녀 같은 새끼.'

바알의 미친 트롤링으로 분노가 머리끝까지 치고 올라온 적도 있었으나, 막상 이렇게 상황이 진행되고 보니 무조건 나쁘다고만 볼 수 없다는 생각이 들었다.

'어차피 마신의 심장을 제거했다고 해도 완전한 해결책은 되지 않았어.'

늦고 빠르고의 문제였지, 가이아 시스템이 붕괴하는 것은 이미 예정된 미래였다. 오히려 그냥 가이아 시스템이 붕괴했다면 지금처럼 가이아와 레이라가 멀쩡할 리도 없었을 것이다.

'그랬으면 시훈이 멘탈도 아작 났을 거고.'

김시훈의 성격을 생각하면 가이아 시스템이 붕괴함에 따라 서서히 몸이 망가져 가는 레이라를 가만히 보지 못했을 것이다. 저번처럼 악마로 흑화하기라도 했다가는 손을 쓸 수 없을 정도로 상황이 꼬였을 것이다.

'둠시훈이 되는 꼴을 볼 수는 없지.'

김시훈도 레이라도, 이제는 손에서 놓을 수 없는 사람들이다.

'어쨌든 지금 생각해 보면 그렇게까지 최악의 상황은 아니야.'

솔직히 외계(外界)의 침식은 답이 없는 게 맞다. 구천지옥은 그렇다 치더라도 위성 세계처럼 듣도 보도 못한 세계가 침식하면 대처할 방법 자체가 없으니까.

'가이아 시스템처럼 외계의 침식을 원천적으로 차단할 방법이 없다면.'

남은 방법은 강우 자신이 가이아 시스템과 같은 역할을 대체하는 방법 외에는 없다.

'강제로, 외계의 침식을 틀어막아 버리는 거야.'

그를 위해서라도 초월격 신격을 갖추는 것은 중요했다. 압도적인 힘만큼 어떤 변수에도 완벽하게 대처할 수 있는 건 없었으니까. 아무리 거짓으로 적을 기만하더라도. 뛰어난 웅변으로 적을 감화시키더라도. 그 근간에 힘이 없다면 소리만 요란한 빈 수레에 불과했다.

'그리고 무엇보다.'

강우의 눈빛이 깊게 가라앉았다.

끝을 알 수 없는 무저갱에서 차가운 불꽃이 타올랐다.

'바알.'

단 한 번도 이기지 못한 그 악마를 상대로, 승리해야 한다. 그와의 전투는 필연에 가까웠고, 그를 상대할 수 있는 존재는 자신 외에는 없었다.

아니, 과연 그라고 해서 지금의 바알을 상대할 수 있을까.

'마신의 심장을 가지지 않은 상황에서도 개문이 아니면 상대할 방법이 없었어.'

마신의 심장을 지닌 지금. 그가 얼마나 끔찍한 힘을 가지게 됐는지 추측하는 것조차 아득하다.

'어쩌면 이번에는…….'

강우의 눈이 가늘어졌다.

상상하기조차 싫은, 최악의 가정을 머릿속에 떠올린다.

'개문으로도, 안 될 수도 있다.'

개문(開門)의 최대 한계는 두 번째 문까지다. 세 번째 문은 만마전을 완성하고 난 후 단 한 번도 열어본 적이 없었다.

'세 번째는…… 안 돼.'

고개를 저었다.

세 번째 문을 여는 순간 마해에 대한 통제력을 완전히 상실하게 된다. 비유적 표현이 아니라, 세계 전체가 마해에 집어삼켜지게 될 것이다.

'사용할 수 있는 건 두 번째 문까지.'

그마저도 전투가 길어지면 의식이 날아가 버린다. 최대한 의식이 남아 있는 상태로 개문을 컨트롤하기 위해서는.

'역시 초월격 신격이 필요해.'

과거의 자신은 개문의 1문을 개방하는 것만으로도 의식이 날아갔다. 하지만 지금은 달랐다. 과거와 비교할 수 없을 정도의 경지에 도달한 지금, 일시적이지만 2문의 개방까지 의식이 남아 있는 채로 사용하는 것이 가능했다. 시험해 본 적은 없지만 1문만 개방하는 거라면 며칠은 의식을 유지하는 것이 가능할 정도.

'예전이라면 꿈도 못 꿨을 일이지.'

사실 구천지옥에 있을 때까지만 해도 개문은 자폭기나 다름없는 기술이었다. 바알과의 마지막 전투 외에는 사용한 적도 손에 꼽았다.

'최대한 많이 모여라.'

초월격 신격에 도달하는 조건이 막대한 신격의 공급인지는 알 수 없다. 하지만 이렇게 대량으로 신격을 먹어치울 수 있는 기회가 생긴 이상, 무조건 많이 먹는 게 옳다.

그렇게 아스가르드에 모이고 있는 반 가이아 파 신들을 생각하고 있을 때.

"하아. 나의 아이야. 아무리 생각해도 이건 너무 무모한 짓인 것 같다."

가이아가 딱딱하게 굳은 표정으로 입을 열었다.

"내가 직접 오딘을 찾아가 봐야겠다. 대화로 해결할 수 있는 부분이 있다면 최대한 대화로 해결해 보마."

가이아는 자리에서 일어서며 말했다. 강우가 다급히 그녀의 팔을 붙잡았다.

"가이아 님, 이미 대화가 성립될 상황이 아닌 걸 알고 계시지 않습니까."

"해보지 않기 전에는 모르는 일 아니냐. 다행히 오딘은 그렇게 꽉 막힌 놈이 아니다. 어느 정도라면 이해를……."

"안 됩니다."

강우는 단호한 목소리로 말했다.

'대화? 어디서 씨바 대화 같은 소릴 하고 있어.'

진수성찬이 제 발로 만들어지고 있는데 미쳤다고 테이블을 뒤집는단 말인가.

"확실한 본보기를 보여주지 않으면, 결국 고통받고 피를 흘리는 것은 힘없는 사람들입니다."

가이아는 참담한 표정으로 고개를 숙였다.

강우가 어떤 생각으로 이런 말을 하는지 뼈아플 정도로 이해하고 있다. 비록 지금은 신격을 가졌다고는 하나, 본질 자체가 인간인 그는 신에게 적대적일 수밖에 없었다.

"……조금 더 생각을 해보겠다."

결국 가이아는 애매한 대답만을 한 채 강우의 시선을 피했다.

"그럼 아스가르드 세력의 움직임을 계속해서 주시해 주시길 부탁드립니다."

강우는 자리에서 일어서며 말했다.

여기서 더 가이아를 몰아붙이는 것은 그림이 좋지 않다.

'뭔가 손을 써야 하나.'

그런 생각이 머리를 스쳤지만, 이내 고개를 저었다.

'어차피 가만히 시간만 끌어도 오딘 쪽에서 먼저 손을 쓰겠지.'

이미 가이아의 이름을 통해 법안은 공표됐다.

반 가이아 파도 똘똘 힘을 뭉치고 있으니 쌓이고 쌓인 적대감이 폭발하는 것을 기다리는 것이 더 현명했다.

'무조건 폭발할 거야.'

독재 정권이나 다름없는 짓을 했는데, 다른 신들이 가만히 손 빨며 구경할 리가 없었다.

"그러면 저는 이만 가보겠습니다."

강우는 정중히 고개를 숙이며 몸을 돌렸다.

신들의 문제만 있는 것이 아니다. 최근 들어서 게이트에서도 이상 증상이 확인되고 있었다.

'그쪽도 대비를 해둬야지.'

그래도 그건 가디언즈가 있어서 한결 편했다.

우웅.

수호의 전당의 게이트를 넘어 서울로 돌아왔다.

게이트를 연 장소는 강우가 수련 장소로 애용하고 있는 서울 근교에 위치한 산.

"오늘은 임자랑 같이 저녁이나 먹을까."

최근 신계의 문제를 처리하느라 같이 시간을 보내지 못했다. 한설아가 만들어주는 뜨끈한 김치찌개 생각에 입가에 침이 고였다.

그때였다.

"네가 광휘의 신이냐?"

직사각형의 망치를 든, 금발의 사내가 강우를 향해 다가왔다.

"당신은……."

"천둥의 신, 토르라고 한다."

'오, 뭐야.'

벌써 왔어?

'이야, 이거 그래도 좀 시간이 걸릴 줄 알았는데.'

이제 막 반 가이아 파가 모이고 있다고 하지 않았던가. 아무리 그래도 직접 행동으로 나서기까지는 시간이 더 걸리리라고 생각했다.

"가이아 님의 동의를 구하지도 않고 물질계에 현신하다니…… 새로운 법안을 듣지 못하신 겁니까?"

강우는 잉그리움의 검 자루를 쥐며 낮은 목소리로 물었다.

'제우스랑 비슷하다고 했나.'

과연 그 말이 사실일지 입가에 침이 고였다.

"아니, 난 싸우러 온 것이 아니다."

"……예?"

"너와 대화를 나누고 싶다."

대화?

'뭔 씨바 대화 타령이야.'

설마 너네도 대화로 해결할 생각 아니지?

'에이, 설마 그러려고.'

머릿속에 떠오른 생각에 고개를 저었다.

가이아야 지니고 있는 신격이 자애(慈愛)이니 그렇다 치더라도 오딘은 걸어오는 싸움은 피하지 않는 성격이라 들었다.

강우가 가이아를 통해 발표한 법안은 사실상 모든 신들을 잠재적인 악신으로 몰아가고, 동시에 올림푸스의 권력을 티탄 급으로 만드는 것과 마찬가지인 법안이다. 오딘의 입장에서 가만히 있을 수도, 가만히 있어서도 안 되는 도발. 법안이 공표되자마자 바로 반 가이아 파 세력을 규합한 것만 보더라도 그가 가만히 당하고 있을 생각이 없다는 것을 알 수 있었다.

'그런데.'

대화를 하자고? 그것도 아들인 토르를 사자(使者)로 보내면서까지?

'이 새끼 뭔 꿍꿍이가 있는 건가?'

자연스럽게 떠오른 생각은 이것이 오딘의 빅 픽처가 아닐까 하는 생각.

'제발.'

차라리 이것이 가이아의 뒤통수를 후려치기 위한 오딘의 빅 픽처이길 바랐다. 그렇다면 적당히 속아 넘어가는 척해주다가 이쪽에서 뒤통수를 후리면 되는 일이었으니까.

"……대화를 하고 싶다고?"

"그렇다."

토르는 무겁게 가라앉은 표정으로 고개를 끄덕였다.

강우는 그를 노려보며 낮은 목소리로 말을 이었다.

"가이아 님의 뜻에 대해서는 이미 전해줬을 텐데?"

"흐음."

토르는 곤란하다는 듯 침음을 흘렸다.

"가이아 님처럼 온순하신 분이 왜 그렇게 극단적인 선택을 한 건지는 알 수 없지만."

토르를 비롯한 신들은 이번 법안이 강우의 머릿속에서 나왔다고는 생각하지 못한 것 같았다.

하긴. 얼마 전까지만 하더라도 가이아의 권속이었던, 신격을 지닌 지금까지도 권속에 불과한 광휘의 신이 올림푸스 전체의 의지를 이끌고 있다고 어떻게 생각하겠는가. 아마 거의 모든 신들이 이번 법안이 가이아나 우라노스의 머릿속에서 나왔을 것이라고 추측하고 있을 것이다.

"지금 상황이 상황이니 아버지께서는 대화가 먼저라고 말씀하셨다."

그가 단호한 목소리로 말했다.

"이번 법안을 보면 가이아 님께서는 우리가 물질계에 현신했을 때의 혼란을 걱정하시는 것 같더군. 그 점에 대해서는 아버지도 충분히 신경 쓰고 계시고 있다. 아스가르드 내부에서도 물질계에 혼란을 일으키는 신들에 대한 대비책을 마련 중이지."

'아니.'

"하지만 이렇게 아무런 상의도 없이, 올림푸스에 속하지 않은 신들을 모두 물질계에 혼란을 일으키는 악신으로 당정 짓는 것에 대해서는 유감을 표하셨다."

'뭐야, 씨발 진짜 대화로 해결하려는 것 같은데?'

"별의 수호가 사라진 지금, 외계의 침식을 대비하기 위해서는 라크나로크가 일어나서는 안 될 일이지."

'아니. 뭐야, 뭔데 이렇게 논리적이야.'

너무 정론이라서 반박할 말도 생각 안 나잖아.

'제우스가 빡대가리인 거야 아니면 토르랑 오딘이 뛰어난 거야?'

실로 정확한 상황 판단이었다. 반 가이아 파를 규합하여 일종의 무력시위를 하면서 전면전을 피하고자 회유책을 펼치다니. 가이아가 아닌 자신을 먼저 찾아온 것도 이해가 됐다.

'가이아가 날 끔찍하게 아낀다는 건 이미 소문이 퍼졌으니까.'

저 극단적인 법안이 가이아의 머릿속에 나온 거라면. 무작정 가이아를 설득시키는 것보다 그 주변부터 설득시키는 것이 좋다고 판단했으리라.

'오딘 이 새끼.'

좀 마음에 드네.

'가이아 코인 손절하고 오딘 쪽에 붙을까?'

달콤한 유혹이 머릿속을 스쳤다.

하지만 이내 고개를 저었다.

'아니야.'

이제 와서 가이아 코인을 손절하기에는 투자한 것이 많았다. 그리고 무엇보다 적당히 멍청하고 어수룩한 것이 이용해 먹기 좋지 않은가.

'오딘은 내 입맛대로 움직이기 좀 그래.'

다시 눈물의 똥꼬 쇼를 펼치며 신뢰를 쌓을 시간도 없었다.

"그래서, 잠시 대화를 나눌 수 있겠나? 자네도 지금 가이아 님의 행동이 선을 넘었다는 건 느끼고 있을 텐데."

강우는 굳게 입을 다물었다.

어두운 표정으로 고개를 숙이던 그는, 깊은 한숨을 내쉬며 고개를 끄덕였다.

"예, 저도 사실 지금 가이아 님의 행동이 잘 이해가 되지 않습니다."

가이아의 도를 넘어선 과격한 결단. 모든 신을 적으로 돌리는 것이나 다름없는 그녀의 행동을 쉽게 이해할 수 있을 리가 없었다.

"……하긴, 모든 신들을 상대로 전쟁을 벌이겠다고 선전 포고를 한 셈이지 않은가?"

"가이아 님께서 그만큼 지구의 안전을 신경 쓰고 계시다는 의미죠."

"하지만 결과적으로 그 판단으로 인해 지구가 위험해 처하지 않았는가? 신들 사이에 전쟁이 벌어진다면 지구라고 해서 무사하지는 못할 것이다."

"……."

"예언의 악마가 세계를 집어삼키려고 하고 있다. 이럴 때야말로 신들끼리 협력해야 할 때지. 마신과 싸웠을 때처럼."

토르는 강렬한 의지가 담긴 눈빛으로 말했다.

"아버지께서는 이 법안 자체에 반대하시는 게 아니다. 물질계를 위해서라도 다소 과격한 통제가 필요하다는 것도 이해하고 계시지."

'응?'

토르의 입에서 흘러나온 뜻밖의 말에 강우는 눈살을 찌푸렸다.

"그렇다면······."

"다만, 가이아 님 혼자서 짊어지기에는 너무 무거운 짐이라고 생각하고 계시다."

'호오. 이 새끼들 봐라?'

앞에 늘어놓았던 장황한 설명은 바로 이것을 위함이었던 건가.

'그러니까 뭐 신들의 협력이 중요하고 어쩌고 한 건 그냥 정론이고.'

본심은 올림푸스 세력 혼자서 권력을 독차지하는 것이 마음에 들지 않으니 사이좋게 나눠 가지자는 의미.

'햐, 머리 잘 썼네.'

그 누구보다 먼저 반 가이아 파를 규합한 세력이 속으로는 올림푸스처럼 신들 전체를 통제할 수 있는 권력을 탐내고 있다니. 혁명을 위해 모인 반군의 수장이 속으로는 정부와 사이좋게 국가를 주무르려고 하는 것과 마찬가지인 짓이다.

'진짜 오딘 코인으로 바꿀까?'

생각하면 생각할수록 마음에 드는 놈이었다.

'아니, 아니지.'

처음부터 오딘의 존재를 알았으면 모를까, 이제 와서 갈아타기에는 너무 머나먼 길을 와버렸다. 그리고 언제 외계(外界)의 침식이 본격적으로 시작할지도 알 수 없는 상황에 시간과 노력을 허비할 여건이 되지 않았다.

"그렇군요. 확실히 오딘 님이 함께 해주신다면 다른 신들도 따를 수밖에 없을 겁니다."

강우는 고개를 끄덕였다.

"제가 가이아 님에게 한번 잘 말씀드려 보겠습니다."

"……고맙군."

토르는 희미한 미소를 지었다.

"그러면 나는 이만 돌아가 보마. 나중에 전령을 보낼 테니 상황을 전해주길 바란다."

토르는 손에 든 망치를 허리춤에 묶으며 손을 내밀었다.

강우는 내밀어진 그의 손을 잡고는.

푸욱!

있는 힘껏 당겼다.

잉그리움의 검 자루를 쥐고 있던 팔을 앞으로 내밀었다. 황금빛으로 타오르는 검이 토르의 배를 꿰뚫었다.

"커, 헉."

토르의 두 눈이 부릅뜨였다.

강우는 토르의 심장이 있는 쪽으로 잉그리움을 들어 올렸다.

"크윽!"

허리춤에 묶어둔 망치를 꺼낸 토르는 배에 쑤셔 박힌 잉그리움의 검면을 망설임 없이 후려쳤다. 잉그리움의 검날이 옆으로 튕겨 나가며 뱃가죽이 찢어졌다.

파지지지직!

무시무시한 전하(電荷)가 찢겨진 뱃가죽에서 쏟아졌다. 살이 타들어 가는 소리와 함께 찢겨 나간 뱃가죽이 붙었다.

"쯧, 역시 한 방 컷은 안 되네."

강우는 아쉽다는 듯 혀를 찼다.

"이, 이게 무, 무슨 짓이냐!"

토르는 경악에 찬 표정으로 강우를 올려다보았다.

신격의 보호를 한 번에 뚫고 검을 박아 넣은 것도 경악할 만한 일이었지만, 그보다 갑작스러운 기습이 더욱 이해하기 힘들었다. 대화를 제안하며 보낸 사자(使者)의 배를 찌르다니. 설사 전쟁을 벌일 생각이 있다고 하더라도 결코 해서는 안 되는 금기였다.

"금기는 씨발 무슨 금기. 전쟁이 뭐 애들 장난이냐? 어? 자, 이제 내가 한 대 칠 테니까 너는 잘 준비해서 처맞아. 뭐, 이래 줄까?"

강우는 입가를 비틀어 올렸다.

"전쟁에 예의가 어디 있어 새끼야."

화르르륵.

탐식의 불이 타오른다. 잉그리움의 검신을 타고 흐른 불이 토르의 몸에서 쏟아져 나오는 천둥을 살라 먹었다.

"네, 노옴……!"

토르는 덥수룩한 수염을 파르르 떨며 벌겋게 얼굴을 붉혔다. 천둥의 신이기에 앞서, 명예로운 전사인 그에게 있어 참을 수 없을 정도로 불쾌한 말이었다.

자리에서 일어선 그는 혐오스럽다는 표정으로 강우를 노려보았다.

"광휘의 신은 비록 인간 출신이지만 명예를 아는 전사라고 들었는데…… 내가 잘못 안 것 같군."

"어, 응. 네가 잘못 안 거 맞아."

명예를 아는 전사라니. 듣기만 해도 속이 울렁거리네.

"죽고 죽이는 데 명예 타령은 씨팔. 그러는 새끼가 이번 기회를 노려서 올림푸스랑 손잡고 권력을 쥐려고 했냐?"

"그건……."

"또 아니라고 해라. 하여튼 씨바 포장은 기가 막히게 잘해요. 세계를 위해서? 외계의 침식을 막아?"

아주 지랄을 해라.

"그러는 놈들이 법안을 공표하자마자 바로 반기를 들 세력을 규합하고, 뒤쪽으로는 서로 권력을 나눠 가지자고 접근해?"

헛웃음을 흘렸다.

"너희 쪽에 스사노오인가, 개도 붙었지? 개도 이 사실 알고 있냐? 응? 반 가이아 파고 뭐고 아스가르드랑 올림푸스랑 손잡고 신들을 주물럭거리자고 한 거 아니고."

"……."

"모르지? 알 리가 있나. 말하면 그 순간 반 가이아 파고 나발이고 뒤집어질 텐데."

캬악, 퉤.

침을 뱉었다.

"박쥐 새끼마냥 여기저기 기웃거리는 새끼들이 말은 드럽게 많아요."

"닥쳐라! 네가 아버지의 깊은 뜻을 뭘 안다고 지껄이는 거냐!!"

"뭘 아냐고?"

강우는 낄낄 웃었다.

"사실 나도 잘 몰라."

어쩌면 오딘이 권력을 탐한 것이 아닐 수도 있다. 정말 순순한 마음에서, 세계의 평화를 위해 손을 내민 걸 수도 있겠지.

실제로 아스가르드의 신들과 손을 잡으면 신들 사이에 전쟁은 일어나지 않을 것이다. 하지만.

"근데 말이야."

그래서 어쩌란 말인가?

"그게 뭐가 중요하지?"

"……뭐?"

초월급 신격에 도달하기 위해서는 막대한 신성이 필요하다. 그리고 가이아를 반대하며 똘똘 뭉친 신들만큼 먹음직스러운 먹잇감은 없다.

그렇다면.

"진실은 중요하지 않아."

필요하다면. 무슨 수를 써서라도, 호의를 짓밟고 뒤틀더라도. 손에 쥐면 되는 것이다. 그렇게 살아왔고. 그렇게 견뎌왔고. 그렇게 '승리'해 왔다.

"진실처럼 보이는 것들만이 중요할 뿐이지."

강우는 짙게 웃었다.

오딘의 진의(眞意)가 무엇인지 알게 뭐란 말인가. 그는 권력을 탐하는 사악한 야심가이자, 비겁한 기회주의자. 그것으로 족하다.

만약 그렇지 않다면.

'내 손으로.'

그렇게 만들어주리라.

"……네, 놈."

토르는 경악에 찬 표정으로 몸을 떨었다.

뒤틀려 있다. 망가져 있다. 눈앞의 인간은…… 아니, 인간의 껍데기를 쓴 무언가는 '어긋'나 있었다.

굳게 입을 다문 토르가 사납게 표정을 일그러뜨렸다.

손에 쥔 묠니르에 힘을 더하자 푸른 전하가 장막처럼 그의 몸을 덮었다.

"나는 토르."

묠니르를 높게 쳐들었다. 그러자 하늘에 검은 먹구름이 끼며 푸른 번개가 그를 향해 내리쳤다.

강렬한 목소리로 외쳤다.

"위대한 오딘의 아들이자, 천둥의 신이다!!"

콰르르릉!

대지가 진동하며, 무시무시한 힘이 사방으로 뻗어 나갔다.

강우는 잉그리움을 빙글 돌리며 입가를 비틀어 올렸다.

"나는 오강우."

장난스럽게 돌리던 잉그리움을 높게 쳐든다.

"위대한…… 어, 잠깐."

나 고아잖아? 바울리가 지가 엄마라고 하긴 했는데 솔직히 그 덩치에서 내가 태어났다고 볼 수는 없고.

강우의 표정이 사납게 일그러졌다.

"이 개새끼…… 감히 패드립을 쳐?"

"뭐?"

"부모가 없는 슬픔을, 그 외로움을! 네가 알아 이 새끼야? 어? 아냐고!"

그런데 눈앞에서 갑자기 아버지 자랑을 한다고?

"이 쓰레기 자식……."

강우는 입술을 깨물었다. 마음속 깊은 곳에 꽁꽁 숨겨놓은 상처를 끄집어내 헤집어진 듯한 기분.

"용서하지 않겠다."

검을 굳게 쥐며 토르를 노려보았다.

"뭐 이런 미친놈이……."

토르는 어처구니없다는 듯 입을 쩍 벌리며 강우를 바라보았다. 정신이 나갔다고밖에 보이지 않는 모습이었다.

"흐읍!"

깊게 숨을 들이쉬며 묠니르의 자루를 움켜쥐었다.

우득, 우드득!

터질 듯한 근육이 부풀어 오르며 입고 있던 옷이 찢어졌다.

콰르르릉!

거칠게 발을 굴렀다.

높게 떠오른 토르는 팔을 뒤로 젖혔다. 묠니르를 풍차처럼 빙글빙글 돌리더니 강우를 향해 냅다 집어 던졌다.

콰르르릉!

강우는 잉그리움을 들어 올리며 묠니르를 팅겨냈다.

강렬한 충격이 팔을 울렸다.

"질퍽아."

"꾸륵!"

마해의 열쇠에서 검은 덩어리가 폴짝 튀어나왔다.

질퍽이는 통통 튀어 오르며 입을 쩍 벌렸다. 귀여운 생김새였다고는 믿기 힘들 정도로 흉측한 크기의 이빨이 달린 거대한 입.

"꺼어어어억!"

질퍽이의 입에서 검과 창, 도끼가 탄환처럼 쏘아져 토르를 노렸다.

"어딜!"

공중에 떠오른 토르는 손을 뻗었다. 잉그리움에 튕겨 나간 묠니르가 그의 손으로 빨려 들어왔다.

쿠르르릉!!

묠니르를 거칠게 휘두르자 질퍽이가 쏘아낸 무기들이 튕겨 나갔다. 바닥에 떨어진 무기들은 검은 점액질로 변해 다시 질퍽이의 몸으로 흘러들어 왔다.

"견제용으로는 나쁘지 않네."

강우는 질퍽이가 쏘아 보내는 수십, 수백에 달하는 무기를 바라보며 흡족한 미소를 지었다. 질퍽이를 단순히 신성 변환용 펫으로 놔두기는 아까워 이것저것 기능을 시험하던 중에 이런 활용법을 찾아낼 수 있었다.

장하다는 듯 질퍽이의 머리를 두어 번 두드려 주었다.

"꺼억! 꺼이어억!"

"아니, 근데 사운드가 좀……."

마해의 열쇠에 저장된 마기를 기반으로 여러 형태의 무기를 만들어 토해내는 개념이기 때문에 옆에서 듣기에 굉장히 불쾌한 소리가 들려왔다.

"크읏!!"

쉼 없이 쏟아지는 무기의 비에 토르는 표정을 일그러뜨렸다. 사납게 이를 물고는 묠니르를 높게 들었다.

"천둥이여!"

콰르르릉!

하늘에 거대한 먹구름이 만들어지며 무시무시한 벼락이 내리쳤다.

토르를 향해 쏟아지던 무기들이 일순 검은 재가 되어 흩어졌다. 그 순간의 기회를 놓치지 않고 토르가 돌진했다.

강우는 방긋 웃었다.

"제우스보다 나은데?"

서로 비슷한 무력을 지녔다고 들었지만, 개인적으로는 토르 쪽에 손을 들어주고 싶었다.

"뭐."

몸을 숙여 머리를 향해 휘둘러지는 묠니르를 피한 강우가 튕기듯 몸을 일으켜 백 덤블링을 하며 토르의 턱을 발로 올려 쳤다.

"그래 봤자지만."

"커헉!"

턱을 얻어맞은 토르가 뒤로 튕겨 나갔다.

깔끔하게 한 바퀴를 돈 강우는 왼손을 옆으로 내밀었다.

"혼돈, 사(絲)."

실처럼 만들어진 혼돈의 기운이 그물처럼 넓게 퍼졌다. 광휘의 신격의 영향을 받은 탓인지 원래 회색빛을 띠고 있던 혼돈 계열 기술은 찬란한 황금빛으로 빛나고 있었다.

금빛 그물이 거미줄처럼 주변을 촘촘하게 덮었다. 뒤로 튕겨져 나가던 토르의 몸이 황금빛 실에 닿았다.

콰아앙!

"커헉!"

토르의 몸을 보호하고 있던 전기가 터져 나가며 실과 맞닿은 부분에 작은 폭발이 일었다.

토르는 황금빛 실에서 벗어나기 위해 다급히 팔을 휘저었다. 그 사이 토르의 앞으로 다가간 강우는 잉그리움을 역수로 잡아 내리찍었다.

푸욱!

"크으으!"

어깻죽지를 꿰뚫린 토르가 침음을 흘렸다.

입술을 깨물며 묠니르를 위로 쳐올렸다.

퍼억!

묠니르에 맞은 강우가 뒤로 튕겨 나갔다.

"흐아아아아아아!!"

토르는 양팔을 넓게 벌리며 거친 함성을 터뜨렸다.

콰자자자자자작!!

눈을 태워 버릴 듯한 거대한 전하가 휘몰아쳤다. 토르의 눈이 푸른빛으로 빛났다.

파도처럼 쏟아져 나오는 전하에 산 전체가 무너져 내리기 시작했다.

"워우."

무시무시한 파괴의 현장을 바라보며 강우는 눈을 빛냈다.

어디까지나 대련이라는 형태 속에서 이뤄졌던 제우스와의 전투와는 달리 오로지 적을 죽이기 위해 전력을 끄집어낸 토르의 모습은 등골을 찌릿하게 만드는 위압감이 느껴졌다.

'그래.'

입가가 올라갔다.

혀를 내밀어 입술을 핥았다.

'이래야지.'

쿵쿵. 심장이 맥동한다. 허기와 갈증이 몸을 태운다.

사납게 이를 드러낸 굶주린 짐승의 눈이 토르를 향했다.

"나, 천둥의 신 토르가 명한다!"

거칠게 발을 구르며 묠니르를 높게 쳐든다.

검은 먹구름이 서울의 하늘 전체를 뒤덮었다. 아니, 어쩌면 한국 전체를 뒤덮었을지도 모른다.

푸른 번개로 이루어진 폭풍이 토르의 몸을 휘감았다.

"스톰 브링어(Storm Bringer)!"

검은 먹구름에서 빗줄기처럼 벼락이 쏟아졌다. 하늘이 무너지는 듯한 굉음이 울려 퍼졌다.

"헤."

강우는 하늘을 올려다보며 입을 벌렸다.

고막이 터질 듯한 굉음. 빗줄기처럼 쏟아지는 벼락이 그의 몸을 때렸다.

콰과과과과과광!!!

재앙이라고 불러도 이상하지 않은 파괴. 신격의 보호가 터져 나가며 벼락이 몸을 태웠다. 아찔한 통증이 전신에 퍼졌다.

'더.'

부족하다고 느꼈다.

갈증이 목을 태운다. 허기가 배를 옥죈다.

불현듯 대무극과의 전투가 떠올랐다.

'더, 더, 더.'

그때의 감각을, 그때의 전율을 다시금 갈망한다.

환희와 기대에 찬 표정으로 토르를 바라보았다.

망치를 높게 쳐들며 벼락을 쏟아내는 토르의 숨이 거칠어지기 시작했다.

'조금만 더 버텨봐.'

안타까운 눈빛으로 토르를 바라보았다. 조금만 더 하면, 조금만 더 기다리면 그때와 같은 감각을 느낄 수 있을 것만 같았다.

파자자자자작!!

수백, 수천 줄기의 벼락이 연달아 떨어진다. 신격의 보호가 터진다.

철벽의 권능으로 방패를 만들었다. 황금빛 방패가 갈라지며 벼락이 내리쳤다. 살이 검게 타오르며 흰색 연기가 피어올랐다. 안구가 타들어 가 시야가 검게 점멸했다.

"허억, 허억, 허억!"

토르의 입에서 거친 숨이 토해졌다.

신성을 쥐어짜 낸, 모든 것을 쏟아부은 공격.

시야가 흔들렸다. 다리에 힘이 풀리며 몸이 휘청거렸다.

검은 잿더미가 된 광휘의 신을 바라보았다.

'제길.'

초조한 표정으로 입술을 씹었다.

"……이제 대화는 물 건너갔군."

가이아의 권속을 죽여 버렸다. 자신의 권속을 친자식처럼 아끼는 그녀의 성격상, 아스가르드와 올림푸스의 전면전은 피할 수 없을 것이다. 신들의 전쟁이, 라그나로크가 머지않았다.

"하아."

깊은 한숨을 내쉬었다. 어쩌다 이 지경까지 오게 된 건지. 고개를 저으며 몸을 돌렸다.

그때였다.

"어디, 가."

목소리가 들렸다. 들릴 일 없는, 목소리가.

"……뭐?"

토르는 경악에 찬 표정으로 몸을 돌렸다. 그곳에는 검은 재가 된 광휘의 신의 시체가 있었다.

아니, 시체인 줄 알았던 것이 있었다.

"조금만, 더, 하면 됐는데."

실로 안타깝다는 듯, 실망스럽다는 듯 한숨 섞인 목소리가 흘러나왔다.

"너로는, 안 되네."

카득, 카드득.

광휘의 신이 천천히 몸을 움직이는 것이 보였다.

"오딘은, 어떨까? 응? 오딘이라면, 기대해도 되겠지?"

입가를 비틀어 올리며 광기에 찬 미소를 짓는 것이 보인다.

기대감에 부풀어 있는, 먹음직스러운 먹잇감을 눈앞에 둔 포식자와 같은 미소.

짜릿한 전율이 퍼졌다. 숨이 막힐 듯한 공포가, 그를 옥죄였다.

"너는……."

두 눈을 부릅뜬 채 말끝을 흐렸다.

직감적으로 알 수 있었다. 눈앞의 존재가.

"누구, 냐."

'광휘'의 신일리가 없다는 것을.

"왜 그래."

강우는 입을 벌렸다. 사나운 이빨이 드러났다.

혀를 길게 내밀며 말을 잇는다.

"빚을 의심하면 안 되지."

화르르륵.

검게 타버린 몸에서, 황금빛과 검은빛이 뒤섞인 불꽃이 타올랐다.

거대한 궁전. 정교한 벽화로 가득 찬 궁전 안에 한 노인이 앉아 있었다. 덥수룩한 수염과 새하얀 머리칼을 지닌 노인은 한쪽 눈에 검은 안대를 차고 있었다.

푸른빛으로 빛나는 외눈을 움직여 그의 앞에 머리를 조아린 여인을 내려다보았다.

"토르에게 연락은 없느냐?"

"아, 아직 오지 않았습니다, 오딘 님."

오딘. 올림푸스와 비견할 수 있을 정도로 강력한 세력, 아스가르드를 이끄는 최상격 신.

한때 홀로 마신과 싸웠던 노신(老神)에게서는 숨 막히는 기세가 흘러나오고 있었다.

머리를 조아린 여인은 가늘게 몸을 떨었다.

콰앙!

그때, 궁전의 문이 거칠게 열리고 창백한 표정의 사내가 들어왔다.

오딘은 천천히 고개를 돌렸다.

"무슨 일이지, 헤임달?"

"오, 오딘 님……."

헤임달이라고 불린 사내는 덜덜 몸을 떨며 오딘의 곁으로 걸어왔다.

두 눈을 질끈 감으며, 오딘을 향해 네모난 상자를 내밀었다.

"……이건 뭐지?"

"토르 님이…… 토르 님이……."

헤임달은 차마 말을 잇지 못한 채 고개를 떨궜다.

오딘의 눈썹이 올라갔다.

등골을 타고 서늘한 감각이 스쳤다.

턱.

오딘은 헤임달에게서 뺏듯이 상자를 가져가 가늘게 떨리는 손으로 상자의 뚜껑을 열었다.

"아, 아아."

낮은 신음과 함께, 푸른 외눈이 부릅뜨였다.

"토르…… 토르야."

네모난 상자의 안에는, 목이 잘린 토르의 머리가 들어 있었다. 끔찍한 공포에 질린 채, 눈을 감지조차 못한 채 죽은 토르의 머리가.

"나의, 아들아……."

목이 잘린 토르의 이마에는 칼로 후벼 판 듯한 글귀가 적혀 있었다.

[나의 아이를 통해 허튼수작을 부리려던 모양이더구나.]
[들어라, 오딘이여.]
[나, 가이아의 뜻을 어긴 자.]
[죽음만이 남을 것이다.]

콰앙!!
오딘은 굳게 쥔 주먹을 거칠게 내리찍었다.
쿠르릉.
거대한 궁전 전체가 뒤흔들렸다.
"가이아……."
씹어뱉듯, 그 이름을 입에 담았다.
푸른 외눈에서 끔찍한 증오의 불꽃이 타올랐다.
"가이아아아아아아아아아!!!"
분노에 찬 오딘의 절규가 울려 퍼졌다.

수호의 전당. 새하얀 벽으로 둘러싸인 회의실 안에 갈색 머리칼의 여인이 지그시 눈을 감고 있었다.
깊은 고민에 잠겨 있던 여인은 이내 천천히 눈을 떴다.

"……역시."

낮은 목소리로 중얼거리며, 깊은 한숨을 내쉬었다.

"아무리 생각해도 너무 성급한 판단을 한 것 같구나."

갈색 머리칼의 여인, 가이아는 짙은 후회가 묻어나오는 목소리로 말했다.

신들을 신계에 묶어두기 위한 새로운 족쇄. 그녀의 이름으로 공표된 법안은 신계에 커다란 충격을 주었다.

'라그나로크.'

북유럽 신화에서 전해지는 신들의 전쟁. 오딘은 어쩌면 이번 일로 인해 라그나로크를 일으킬지도 몰랐다.

"하아."

지그시 눈을 감았다.

물론 강우의 의견도 일리가 있었다. 신격을 지닌 신이 물질계에서 제약 없이 날뛰게 된다면, 그 혼란은 격변에 날에 비할 게 아닐 것이다.

하물며 별의 수호가 사라진 상황에서 그런 일이 일어난다면.

'……예언의 악마가 세계를 집어삼키기 전에 자멸할 수도 있겠지.'

어쩔 수 없는 선택이었고, 판단이었다. 그렇기에 그녀도 강우의 의견을 따라 신계에 법안을 공표한 것이다. 하지만.

가이아는 지그시 눈을 감았다.

초조한 감각이 밀려왔다. 아무리 생각을 곱씹어 봐도 다른 좋은 선택이 있지 않았나, 하는 생각을 지울 수가 없었다.

'그래도 다행히 오딘을 주변으로 반대 세력이 모이고 있다.'

오딘은 악신과는 거리가 먼 존재였다. 한때 수호신의 자리를 맡았을 정도로 세계를 위하는 그의 마음은 진심이었다.

"……우라노스."

"예, 가이아 님."

그녀의 옆에 서 있던 우라노스가 다가왔다.

"현재 아스가르드의 상황은 어떠하느냐."

"말씀드린 대로 가이아 님의 법안에 반하는 신들이 모여들고 있습니다."

"……."

"다만 전면전을 펼치려는 모습은 아직 보이지 않고 있습니다. 몇몇 과격파 신들은 당장 전쟁을 해야 한다고 주장하고 있지만 오딘이 직접 나서서 말렸다고 들었습니다."

"오딘이 직접 나서서 말렸다고?"

"예, 그렇습니다."

"……."

"아…… 하지만 얼마 전에 헤임달과 만난 후 갑자기 오딘의 행동이 이상해졌다고 합니다."

"이상해졌다고?"

"예. 무슨 이유인지는 모르겠으나 매일 궁전 밖으로 시찰을 돌던 오딘이 궁전 안에서 하루 종일 괴성을 지르고 있다거나…… 정확한 것은 아직 알아내지 못했습니다."

"흐음."

"하지만 일단 지금까지 정황만을 보면 오딘이 전쟁을 피하려고 한 것이 사실입니다."

가이아의 눈이 깊게 가라앉았다.

'어쩌면······.'

전쟁을 하지 않고도 지금 이 혼란스러운 상황을 정리할 수 있지 않을까, 하는 생각이 머리를 스쳤다.

'나의 아이는 대화가 의미 없다고 말했지만.'

의견 조율을 통해 전쟁이 벌어지지 않고 넘어갈 수 있다면 그보다 좋은 방법이 있을까.

'역시 대화를 시도해 보는 게 옳다.'

별의 수호가 사라지고, 마신의 심장이 예언의 악마의 손에 넘어갔다는 말에 다소 과격하게 계획을 진행했었다.

'너무 열이 올라 있었지.'

자신의 권속이 제우스를 압도적으로 찍어 눌렀다는 것도 판단의 큰 근거가 됐다. 여차해서 전쟁이 일어난다고 하더라도 올림푸스의 무력과 강우의 힘이 합쳐진다면 승리할 수 있다는 확신이 있었으니까.

'설마 오딘이 이렇게 적극적으로 움직일 줄이야.'

생각지 못했던 것은 오딘의 움직임. 그래도 한때 수호자의 역할까지 맡았던 신이 자신의 의견에 정면으로 반박하며 반대 세력을 규합하리라고는 예상하지 못했다.

"······오딘."

가이아는 아련한 목소리로 그의 이름을 입에 담았다.

'오딘과의 전쟁은 피해야 한다.'

신들의 전쟁이 벌어진다면 물질계에도 그 여파가 미칠 것은 생각할 것도 없는 문제.

'그것만이 아니지.'

여파도 여파지만 협력해서 예언의 악마와 싸워도 모자랄 판에 신들끼리 전력을 소모한다는 것이 더 크다.

"우라노스, 제우스를 불러와 주거라."

"⋯⋯제우스 말입니까?"

우라노스가 탐탁지 않다는 표정으로 가이아를 바라보았다.

"설마⋯⋯ 제우스를 사자(使者)로 보내실 생각이십니까?"

"그래도 대화를 시도조차 해보지 않고 전쟁을 할 수는 없지 않느냐."

"차라리 제가 가겠습니다."

"아니. 이건 제우스가 가는 게 옳다."

우라노스는 누구나 인정하는 올림푸스의 2인자이다. 대체 어느 세력이 미쳤다고 2인자를 적 세력에 사자로 보낸단 말인가.

'그렇다고 해서 아무나 보낼 수도 없지.'

대화를 원한다는 의지를 확고하게 보여주기 위해서는 적절한 권력과 지위를 지닌 신을 사자로 써야 한다.

"헤라클레스는⋯⋯."

"그 아이에게는 미안하지만, 이런 일과는 잘 어울리지 않는 아이가 아니냐."

우라노스의 말문이 막혔다.

가이아는 우라노스의 팔을 가볍게 쓰다듬으며 말을 이었다.

"걱정하지 말거라. 제우스가 아무리 철없다고 해도 올림푸스의 명예에 먹칠을 하는 짓은 하지 않을 것이다."

"……그건 그렇죠."

우라노스는 고개를 끄덕였다.

여색이 굉장히 심한 제우스지만, 그래도 공과 사를 구별하지 못할 정도로 정신머리가 없는 것은 아니었다. 아니, 오히려 자기 자신의 '멋'을 중요하게 생각하기 때문일까. 타 세력들 앞에서는 그 누구보다 근엄하고 위엄 있는 모습을 보여주고는 했다.

"알겠습니다."

우라노스는 가볍게 허리를 숙이더니 이내 어딘가로 연락을 보냈다.

얼마 지나지 않아 회의실의 문이 열리고 제우스가 들어왔다.

"……음? 왜 그러느냐? 안색이 좋지 않구나."

가이아는 문을 열고 들어오는 제우스를 보며 당황스러운 표정을 지었다.

제우스의 얼굴은 정기가 다 빨려 나가기라도 한 것처럼 초췌해져 있었다. 금색 머리칼은 정돈되지 않은 채 산발이 되어 있었고, 몸에서도 꼬질꼬질한 냄새가 풍겼다. 뺀질거리기는 해도 외모 하나만큼은 온 정성을 들여서 가꾸던 것이 제우스였다는 것을 생각하면 확실히 충격적인 모습이었다.

"악몽이……."

"악몽?"

"예. 며칠 전부터 뭔가 끔찍한 악몽을 꾼 것처럼 몸이 안 좋아서요."

"흐음. 잠을 안 자면 되는 것 아니냐?"

가이아는 고개를 갸웃거리며 물었다. 신격을 지닌 존재에게 며칠 잠을 안 자는 것 정도는 큰일도 아니었다.

"아뇨, 그런 게 아닙니다."

제우스는 초췌한 목소리로 고개를 저었다.

"그냥 혼자 있을 때면…… 특히 의자에 앉기라도 하면 뭔가 잔향(殘香)처럼 끔찍한 기억이 떠오릅니다."

자신도 원인을 모르겠다는 듯 답답한 표정으로 한숨을 쉬었다.

가이아는 잠시 걱정스러운 눈으로 제우스를 바라보았다.

만약 그가 평범한 인간이었다면 대수롭지 않게 넘겼을 일이었지만, 그는 평범한 인간이 아닌 신이었다. 그것도 올림푸스 내에서 손가락 안에 꼽히는 강력한 힘을 지닌 신. 그런 그가 환각을 볼 정도로 시달리고 있다면 대체 무슨 악몽인지 짐작조차 가지 않았다.

"그보다 무슨 일로 저를 부르신 겁니까?"

"아……."

잠시 망설이던 가이아는 이내 천천히 입을 열었다.

"네게 부탁할 게 있다."

가이아는 오딘에게 대화를 시도하려 한다는 자신의 계획을 밝혔다.

"아스가르드에 사자로 가라는 말씀이십니까?"

"그렇다. 아무리 적대 세력이라고는 하나 오딘은 명예를 아는 전사. 네게 해코지를 하지는 않을 것이다."

"으음. 그건 걱정하지 않습니다만."

제우스는 고개를 끄덕였다.

적대 세력이 보낸 사자(使者)를 해코지하다니. 어지간한 악신이라도 하지 않을 법한 정신 나간 짓이다.

"저는 광휘의 신의 계획을 지지해 주겠다고 약속했습니다."

아무리 그가 한량이라고는 하나, 패배한 직후 내건 약속을 깰 정도로 명예를 모르는 것은 아니었다.

가이아는 고개를 저었다.

"계획을 철회하자는 것이 아니다. 적어도 오딘의 의견을 들어보자는 거지. 서로 타협점을 찾아 전쟁을 피해갈 수 있다면 그보다 좋은 건 없지 않느냐."

"그건……."

제우스는 팔짱을 낀 채 잠시 생각에 잠겼다.

이내 그는 고개를 끄덕이며 가이아를 바라보았다.

"알겠습니다, 어머니. 제가 오딘에게 가서 어머니의 뜻을 전하겠습니다."

"부탁한다, 나의 아이야."

가이아는 제우스의 어깨에 가볍게 손을 올리며 미소를 입가에 머금었다.

"가는 김에 아스가르드의 여인도……."

"놈! 아직 정신을 못 차린 게냐!"

"하하하하! 농담입니다."

제우스는 특유의 능글맞은 미소를 입가에 머금으며 몸을 돌렸다.

그의 몸이 빛나는 가루가 되어 점차 사라지기 시작했다. 물질계의 현신을 취소하고, 신계로 육체를 이동시킨 것.

"그럼, 다녀오겠습니다."

제우스는 가볍게 고개를 숙이며 손을 흔들었다.

이내 그의 몸이 지구에서 완전히 사라졌다.

"부디."

가이아는 두 눈을 감고 손을 모았다.

"나의 목소리가 닿기를……."

자애(慈愛)의 여신은 간절한 목소리로 기도했다.

"……뭐?"

넓은 궁전. 보는 것만으로 압도될 것처럼 거대한 궁전의 안에 한쪽 눈에 안대를 찬 외눈의 노인이 앉아 있었다.

"제우스가…… 이쪽으로 왔다고?"

"예, 그, 그렇습니다."

당황한 표정의 헤임달이 고개를 끄덕였다.

외눈의 노인, 오딘의 표정이 거칠게 일그러졌다.

"선전 포고라도 할 생각인가."

잠시 고민하던 그는 이내 고개를 저었다.

선전 포고라면 토르의 머리를 베어냈을 때부터 이미 한 것이나 다름없다. 이제 와서 굳이 선전 포고를 하기 위해 직접 사자를 보낼 리가 없다.

"어떻게 하시겠습니까? 말씀만 하신다면 바로 제우스를 제압……."

"아니."

오딘은 손을 들어 올리며 고개를 저었다.

"들라 해라."

"제, 제우스를 말씀입니까?"

헤임달이 무슨 소리를 하냐는 듯 오딘에게 외쳤다.

"그놈은 토르 님을 죽인 원수의 자식입니다!"

오딘은 굳게 입을 다물었다.

불에 타오르는 것처럼 뜨거운 눈빛으로, 헤임달을 바라보았다.

"들라 하라고, 말했다."

"……명에 따르겠습니다."

헤임달은 입술을 짓씹으며 고개를 끄덕였다.

끼이익.

이내 거대한 궁전의 문이 열리며 능글맞은 인상을 지닌 금발의 사내가 걸어 들어왔다.

제우스는 오딘을 향해 가볍게 고개를 숙였다.

"무슨 일이지."

오딘은 깊게 가라앉은 눈빛으로 제우스를 내려다보며 말했다.

자신의 아들을 죽인 원수가 굳이 자식까지 보내 가면서 전달하려고 한 말. 그 말이 무엇일지 짐작조차 가지 않았다.

"어머니…… 아니, 가이아 님의 의지를 전하러 왔습니다."

"……가이아의, 의지라고?"

오딘의 표정이 사납게 일그러졌다.

제우스는 고개를 끄덕이며 말을 이었다.

"가이아 님은 오딘 님과 대화를 원하십니다."

"……뭐?"

차가운 물을 끼얹은 듯, 궁전 안의 공기가 굳었다.

오딘은 그가 앉은 왕좌를 부서져라 쥐었다. 강렬한 증오가 담긴 눈빛으로 눈앞의 제우스를 노려보았다.

"대화를, 하고, 싶다고?"

뚝뚝 끊어지는 목소리. 마치 더 없이 모욕적인 조롱을 들었다는 듯, 하얀 수염이 부르르 떨렸다.

"예, 그렇습니다."

제우스는 오딘의 앞에 고개를 숙였다.

"하."

오딘의 입가가 올라갔다.

고개를 숙였다.

"하, 하하하하하하하!!!"

쿠르르릉!!

폭발하듯, 거대한 힘이 궁전 안에 휘몰아쳤다.

"오딘, 님?"

제우스는 당황스럽다는 듯 오딘을 올려다보았다.

까드득.

오딘은 그가 앉아 있는 왕좌를 박살 내며 자리에서 일어섰다.

"가이아, 가이아, 가이아⋯⋯. 네년은 나를 어디까지 능욕해야 속이 풀릴 셈이냐."

"그게 무슨⋯⋯."

"<u>흐흐흐흐</u>, 그래."

오딘은 증오에 물든 눈빛으로 제우스를 내려다보았다.

그가 천천히 발걸음을 옮겨 제우스의 목을 움켜쥐었다.

"커, 헉!"

과거 지구의 신들의 정점(頂点)에 군림했던 존재. 오딘의 압도적인 힘 앞에 제우스는 반항할 수 없었다.

"가이아어⋯⋯."

오딘은 제우스의 목을 틀어쥔 채, 낮은 목소리로 말을 이었다.

"자식을 잃은 슬픔이 얼마나 큰지⋯⋯ **뼈저리게 느끼는 것**이 좋을 것이다."

"커헉, 큭!"

제우스는 필사적으로 몸을 비틀었다.

푸른 번개가 타올라 오딘의 손바닥을 지졌다. 아주 짧은 틈이 만들어졌다.

파악!

제우스가 필사적으로 거리를 벌렸다.

거친 숨을 헐떡이며 오딘을 올려다보았다.

"왜, 왜 그러시는 겁니까."

"왜 그러냐고?"

오딘은 깊게 가라앉은 눈빛으로 제우스를 내려다보았다. 마치 불에 타오르는 듯, 푸른 외눈에서 강렬한 눈빛이 쏟아졌다.

제우스는 흠칫 몸을 떨었다. 평범한 체구에 불과했던 오딘의 몸이 갑자기 수십 배로 커진 듯이 느껴졌다.

신들의 창조주, 티탄을 마주한 듯한 감각. 등골을 타고 섬뜩한 전율이 퍼졌다.

'오딘이…… 이 정도였나?'

창백하게 질린 표정으로 오딘을 바라보았다. 아득한 과거, 마신과도 홀로 싸웠다는 말을 듣기는 했지만 이 정도라고는 생각지도 못했다.

"크, 으."

전신을 짓누르는 거대한 힘 앞에 제우스는 입술을 짓씹었다. 있는 대로 신성을 끌어 올렸지만 전신을 짓누르는 압박은 사라지지 않았다.

'이게 정말…… 최상격 신격을 지닌 신의 힘이란 말인가.'

믿을 수 없을 정도였다. 가이아가 싸우는 모습을 몇 번이나 보았지만, 이 정도로 아득함을 느낀 적은 없었다.

이해할 수 없는 일은 아니다. 같은 급의 신격이라고 해도 그 안에서 차이는 극명히 나뉘었다. 자신만 해도 같은 급의 신격을 지닌 신이 감히 넘보기 힘든 힘을 지니고 있었다.

하물며 한때 지구의 신들 중 정점에 올라섰던 오딘이야 말할 것도 없으리라.

꿀꺽. 제우스는 마른 침을 삼켰다.

오딘의 푸른 외눈이 그를 응시하고 있었다.

"왜 그러냐고, 지금 나한테 물은 거냐?"

낮은 목소리로 물었다.

제우는 작게 고개를 끄덕였다.

"물론 어머니가 극단적인 결단을 내리셨다는 사실은 저도 알고 있습니다. 하지만 오딘 님이라면 그것이 얼마나 필요한 일인지 잘 알고 계시지 않습니까?"

"……."

"신격을 지닌 존재의 제약이 모조리 풀리게 된다면, 물질계에 얼마나 큰 혼란이 올지는……."

"그래서, 필요한 일이었다?"

"아, 예. 그러니까."

콰아아앙!

극한으로 응축된 바람이 제우스의 몸을 후려쳤다.

포탄에 맞은 듯 제우스의 몸이 뒤로 튕겨 나갔다.

"커, 헉!"

"필요한…… 일이었다고?"

쿵, 쿵.

오딘이 한 걸음 내디딜 때마다 궁전 전체가 뒤흔들렸다.

"토르를 죽인 것이…… 그년의 손에 내 아이가 죽은 것이!

필요했던 일이라고 말하는 거냐!"

쿠르르릉!

천둥이 치는 것과 같은 노성. 웅축된 바람이 폭발하듯 터졌다. 궁전 벽에 균열이 생기며 무너져 내리기 시작했다.

"토, 토르?"

제우스는 당황스러운 표정으로 오딘을 올려다보았다.

가이아가 토르를 죽였다니? 그건 또 무슨 말도 안 되는 말인가.

"오, 오딘 님, 잠……."

"닥쳐라!!! 어디서 그 더러운 입을 놀리느냐!"

쿠웅!

오딘이 거칠게 발을 굴렀다. 지진이라도 일어난 것처럼 주변 수 킬로미터의 대지에 균열이 일었다. 거대한 바람이 쏟아져 나와 제우스의 몸을 짓눌렀다.

"나는, 평화를 원했다."

씹어뱉듯 말을 이었다.

사실 가이아가 바라는 것과 같은 평화를 원한 것은 아니었다. 그가 바랐던 것은 신들에 의해 지배되는 세계. 신앙을 잊어버린 어리석은 인간들을 통치하여, 과거 신들의 영광을 되찾는 것이었다. 그 영광을 향한 첫걸음이 바로 올림푸스와 함께 손을 잡아 신계의 신들을 규합하는 일이었다. 하지만.

'머저리 같은 년.'

인간들이 있는 이상 결국 궁극적인 평화는 찾아오지 않는다.

수천 년의 역사가 그를 증명했다. 그들은 끝없이 갈등하고, 분쟁하고, 증오하고, 욕망한다. 신과는 달리 불완전하기 때문이다. 불량품이라고 해도 좋다.

그런 인간들을 통치하기 위해서는 우선적으로 신들이 힘을 합쳐야 할 필요가 있었다. 그래야만. 그래야지만 '예언의 때'가 도래하는 것을 막을 수 있었다.

"예언의 때를 대비하기 위해 손을 잡을 생각이었다."

그것만이 종말을 피해갈 수 있는 유일한 방법이었다. 그렇기에, 가이아가 법안을 발표하자마자 반대파 세력을 규합한 것이다. 가이아가 결코 거절할 수 없는 제안을 하기 위해.

하지만.

"나의 손을 먼저 쳐낸 것은 가이아다."

토르를 죽였다. 아니, 단순히 죽인 것만이 아니라 제우스를 보내어 그를 능멸하기까지 했다.

"대화를 원한다고?"

하. 헛웃음을 흘렸다.

사납게 뜬 눈으로 발걸음을 옮겼다.

"대화를 거절한 건…… 네놈들이다."

천천히 손을 든다.

"오라."

나지막이 말하자, 궁전의 바닥이 뒤틀리며 거대한 폭풍이 휘몰아쳤다.

뒤틀린 바닥에서 폭풍에 휩싸인 기다란 창 하나가 빠져나왔다. 오딘이 손을 뻗자, 기다란 창이 허공을 가로지르며 그의 손으로 빨려들 듯 날아왔다.

창을 쥐며 바람에 휩싸인 그 창의 이름을 입에 담았다.

"궁니르."

쿠구구궁!

다시금 거대한 폭풍이 휘몰아쳤다. 무너져 내리던 궁전이 완전히 박살 나 터져 나갔다.

무너진 궁전의 너머에는, 복수의 타오르는 아스가르드의 신들이 도열해 있었다.

아니, 아스가르드의 신만이 아니었다. 스사노오를 비롯한 일본 신화의 신. 인도와 이집트 신화에 등장하는 신들까지. 가이아에게 반기를 든 신들이 아스가르드를 중심으로 모여들었다.

"아……."

제우스는 벌어진 입을 다물지 못한 채 창백하게 질린 표정으로 신음을 흘렸다.

오딘이 손에 쥔 궁니르를 높게 들었다.

"라그나로크의 시작이다."

신들의 전쟁이 시작되었다.

"그래서…… 제우스를 오딘에게 보냈다는 말씀입니까?"

강우는 다소 딱딱한 목소리로 물었다.

가이아가 변명을 하듯 허둥거리며 답했다.

"나도 고민 끝에 내린 결정이었느니라. 오딘이 그렇게 꽉 막힌 신도 아니고…… 대화를 시도해 보지조차 않은 채 전쟁을 하는 것은 너무 무모하지 않으냐."

"……"

"오딘은 명예를 아는 전사다. 설사 대화의 의지가 없다고 해도 제우스에게 해코지를 할 만한 신은 아니다. 그러니……."

"예, 지금 와서 생각해 보니 저도 조급했던 것 같군요."

강우는 가이아를 이해한다는 듯 고개를 끄덕였다.

"이, 이해해 주는 것이냐?"

가이아는 반색하며 강우를 바라보았다.

신이 자신의 권속에 대하는 태도치고는 지나치게 저자세였다. 가이아의 성격 문제도 있지만, 그보다 중요한 것은 강우의 입장 자체가 달렸기 때문이었다.

가이아의 입장에서 더 이상 강우는 단순한 권속이 아니었다.

제우스를 압도할 정도의 강자. 광휘의 신은 다가올 예언의 때를 대비해 세계를 구원할 수 있는 몇 안 되는 희망이었다. 그와 의견이 갈라져 멀어지는 것은 무슨 수를 써서라도 피해야 하는 것이 가이아의 입장이었다.

"가이아 님의 결정 아닙니까. 권속인 저는 당연히 가이아 님을 따라야죠."

강우는 방긋 미소를 지으며 말했다.

가이아의 표정이 환하게 밝아졌다.

"하지만…… 걱정스럽네요. 과연 오딘이 대화의 의지를 밝힐지……."

강우는 살짝 가라앉은 목소리로 말했다.

"걱정하지 말거라. 그래도 오딘은 한때 세계를 수호하기 위해 마신과 싸웠던 신이 아니냐. 지금 상황에서 내 결정이 어쩔 수 없다는 것도 이해하고 있을 것이다."

강우는 조용히 고개를 끄덕였다. 그러고는 간절함이 섞인 목소리로 말을 이었다.

"가이아 님의 목소리가…… 오딘에게 닿았으면 좋겠네요."

"나의 아이야……."

가이아는 감동을 받은 듯, 눈을 살짝 글썽였다.

강우와 상의도 없이 내린 결정에 이렇게 자신을 믿고 따라 줄 것이라고는 생각지 못했다.

'나의 아이의 기대에 부응하기 위해서라도.'

이번 계획은 반드시 성공해야 했다.

'아마 대화 자체를 거절하지는 않을 것이다.'

중요한 것은 오딘과의 타협점을 찾는 것. 전쟁이라는 최악의 방향으로 흘러가지 않도록 의견을 조율하는 것이었다.

"너무 걱정하지 마세요, 가이아 님."

고민에 잠긴 가이아에게 강우가 다가왔다. 강우는 그녀의 손을 가볍게 움켜쥐며 온화한 목소리로 말을 이었다.

"오딘도 가이아 님의 깊은 뜻을 헤아려 줄 겁니다."

"……."

"이 세계를 지키기 위해 그 누구보다도 헌신하시는 분이 가이아 님 아니십니까."

"그런 말 하지 말거라."

가이아는 고개를 저으며 마주 잡은 손에 힘을 더했다.

"세계를 위해 그 누구보다도 헌신하고 있는 것은 내가 아니라 강우 너이니라. 아니, 비단 강우 너만이 아니지. 레이라도, 시훈이도…… 다른 모두도 내가 기대했던 것 이상으로 세계를 위해서 한 몸을 바치고 있지 않으냐."

만약 그들이 없었다면, 이미 몇 년 전에 세계는 멸망했을 지도 모른다. 예언의 때가 이미 도래했을지도 모른다.

가이아의 눈에 눈물이 글썽였다.

"고맙구나. 정말…… 고맙구나, 나의 아이야."

강우는 따스한 미소를 입가에 머금었다. 마주 잡은 손을 통해 느껴지는 떨림에서 가이아의 진심이 느껴졌다.

"선행은…… 올바름은 결국 언젠가는 떠오르게 마련입니다. 가이아 님의 목소리도 오딘에게 닿을 것이 분명합니다."

가이아는 감동을 받은 듯, 결국 눈가에서 흐르는 눈물을 훔쳤다.

그때였다.

콰앙!

거칠게 문이 열리며 우라노스가 방 안으로 들어왔다. 그의 표정은 창백하게 질려 있었고, 숨은 거칠었다.

"무슨 일이냐?"

가이아는 딱딱하게 표정을 굳히며 물었다. 우라노스의 창백하게 질린 표정에서, 섬뜩한 불길함이 뒷덜미를 자극했다.

"가, 가이아 님······."

우라노스는 차마 말을 잇지 못한 채 가늘게 몸을 떨었다.

"무슨 일이냐고 묻지 않았느냐!"

가이아는 초조한 목소리로 외쳤다. 평소의 그녀라고는 생각할 수 없는 모습이었다.

우라노스는 질끈 눈을 감았다.

"······방금 전, 헤르메스가 올림푸스 신전에서 발견한 것이 있습니다."

그렇게 말하며 네모난 상자를 하나 내밀었다.

가이아는 꿀꺽 침을 삼켰다.

상자 안에서 흘러나오는 희미한 혈향. 상상조차 하기 싫은 최악의 가정이 그녀의 머릿속에 떠올랐다.

"아니야."

가이아는 고개를 저었다.

"그, 그럴 리가. 그럴 리가 없다."

머릿속에 떠오른 상상을 지워낸다.

하지만. 그녀 또한 이미 알고 있었다. 예상하고 있었다.

이 상자 안에, 무엇이 들어 있는지.

"그럴 리가 없어······."

가이아는 입술을 짓씹으며 상자의 뚜껑에 손을 뻗었다. 덜덜 떨리는 손으로 상자를 열었다.

그 안에는.

"아, 아아."

두 눈을 부릅뜬 채, 목이 잘린 제우스의 머리가 들어 있었다.

제우스의 이마에는 칼로 후벼판 듯한 글귀가 적혀 있었다.

[가이아여.]
[그대의 의지에 대한 죗값을 치를 시간이다.]

"아, 아아아아!!"

가이아가 절규했다.

울부짖었다. 눈앞의 현실을 믿고 싶지 않다는 듯, 머리칼을 움켜쥐며 털썩 주저앉았다.

"나, 나의 아이야. 나의 아이야……!"

가이아의 눈에서 투명한 눈물이 흘러내렸다.

머리만 남은 제우스를 끌어안고는 몸을 웅크렸다.

쾅!

"제길, 제길!"

절규하는 가이아 옆에서, 강우는 거칠게 주먹을 쥐어 테이블을 내려쳤다. 기다란 책상이 두 쪽으로 쪼개지며 박살 났다.

강우는 이글거리는 눈빛으로 제우스의 머리를 품에 안은 가이아를 내려다보았다.

"어째서…… 어째서, 이런 일이."

가이아는 눈물을 흘리며 절망 어린 목소리로 흐느꼈다.

"가이아 님……."

강우는 그런 그녀의 어깨에 손을 올렸다.

"오딘은 애초에…… 평화 따위는 안중에도 없던 겁니다."

그렇지 않았다면 설마 대화를 원해서 보낸 사자(使者)를 이토록 참혹하게 죽일 이유가 없었다.

강우는 입술을 짓씹었다. 눈물을 흘리는 가이아의 모습을 보니, 가슴에 무거운 돌을 올려둔 듯 무거웠다.

가슴이 타들어 가는 듯 아프다. 가이아를 내려다보는 강우의 눈가에도 투명한 눈물이 맺혔다.

"닿지, 않았던 겁니다……."

평화를 원하던 여신의 목소리는, 세계를 지키고자 한 몸을 희생했던 여신의 의지는, 오딘의 발에 처참하게 짓밟히고 말았다.

"가이아 님."

"흐윽, 흐으윽."

"이렇게 가만히 주저앉아 계실 생각이십니까."

강우는 가이아의 어깨에 올린 손에 힘을 더하며, 강렬한 분노에 타오르는 목소리로 말했다.

"일어서야 합니다."

오딘의 손에 죽은 제우스를 위해서라도.

"저희는……."

이 세계의 평화를 지키기 위해서라도.

"일어서야 합니다."

슬픔을 딛고. 일어서야만 한다.

· 3장 ·
라그나로크

"오딘……."

그 이름을, 씹어뱉듯 중얼거렸다.

흐느끼는 가이아를 내려다보며 굳게 주먹을 쥐었다.

이런 일이 있을 거라 예상하지 않았던 것은 아니다. 적 세력에게 사자(使者)를 보내는 일은 언제나 이러한 위험을 동반하는 일이다. 하지만 설마. 명예를 아는 전사라는 오딘이 이런 짓을 할 줄이야.

'이 쓰레기 자식.'

강우는 입술을 짓씹었다.

지구의 역사를 뒤돌아봐도 사자(使者)에게 손을 뻗는 경우는 흔히 있는 일이 아니었다. 그것은 단순한 예의의 문제를 넘어선, 일종의 상식 같은 일이다.

'역사에서도 사자의 수염을 잘라 보냈다는 이유로 큰 전쟁이 일어난 적이 있었지.'

지금은 수염이 아닌 머리를 잘라 보내왔다.

'이제는.'

피할 수 없다. 신들의 전쟁은…… 라그나로크는 이미 시작된 것이나 다름없었다.

"오, 오딘이 어찌……."

가이아는 아직 제우스가 죽은 사실을 받아들이기 힘든지 멍한 눈빛으로 흐느꼈다.

제우스의 머리를 품에 안은 그녀의 모습을 내려다보니 가슴에 무거운 돌을 올려놓은 듯 무거웠다.

"확실히, 이해할 수 없는 일이긴 합니다."

가슴을 짓누르는 슬픔을 뒤로하고 말을 이었다.

"아무리 적대 세력이라고 해도 전쟁에서 명분이라는 것이 얼마나 중요한지 모르지는 않을 텐데……."

그럼에도 이런 극단적인 선택을 했다는 것은, 한 가지 가능성을 떠올리게 만들었다.

"예언의 악마와…… 연관되어 있는 게 아닐까요?"

"……그건 또 무슨 말이냐."

눈물을 훔치던 가이아가 번쩍 고개를 들어 올렸다. 그녀의 눈이 가늘게 떨리는 것이 보였다.

침착한 목소리로 머릿속에 떠오른 한 가지 가능성을 입에 담았다.

"지금 전쟁이 일어나는 것을 가장 바라는 자가 누구겠습니까?"

가이아는 굳게 입을 다물었다.

굳이 묻지 않아도, 답은 정해져 있었다.

"올림푸스와 아스가르드의 분쟁을 부추겨…… 가장 이득을 보는 존재는 다름 아닌 예언의 악마입니다."

"자, 잠깐. 그렇다면……."

"예. 오딘은 이미 예언의 악마와 손을 잡았다고 보는 게 옳은 것 같습니다."

그러지 않았다면 가이아가 얼마나 자식을 끔찍하게 아끼는지 알고 있음에도 제우스의 머리를 잘라 보냈을 리가 없다.

"그럴 리가 없다. 과거 오딘은 마신의 손에서 세계를 지키기 위해 홀로 싸웠을 정도로 세계의 수호를 중요하게 여기는 신이다. 그런 말도 안 되는 선택을 할 이유가……."

"그렇다면 오딘이 제우스의 목을 자른 것도 세계를 지키기 위함이라고 생각하시는 겁니까?"

가이아는 굳게 입을 다물었다. 반론할 수가 없었다. 자신이 아무리 극단적인 결정을 내렸다고는 하나, 이번 법안이 물질계의 혼란을 막기 위함이라는 것을 그가 모를 리가 없을 테니까.

그럼에도 반대파의 세력을 모았다는 것은. 그럼에도 제우스의 목을 잘라 자신에게 보냈다는 것은.

"아, 아아."

가이아의 표정이 창백하게 질렸다. 상상하기도 싫은 가정이 머릿속에 떠올랐다.

"오딘이…… 바알과 손을……?"

덜덜덜. 가늘게 어깨가 떨렸다. 분노와 슬픔이 뒤섞인 감정이 소용돌이처럼 내부를 뒤흔들었다.

강우는 떨고 있는 가이아의 손을 직접 잡아주었다.

"……가이아 님."

힘을 주어, 그녀를 일으켰다.

"아."

가이아는 비틀거리며 자리에서 일어섰다.

그가 무슨 말을 하고 싶은지, 왜 자신을 일으켰는지는 굳이 물어볼 필요도 없었다. 그녀 또한, 지금 이렇게 절망에 짓눌려 쓰러져 있으면 안 된다는 것을 잘 알고 있으니까.

"아마 오딘은 이 사실을 부정하기 위해 다른 이유를 대겠죠."

아스가르드의 세력에 붙은 모든 신들이 예언의 악마와 손을 잡지는 않았을 것이다. 이런 상황을 만든 것은 오딘의 독단일 가능성이 컸다.

그렇다면. 오딘은 이 진실을 숨기고 억지 명분을 만들기 위해 가이아에게 없는 죄를 뒤집어씌울 것이다. 가령, 가이아가 토르의 머리를 잘라 자신에게 보냈다거나 하는 말도 안 되는 죄를.

'그거야말로 진짜 말도 안 되는 말이지.'

상상하는 것만으로 불쾌하다는 듯 강우는 눈살을 찌푸렸다.

저 온화한 가이아가 토르의 머리를 잘라 오딘에게 보내다니. 그럴 리가 없지 않은가.

'이건 무조건 오딘이 바알과 손을 잡은 게 맞아.'

아무리 생각해도 그 가능성 외에 다른 가능성을 생각할 수 없었다.

눈물 흘리는 가이아를 보며 감정이 복받쳤기 때문일까, 몸에서 흘러나오는 찬란한 황금빛을 갈무리하며 몸을 돌렸다.

우라노스가 있는 곳을 바라보았다.

"이렇게 된 이상, 저희도 바로 신계로 움직일 준비를 해야 합니다."

잠시 입을 다문 채 고민을 이어가던 우라노스가 이내 고개를 살짝 끄덕였다.

"어차피 전쟁을 피할 수 없다면, 물질계보다는 신계에서 전쟁을 치르는 것이 합당하겠죠."

다른 누구도 아닌 신들 사이에 벌어지는 전쟁이다. 물질계에서 라그나로크가 벌어졌다가는 수습할 수 없는 피해가 쌓일 것이 분명했다.

"가이아 님. 지금 바로 올림푸스의 신들에게 소집령을 내리겠습니다."

올림푸스의 신들은 각자 지구의 곳곳으로 흩어져 가이아의 허락을 구하지 않고 물질계에 현신한 신이 있는지를 감시하고 있었다.

가이아는 무거운 표정으로 고개를 끄덕였다. 더 이상 전쟁을 피할 수 없다는 것을, 피해서는 안 된다는 것을 직감했다.

"올림푸스의 신들에게 알리거라."

가이아는, 자애(慈愛)의 신격을 지닌 여신은 깊은 슬픔을 딛고 일어섰다. 그녀의 몸에서 흘러나온 새하얀 빛이 수호의 전당 안을 밝히기 시작했다.

가이아가 품에 안은 제우스의 머리가 새하얀 빛무리가 되어 허공에 흩어지기 시작했다. 그 모습을 바라보던 광휘의 신은 어째서인지 아깝다는 듯 입맛을 다셨지만 그 모습을 본 이는 아무도 없었다.

"오딘의 손에…… 제우스의 번개가 그 빛을 잃었다."

가이아는 입술을 짓씹으며, 등을 곧게 폈다. 슬픔 대신 격렬히 타오르는 분노가 그녀의 눈을 채웠다.

"우리는 가만히 있지 않을 것이다."

올림푸스에게 도전한 그 대가를. 그녀의 자식을 무참히 죽인 그 죗값을.

"우리는…… 싸울 것이다."

슬픔을 딛고. 분노로 몸을 태우며. 싸울 것이다.

"라크나로크의 시작이다."

가이아는 사납게 타오르는 눈빛으로 선언했다.

올림푸스의 신들이 속속히 수호의 전당으로 모여드는 사이. 강우는 이 소식을 레이라와 김시훈을 비롯한 가디언즈에게 전달했다.

"함께 가겠습니다."

강우의 소식을 들은 김시훈은 망설임 없이 답했다. 검 자루를 움켜쥔 그의 눈은 뜨거운 의지로 타오르고 있었다.

"그건 안 돼."

강우는 단호히 고개를 저었다.

김시훈은 아직 신격을 지닌 존재와 싸울 능력이 없다.

비단 김시훈만의 문제는 아니었다. 가디언즈에 있는 대부분이 신격을 지닌 존재를 상대로 무력했다.

'그만큼 신격이 사기적인 힘이니까.'

사실 신격이 높고 낮음은 큰 문제가 되지 않는다. 중하(中下)격의 신격을 지니고 있다고 해도, 그보다 높은 신격을 지닌 존재에게 '피해' 자체는 입힐 수 있었으니까. 그보다 문제 되는 것은 신격이 '있고 없고'의 차이였다.

'신격의 가장 사기적인 부분은 신격을 지닌 것만으로 모든 물리, 마법 피해에 엄청난 저항력을 가지게 된다는 거야.'

일명 신격의 보호라고 불리는 힘. 신격이 없는 존재는 이 보호를 뚫기 위해서 말 그대로 무식하고 비효율의 극치를 달리는 물리력을 쏟아부어야 한다.

'나야 마해가 있으니 큰 문제가 없었지만.'

김시훈의 경우는 그런 무식한 방법으로 전투를 했다가는 5분도 채 버티지 못하고 내공이 텅텅 고갈되어 버릴 것이다.

'그냥 순수한 무(武)의 경지만 놓고 보면 제우스나 토르 같은 놈들도 우리 시훈이한테는 못 비빌 텐데.'

신격이라는 것을 간단하게 비유하면 '장비'였다. 개인의 무력과 경지와는 상관없이, 그것을 지닌 것만으로도 얻을 수 있는 힘. 나뭇가지 하나 들고 중장갑을 입은 상대로 싸우는 격이니 애초에 전투가 성립될 리가 없었다.

'이건 좀 대책을 짜봐야겠어.'

가디언즈가 앞으로 싸워야 할 존재들은 대부분은 신격을 지니고 있을 가능성이 컸다. 하지만.

'지금 당장은 아니지.'

단순히 이번 전투에 도움을 줄 수 없기 때문이라는 이유만으로 이곳에 가디언즈를 두고 가는 것은 아니었다. 그들에게는 해야 할 일이 있었다.

"레이라 씨. 이번에 게이트에서 이상 증후가 나타나고 있다고 말씀하셨죠?"

"아, 예. 맞아요."

걱정스러운 표정으로 김시훈을 바라보고 있던 레이라가 다급히 고개를 돌렸다.

"C급 게이트에서 갑자기 대형 몬스터들이 쏟아져 나온다거나 게이트 내부의 크기가 언덕 하나 정도에 불과했던 작은 게이트가 갑자기 도심 하나 크기로 확장된다거나…… 여러 이상 증후들이 나타나고 있어요."

굳이 그 원인을 고민할 필요도 없다.

"가이아 시스템이 붕괴된 영향이겠군요."

"저도 그렇게 생각하고 있어요."

레이라는 고개를 끄덕이며 답했다.

본격적인 외계(外界)의 침식이 시작되기 전에 게이트부터 그 영향을 받기 시작한 것. 강우가 처음 지옥에서 지구로 넘어왔을 때 게이트에 먼저 도착했었다는 사실만으로도 이런 일이 일어나리라는 것은 어렵지 않게 예상할 수 있었다.

"레이라 씨는 게이트의 변화를 우선적으로 대처해 주세요. 제가…… 잠시 자리를 비우게 되는 동안."

레이라는 굳게 입을 다문 채 고개를 끄덕였다.

이내 걱정이 가득한 표정으로 강우를 바라보았다.

"……돌아오실 거죠?"

이제 강우는 가디언즈에게 있어서 없어서는 안 되는 존재가 되었다. 그가 강력하다는 사실을 제외하더라도.

강우는 방긋 웃었다.

"물론이죠."

언제나와 같은 망설임 없는 대답에 레이라와 김시훈은 어둡게 가라앉은 얼굴에 희미한 미소를 띠었다.

"그럼 제가 없는 동안 잘 부탁드립니다."

"예, 맡겨주세요."

레이라는 굳은 의지가 담긴 눈빛으로 고개를 끄덕였다. 최근에는 리더다운 모습을 보여줄 기회가 적었지만, 가디언즈의 리더는 어디까지나 강우가 아닌 그녀였다.

강우는 그런 그녀를 바라보며 가볍게 웃었다.

'뭐, 레이라라면 믿고 맡길 만하지.'

오히려 가이아에게 맡기는 것보다 몇 배는 안심이 된다. 레이라의 자질은 이미 몇 번이나 직접 확인한 적이 있었으니까.

'리리스도 있으니까.'

게이트의 변화나 그로 인한 정황을 유추하는 것은 오히려 자신보다 리리스가 더 뛰어날 것이다. 그의 특기는 어디까지나 적과 마주했을 때 빛을 발하니까.

"그나저나 오딘과 바알이 손을 잡았다니…… 믿기 힘드네요."

"난 오딘이랑 제우스 같은 신들이 실존한다는 게 더 놀랍던데."

고개를 숙인 채 심각한 표정으로 고민에 잠긴 김시훈을 바라보며 차연주가 말했다.

그녀의 말에 강우는 픽 웃음을 흘리며 고개를 끄덕였다. 자신도 했었던 생각이다.

"어쨌든."

차연주는 팔짱을 끼며 날카롭게 그를 쏘아보았다.

"괜히 또 혼자 나서다가 어디 다치지 말고 뒤에 조용히 처박혀 있어. 어차피 오딘은 가이아랑 싸울 거 아냐?"

이번 전쟁의 주역은 올림푸스와 아스가르드지 강우가 아니다. 적어도, 가디언즈는 그렇게 생각하고 있었다.

"명심하겠습니다."

강우는 장난스럽게 고개를 숙이며 몸을 돌렸다.

달칵. 회의실의 문을 닫고 나왔다.

'임자한테도 말해둬야지.'

김시훈 때보다 더욱 큰 소란이 있겠지만 어쩔 수 없었다. 그렇다고 해서 한설아를 신계에 데려갈 수는 없는 노릇이었으니까.

아니. 다른 그 누구도 데려갈 수 없다. 이번 전쟁은…….

"쓰읍."

강우는 입가를 타고 흐르는 침을 손등으로 쓸었다.

"마왕님."

그때, 그를 부르는 소리가 들려왔다.

고개를 돌리자 한 손에 서류 뭉치를 든 리리스가 보였다.

"신들의 전쟁에 참전하신다고 들었어요."

"그렇게 됐어."

강우는 담담히 고개를 끄덕였다.

리리스는 빤히 강우를 바라보다가, 이내 가늘게 눈을 뜨며 물었다.

"그런데 마왕님. 한 가지 여쭙고 싶은 게 있는데요."

"응, 뭔데?"

"오딘이 제우스를 죽인 이유가…… 정말 바알과 손을 잡았기 때문인가요?"

뭔가 이해할 수 없다는 듯 고개를 갸웃거리며 물었다.

강우는 방긋 미소를 지으며 몸을 돌렸다.

리리스를 지나쳐 가며 나지막이 답했다.

"당연하지."

강우의 입가가 비틀어 올라갔다.

쩌적. 한계 이상으로 올라간 입가가 살을 찢으며 관자놀이 근처까지 흉측하게 벌어졌다.

"그게 아니면 제우스를 죽일 이유가 뭐가 있겠어?"

침이 고인 혓바닥으로 입술을 핥으며, 악마는 웃었다.

리리스는 강우를 돌아보며 굳게 입을 다물었다.

항상 보아왔던 그의 미소가 어딘가 어색하게, 낯설게 느껴졌다. 맞물리지 않은 퍼즐 조각처럼, 어긋난 톱니바퀴처럼.

"그럼, 출발하겠습니다."

우라노스의 나지막한 목소리가 울렸다.

수호의 전당 안에 도열해 있던 올림푸스의 신들이 딱딱하게 굳은 표정으로 고개를 끄덕였다.

라그나로크. 신들 사이에 이 정도로 거대한 규모의 전쟁이 일어난 것은 까마득한 과거, 마신 바울리가 등장하기도 전이었다. 아무리 영생을 살아가는 그들이라고 해도 긴장하지 않을 수 없는 일.

"시작하거라."

선두에 있던 가이아가 우라노스를 돌아보며 명했다.

우라노스가 손을 들어 올리자 수호의 전당 바닥이 빛나기 시작했다.

'신계라.'

강우는 점차 밝아지는 빛무리를 바라보며 눈을 빛냈다.

말로만 많이 들었지 신계에 직접 가보는 것은 처음이었다.

'어떤 곳이려나.'

신들이 기를 쓰고 물질계에 현신하려는 것을 보면 무슨 무릉도원 같은 곳은 아닐 것 같다는 생각이 들었다. 만약 그랬다면 족쇄가 풀렸다고 해도 굳이 물질계에 현신할 필요가 없었을 테니까.

'그렇다고 해서 구천지옥 같은 곳도 아닐 것 같은데.'

솔직히 짐작조차 가지 않았다.

강우는 더 이상 생각하는 것을 멈추고 느긋이 기다렸다.

머지않아 수호의 전당 안을 채우는 빛이 눈을 뜨기 힘들 정도까지 밝아졌을 때, 강우와 신들의 몸이 한 줌의 빛무리로 흩어져 사라졌다.

[일원(一元)의 계(界)에 진입하였습니다. 신격을 지니지 않은 존재는 강제적으로 진입이 취소됩니다.]

눈앞의 푸른색 창이 떠올랐다.

'애초에 신격이 없으면 들어오지조차 못하는 곳이었나.'

가디언즈를 데려오지 않은 것이 잘했다는 생각이 들었다.

신격이 있어야만 들어올 수 있다면, 한설아와 레이라 외에는 들어올 수 있는 존재가 없었을 테니까.

'뭐, 데려올 수 있다고 해도 데려올 생각은 없었지만.'

강우는 고개를 돌려 주변을 살폈다.

처음 드는 인상은 '공허하다'는 것이었다. 우주에 온 것처럼 검고 공허한 공간이 끝없이 펼쳐져 있었고, 중간중간 허공에 떠 있는 섬의 모습이 보였다.

공중에 떠올라 있는 섬과 섬 사이를 잇고 있는 것은 그 크기를 짐작할 수도 없을 정도로 거대한 나무의 줄기였다.

'세계수인가.'

엘룬에게 세계수가 삼원의 세계를 지탱하고 있다고 들은 적이 있었다.

'그게 이런 의미였군.'

이곳이 일원(一元), 즉 지구의 신계였으니 저 나무줄기를 타고 쭉 가다 보면 에르노어 대륙의 신계와 환 대륙의 신계와 이어져 있을 것 같다는 생각이 들었다.

'응?'

세계수를 바라보던 중, 강우는 이상한 점을 하나 발견했다.

"저기는 왜 중간에 끊어진 거죠?"

여러 갈래로 뻗어 나가 있는 줄기 중 한 부분이 어둠에 잠겨 있었다.

"아, 저곳은……."

가이아가 잠긴 목소리로 말을 이었다.

"이원(二元)의 계(界)…… 환 대륙의 신계로 향하는 길이다."

"원래부터 저렇게 어두웠던 건가요?"

"그건 아니다."

가이아는 고개를 저었다.

"저번에 세계수가 잠시 타락했던 일을 기억하느냐?"

"아, 예."

"그때 이후로 저렇게 알 수 없는 어둠에 이원의 계로 향하는 길이 막혀 버렸느니라."

강우는 가늘게 눈을 떴다.

'그러고 보니 에르노어 대륙과 지구는 연결됐는데 환 대륙은 연결되지 않았었지.'

가본 적도, 그 세계에 대해 들어본 적도 없지만 환 대륙 또한 분명 삼원의 세계 중 하나의 세계였다.

그럼에도 이번에 지구와 연결되지 않았다는 것은.

'에르노어 대륙보다 먼 곳에 위치한 세계거나.'

그게 아니라면.

'이미, 멸망해 버렸거나.'

이건 좀 나중에 자세하게 알아둬야 할 필요가 있다는 생각이 들었다.

'지금은 저걸 신경 쓸 때가 아니지.'

눈앞에 닥친 전쟁을 우선하는 것이 옳았다.

강우와 올림푸스의 신들이 도착한 섬은 만화에서 볼 법한 그리스 궁전이 줄지어 있는 섬이었다.

'생각보다 크기가 작네.'

올림푸스라고 해봐야 제주도보다도 작을 것 같았다. 하긴, 신들이 아무리 숫자가 많다고 해도 인간과 비교할 수는 없을 테니까.

'일단 신들이 왜 물질계로 기어 나오려고 기를 쓰는지는 알겠군.'

신들이 사는 세계는 공허함만이 가득했다.

단순히 주변 배경이나 구조물들이 그렇다는 의미가 아니었다. 그냥 이 장소에 있는 것만으로 감정의 일부가 도려내진 것처럼 알 수 없는 공허함이 밀려왔다. 오히려 이런 세계에서 계속 살아왔다는 것 자체가 경이롭게 보일 정도.

'아스가르드는······.'

이번 전쟁의 무대가 될 장소를 찾았다. 아니, 정확히는 찾으려고 했다.

'이건. 굳이 찾을 필요도 없겠군.'

강우는 헛웃음을 흘리며 올림푸스와 다른 섬을 잇는 거대한 줄기가 있는 곳을 바라보았다. 수십 킬로는 가볍게 넘을 법한 거대한 줄기 위에는 수천에 달하는 신들이 도열해 있었다.

도열해 있는 신들의 중앙에는 덥수룩한 흰색 수염이 인상적인 외눈의 노신(老神)이 군마(軍馬)에 탄 채 가이아를 노려보고 있었다.

"······오딘."

그에 질세라 가이아 또한 사납게 타오르는 눈빛으로 오딘을 노려보았다.

쿠르릉!

최상(最上)격 신이 내뿜는 거대한 기운의 충돌에 세계수의 가지가 진동하는 것이 느껴졌다.

"가이아, 네년은······."

오딘의 푸른 외눈에서 증오의 빛이 타올랐다.

기다란 창을 들어 가이아를 겨눴다.

"그 의지에 대한 죗값을 치르게 될 것이다."

오딘이 제우스의 이마에 새겨뒀던 글귀.

가이아는 입술을 짓씹으며 주먹을 쥐었다.

"물질계의 혼란을 막기 위해…… 신들을 통제하자는 것이 그토록 불만이었던 것이냐."

평화로운 해결책을 원해 보냈던 제우스를 단칼에 죽여 버렸을 정도로.

"……"

오딘의 눈이 푸른빛으로 타올랐다.

어차피 대화를 통해 협력한다는 선택지는 물 건너갔다. 이제는 대화도, 타협도 없다. 오롯이 의지만이 남았을 뿐이다.

그는 숨김없이 자신의 뜻을 입에 담았다.

"통제해야 하는 것은 신이 아니다."

진정으로 통제해야 하는 것은.

"인간 쪽이지."

"……"

"그들은 신앙을 잊었다. 우리의 존재는 그들에게 있어 한낱 이야깃거리에 불과해졌지."

잃어버린 신앙을. 경외와 영광을.

"우리는 되찾아야 한다."

"……"

"우리가 아니면 대체 그 누가 종말을 막을 수 있다는 거지?"

"그래서……"

그런 이유로.

"제우스를 죽였단 말이냐!!"

쿠구구궁!!

가이아의 노성에 공간 전체가 뒤흔들렸다.

눈 부신 빛이 그녀의 몸에서 쏟아져 나왔다.

"하."

오딘은 어처구니가 없다는 듯, 헛웃음을 흘렸다.

입가를 비틀어 올리며 차가운 조소를 머금었다.

"네년이 그런 말을 할 자격이 있다고 생각하는가."

토르를 죽인 원흉이 저토록 뻔뻔하게 나오다니. 기가 차서 화조차 나지 않을 지경이다.

"역시…… 네년에게 수호신이라는 자리는 어울리지 않았어."

마신과의 전투 이후 큰 상처를 입고 수호신의 자리를 그녀에게 물려주었지만, 이 정도로 뻔뻔하고 이기적인 신이라고는 생각지 못했다. 이쯤 되니 바알에게 수호신의 자격이 박탈된 것 또한 그녀의 무능함 때문이라는 생각이 들 지경.

오딘과 가이아. 두 최상격 신들 사이에 침묵이 감돌았다.

둘 중 누가 먼저라고 할 것도 없이 손을 들어 올렸다.

더 이상의 대화가 무의미하다는 것을, 두 신들은 직감적으로 깨달았다. 팽팽하게 당겨진 긴장의 끈이 한계에 도달했고.

"흐아아아아아아!!!"

오딘의 포효가 전장을 뒤흔들었다.

새하얀 군마가 사납게 앞발을 들어 올렸다. 폭풍이 휘몰아치며 한계까지 응축된 바람이 창날에 모여들었다.

한계까지 팔을 당기고 궁니르를 집어 던졌다.

콰과과과과과과!!

창날에 모여든 응축된 바람이 해방되며 무시무시한 힘이 주변을 찢어발겼다.

"으아아아아악!"

경이로운 힘으로 주변을 파괴하는 창을 바라보며 올림푸스의 신들은 비명을 내질렀다. 닿기만 해도 신격의 보호를 갈가리 찢어버리는 거대한 폭풍에 올림푸스 신들의 대열이 무너졌다.

"……오딘."

그때, 가이아가 한 걸음 앞으로 나섰다. 그녀의 몸에서 흘러나오는 새하얀 빛이 장막처럼 넓게 펼쳐졌다.

콰르르르르르!!!

빛의 장막과 폭풍이 격돌했다. 수십 킬로에 달하는 세계수의 가지가 쩌적 쪼개지기 시작했다.

갈라지는 세계수의 가지 위에서 올림푸스의 신들과 아스가르드를 중심으로 뭉친 반 가이아 파 세력이 격돌했다.

콰앙! 쿠드득! 콰직!

신격과 신격이 격돌한다. 신성을 한껏 머금은 공격들이 정신없이 휘몰아쳤다.

"죽엇!"

"아스가르드를 위하여!"

신들의 전투는 신성을 사용한 공격을 한다는 것을 제외하고는 인간들의 그것과 다르지 않았다. 거친 욕설이 난무했고,

감정이 소용돌이쳤다.

"쓰읏."

뒤엉켜 싸우는 신들을 내려다보며 강우는 깊게 숨을 들이쉬었다. 요란한 쇳소리. 난무하는 고함과 욕설. 짙은 혈향 섞인 배설물의 퀴퀴한 냄새. 익숙하고도, 익숙한 모습들.

'좋네.'

절로 입가가 올라갔다. 한 걸음 떨어진 곳에서 내려다보는 전장의 모습은 그의 가슴을 요동치게 했다.

"하아."

달뜬 숨을 토해낸다.

허기가, 뇌가 마비될 것 같은 강렬한 허기가 그를 덮친다. 타오르는 갈증에 몸이 메말라 붙는 것만 같았다.

'자, 그러면.'

우선 간단한 애피타이저부터.

탁.

가볍게 발을 구른다.

손바닥이 갈라지며 황금빛 물결이 세계수의 가지에 넓게 퍼진다. 광휘의 신의 위명에는 맞지 않는, 평소와는 달리 워낙 희미한 빛인 탓에 집중해서 보지 않으면 구분조차 하기 힘든 빛이었다.

'이런 전쟁통에서 집중해서 바닥을 살피는 놈은 없겠지.'

전투에 직접 참여하지도 않고 기운을 감추는 데 집중한다면 단언컨대 엘룬이 직접 온다고 해도 그 눈을 속일 자신이 있었다.

쭈욱, 쭈우욱.

전쟁 중에 죽은 신들의 시체가 포식의 권능을 통해 흡수되기 시작했다.

물론, 티가 나게 몸 전체를 잡아먹은 것은 아니다. 아무리 전쟁 중에 정신이 없더라도 자신이 죽인 신의 시체가 눈앞에서 사라지는데 뭔가 이상하다고 느끼지 않을 리가 없으니까.

지금 사용한 포식의 권능은 씹어 먹는다는 느낌보다는 빨아먹는다는 느낌으로 내부의 기운만을 먹어치우고 있었다.

"흐으."

강우는 지그시 눈을 감으며 몸을 통해 밀려 들어오는 신격을 즐겼다.

[중하(中下)격 신, '발두르'의 신격을 획득합니다. 육체 전체를 포식하지 않았기에 획득한 신격이 격하됩니다.]
[중상(中上)격 신, '스사노오'의 신격을 획득합니다. 육체 전체를 포식하지 않았기에 획득한 신격이 격하됩니다.]
[최하(最下)격 신, '압둘 알리'의 신격을…….]

청아한 방울 소리가 연달아 귓가에 울려 퍼졌다.

평소에는 시끄럽다며 짜증을 낼 만한 상황이었지만, 밀려 들어오는 신격 덕분에 연달아 울려 퍼지는 방울 소리도 흥겹게 들려왔다.

'이거라면.'

강우는 주먹을 쥐었다. 심장이 거칠게 요동친다.

'얻을 수 있다.'

최상(最上)의 다음 단계에 존재하는 힘을, 초월(超越)의 신격을.

'아니.'

입술을 짓씹었다.

얻을 수 있다, 가 아니다.

'무슨 수를 써서라도 얻어야 해.'

셀 수 없는 피를 손에 묻혀서라도. 아득한 원망과 통곡과 절규와 원혼에 짓눌리더라도. 아들의 잘린 머리를 아버지에게 보내더라도. 아들의 잘린 머리를 품에 안은 어머니를 기만하더라도.

까드득.

바스러져라 이를 문다.

뇌리에 새겨진 낙인처럼, 바알의 모습이 떠올랐다. 심장이 옥죈다. 전신을 짓누르는 초조함에 시야가 흔들린다.

'얻지 못하면…….'

언덕이 떠올랐다.

시체와, 시체와, 시체가 가득했던. 짓이겨진 살점과 피륙으로 이루어져 있던, 악몽과도 같은 언덕이. 언덕 위에 주저앉아, 울부짖고 있는 자신의 모습이.

그 언덕에 쌓인 시체에 다른 누군가의 얼굴이 겹친다. 그것은 한설아의 얼굴이었고, 리리스의 얼굴이었으며, 발록의 얼굴이자, 김시훈의 얼굴이었다.

계속해서 겹쳐진 얼굴들이 바뀐다. 겹쳐서 뭉개진다. 짓눌려 터진다. 바알의 웃음소리가 들린다.

웃음소리는, 멈추지 않았다.

"……더."

고개를 들어 올린다. 아득하게 높은 세계수의 최상층, 가이아와 싸우고 있는 오딘의 모습이 희미하게 보였다.

타오르는 갈증이, 짓이기는 허기가 몸을 태운다.

"더…… 필요해."

오딘을 향해 천천히 발걸음을 옮겼다.

응축된 폭풍의 칼날이 폭탄처럼 터진다. 창날에 휘감긴 폭풍에 쩌적 공간이 찢겨 나간다.

"흐읏!"

가이아는 침음을 흘리며 손을 들었다. 새하얀 빛의 장막과 폭풍이 격돌했다.

쿠르르르릉!

소리의 영역을 초월한 폭음이 주변을 뒤흔들었다. 눈을 뜨기 힘들 정도로 타오르는 빛무리 사이로 초조한 듯 입술을 짓씹는 가이아의 모습이 보였다.

"네년의 그 잘난 의지라는 것이 고작 이것뿐인가!"

오딘이 사납게 호통을 치며 궁니르를 내려찍었다.

가이아가 양손을 교차하며 오딘의 궁니르를 막았다.

까드득.

이를 가는 소리가 가이아에게서 흘러나왔다.

"오딘…… 그래도 나는, 너를 믿었다."

아득한 과거의 이야기라지만, 한때 그는 지구의 수호신까지 맡았던 존재였다. 자신과 의견이 엇갈린다고 하더라도 이렇게 라그나로크를 일으킬 것이라고는 생각하지 않았다.

하지만 그 신뢰의 대가는 참혹하고, 처참했다.

"네놈도…… 자식을 지닌 아버지가 아니더냐! 그런데…… 그런데 어찌……."

목이 잘린 제우스의 공허한 시선이 낙인처럼 떠올랐다.

속이 뒤틀어지는 듯한 감각에 잘근잘근 입술을 깨물었다. 눈가에 눈물이 고였다.

오딘은 뚝뚝 눈물을 흘리는 가이아를 바라보며 굳게 입을 다물었다. 헛웃음조차 흘러나오지 않았다.

"먼저 시작한 건 네년……."

이글거리는 눈빛으로 가이아를 향해 궁니르를 겨눴을 때였다.

'……잠깐.'

순간, 말로 표현할 수 없는 위화감이 그를 짓눌렀다. 오딘은 분노에 차 몸을 덜덜 떨고 있는 가이아를 바라보았다.

'왜 저렇게…… 화를 내는 거지?'

가이아가 자신의 자식들을 끔찍하게 아낀다는 것은 익히 알고 있던 사실이었다. 하지만, 아무리 그렇다고 하더라도 지금 반응은 상식적이지가 않다.

'내가 제우스를 죽일지 예상을 못 했다고?'

말도 안 되는 소리였다. 그녀는 토르의 목을 잘라 자신에게 보냈다. 그런 상황에서 제우스를 사자로 보냈는데, 자신이 그를 죽일 것을 예상하지 못했다고?

'아니, 잠깐만······.'

오딘의 표정이 딱딱하게 굳었다. 맞물리지 않는 퍼즐 조각을 발견한 것처럼 끈적한 불쾌감이 등골을 타고 퍼졌다.

"······하."

절로 헛웃음이 흘러나왔다.

오딘은 가이아에게 겨눴던 궁니르를 내리며 입술을 짓씹었다.

'왜.'

왜 이제까지 깨닫지 못했는가. 분노에 앞서 미칠 듯한 자괴감이 밀려 들어왔다.

'처음 제우스가 찾아왔을 때부터 깨달았어야 했다.'

아니, 굳이 그때가 아니더라도 깨달을 기회는 많았을 것이다. 하물며 방금 전 가이아와 대치하고 있을 때조차.

해답은 간단했다. 아니, 간단하다 못해 단순했다.

이건 술책에 말려들었다고도 할 수 없다. 오롯이, 자신의 '실책'이다.

'토르는······ 가이아의 손에 죽은 게 아니었다.'

조금만 생각해도 알 수 있는 일이었다. 가이아의 성격상 대화를 원하는 사자를 망설임 없이 목을 쳐서 보낼 리가 없었을 테니까.

그 뒤에 제우스를 사자로 보냈던 것은 어떤가. 애초에 가이아가 토르를 죽였다면 제정신으로 할 수 있는 선택이 아니었다.

그런 간단한 사실을, 어설픈 계책을. 눈치채지 못했다. 깨닫지 못했다.

오딘은 지그시 눈을 감았다.

토르의 잘린 머리가 환영처럼 아른거렸다. 그것을 상상하는 것만으로도, 분노가 치밀어 올라 이성을 갉아먹는다.

'분노, 때문이었나.'

토르의 잘린 머리를 본 순간 제대로 된 판단을 할 수가 없었다. 이성이 흔들렸고, 지성을 잃었으며, 판단력이 흐려졌다. 몇 시간이라도, 아니, 단 몇 분만이라도 생각하면 알 수 있던 진실을 외면했다.

'……변명이다.'

오딘은 잘근잘근 입술을 깨물며 고개를 저었다.

자신의 실책을 토르의 죽음 탓으로 돌리는 것은 비겁한 짓이다. 그의 실책이었고. 그의 잘못이었다.

"……대가를 받아야 하는 것은 오히려 내 쪽이었던가."

오딘은 씁쓸한 목소리로 중얼거렸다.

궁니르를 내린 채, 고개를 돌려 가이아를 응시했다.

"가이아여."

"……무슨 일이지?"

갑작스러운 오딘의 행동에 가이아가 날카로운 눈빛으로 그를 노려보았다.

"그대는 광휘의 신에 대해 얼마나 알고 있지?"

뜬금없는 질문에 가이아는 눈살을 좁히며 오딘을 살폈다.

잠시 고민하던 그녀는 나지막이 말을 이었다.

"광휘의 신은 나의 아이이자, 희망이다."

"……"

"오딘. 너와는 달리…… 어떻게든 이 세계를 지키고 혼란을 막으려는 영웅이란 말이다."

오딘은 지그시 눈을 감았다.

"가이아여, 너와 내가 싸울 이유는 없다."

"……뭐?"

가이아의 두 눈이 커졌다.

오딘과 자신이 싸울 이유가 없다니? 말도 되지 않은 소리였다.

"제우스를…… 나의 아이를 잔혹하게 죽여놓고 감히 그런 소리를 내뱉느냐!"

가이아는 진심으로 분노한 듯 사나운 목소리로 소리쳤다.

오딘은 침착한 표정으로 말을 이었다.

"내 얘기를 들어다오."

오딘은 전투 의사가 없다는 것을 증명하려는 듯, 궁니르에서 아예 손을 떼어냈다. 폭풍에 휘감겨 있던 창이 서서히 땅으로 떨어졌다.

가이아는 당황스러운 표정으로 오딘을 바라보았다.

오딘은 천천히 그녀가 있는 쪽으로 한 걸음 옮겼다.

"무슨 속셈이냐…… 오딘."

"너는 지금 광휘의 신에게 속고 있다."

"……뭐라?"

"그자는 세계의 희망이 아니다. 혼란을 막으려는 영웅은 더더욱 아니지."

그자의 정체는.

"그는……."

오딘의 말이 이어지려고 할 때였다.

우우우웅!

오딘의 몸에서 항거할 수 없을 정도로 거대한 마기가 치솟아 올랐다. 궁니르를 놓아버린 손에 검은 마기가 응축됐다.

"무슨……."

갑작스러운 상황에 오딘이 두 눈을 부릅뜨며 말을 잇기도 전에.

슈와아악!!

마기가 응축된 칼날이 가이아를 향해 쏘아졌다.

"아……."

궁니르를 손에서 놓은 오딘의 모습에 긴장의 끈을 놓아버린 탓일까. 전혀 예상하지도, 상상하지도 못했던 타이밍에 쏘아진 검은 칼날에 가이아는 반응하지 못했다.

촤악!!

붉은 피가 흩뿌려진다. 가이아의 어깻죽지부터 배꼽까지 기다란 상흔이 새겨졌다.

"쿠, 쿨럭!"

가이아는 상처를 움켜쥔 채 그 자리에 주저앉았다.

"오, 딘……."

경멸 어린 표정으로 고개를 들어 올렸을 때.

슈우우욱!

오딘의 손에서 만들어진 검은 칼날이 다시금 그녀를 노렸다.

가이아는 자기도 모르게 두 눈을 질끈 감았다.

콰아아앙!!

귀를 먹게 할 법한 끔찍한 굉음이 울려 퍼졌다.

가이아는 본능적으로 몸을 웅크렸지만, 마기의 칼날이 몸을 베어내는 고통은 느껴지지 않았다.

감았던 눈을 천천히 떴다.

"나의, 아이야."

"……가이아 님."

검은 마기의 칼날을 막아서며 그녀를 지킨 것은 찬란한 빛에 휩싸인 영웅.

강우는 그녀를 내려다보며 슬픈 목소리로 입을 열었다.

"오딘의 말에 귀를 기울이지 말라고…… 말씀드렸잖아요."

"미, 미안, 하, 구나."

가이아는 고개를 떨구며 가슴의 상처를 억눌렀다.

뭐라 변명의 말조차 떠오르지 않았다. 오딘이 바알과 손을 잡았다는 것은 익히 알고 있던 사실이었으니까.

"아닙니다. 제가…… 조금 더 빨리 왔었어야 했어요."

강우는 상처를 입은 그녀의 어깨를 끌어안으며 고개를 저었다.

천천히 손을 뻗어 그녀의 상처에 손을 올렸다. 과연 최상격 신격을 지닌 신답게, 치명상에 가까운 상처를 입었음에도 빠른 속도로 상처가 재생되고 있었다.

"잠시 상처를 치료하고 계세요. 오딘은…… 제가 상대하겠습니다."

"하, 하지만."

"가이아 님."

강우는 희미한 미소를 입가에 머금으며 그녀의 손을 쥐었다.

"이제까지…… 당신의 보살핌만 받아오지 않았습니까."

"나, 는. 아무것, 도……."

"아뇨. 그렇지 않습니다."

"……."

"예언의 악마가 지구로 들어오려고 했을 때. 가이아 님이 희생하지 않았더라면 그를 막지 못했을 겁니다."

결과적으로 예언의 악마를 막지는 못했지만, 가이아의 희생이 없었더라면 이미 진즉에 세계가 멸망했을 수도 있다.

"예언에 대비해 가디언즈를 만들지 않으셨다면 제가 여기 이 자리에 있을 리도 없었겠죠."

그녀는 계속해서 지구를, 이 세계를 지키기 위해서 노력해 왔다. 율법의 제약이 남아 있던 시절 신들이 물질계에 간섭하는 것이 얼마나 제한적이었나를 생각해 본다면, 사실상 소멸을 각오하고 세계를 지켜왔다고 해도 과언이 아니었다.

"이제는."

강우는 그녀의 손을 굳게 쥐며 말했다.

"제가 당신을 지킬 차례입니다."

"아……."

가이아의 눈가에 투명한 눈물이 고였다.

그녀는 마주 잡은 강우의 손을 통해 전해지는 따스한 온기를 느꼈다. 따스한 온기가 가슴의 상처를 보듬었다.

어째서인지 참을 수 없을 정도로 졸음이 밀려왔다.

"나의, 아이, 야."

가이아의 뺨을 타고 투명한 눈물 한 방울이 흘러내렸다.

방울져 떨어진 눈물과 함께, 그녀의 의식이 점멸했다.

"……."

가이아가 의식을 잃고 난 후, 무거운 침묵이 내려앉았다.

오딘은 사납게 일그러진 표정으로 강우를 바라보며 입을 열었다.

"이제까지 이런 방법으로 가이아의 눈을 속여왔던 거군."

타자(他者)의 몸을 통해 기운을 발산할 수 있다니, 실로 경악스러운 능력이었다. 처음 마기의 칼날이 쏘아졌을 때만 해도 오딘 스스로도 혹시 자신이 공격한 게 아닐까 의심스러울 정도로 감쪽같았으니까.

'저런 말도 안 되는 능력을 지니고 있다면.'

가이아가 속아 넘어가는 것도 어쩔 수 없다는 생각이 들었다.

강우는 피식 웃음을 흘렸다.

"내가 가이아 님을 속였다니, 무슨 헛소리를 하는 거냐."

누가 들으면 내가 뭐 거짓의 신인 줄 알겠어.

"비열하기 짝이 없는 기습을 한 건 내가 아니라 오딘, 너지."

강우는 타오르는 눈빛으로 오딘을 노려보았다.

바알과 손을 잡은 노신(老神). 아득한 과거의 얘기지만 그가 지구의 수호신이었다는 사실이 부끄럽게 느껴질 지경이었다.

오딘은 어처구니없다는 듯 벙찐 표정으로 강우를 바라보았다.

자신이 바알과 손을 잡았다는 그의 헛소리에 경악한 것이 아니었다. 그가 경악한 것은, 모든 진실을 알고 있음에도 강우의 눈을 통해 느껴지는 분노가 '진심'처럼 느껴졌기 때문이다.

'스스로의 감정과 기억까지 조작하는 건가.'

그렇지 않았다면 이 정도로 선명한 분노는 설명이 되지 않았다. 섬뜩한 소름이 등골을 스치고 퍼졌다.

"……미쳤군."

미쳤다는 말 외에 어떤 말을 할 수 있을까. 오딘은 떨리는 눈빛으로 강우를 바라보았다.

"그러게 말이야."

강우는 낄낄 웃음을 터뜨렸다.

"나라고 이러고 싶었던 건 아니야. 그런데 말이지……."

진실을 조롱하고, 거짓으로 만들어진 가면을 뒤집어쓰지 않으면.

"이렇게 하지 않으면."

어딘가 절박한 목소리로, 말을 잇는다.

"이렇게 억지로라도 먹잇감을 만들지 않으면."

갈증이 몸을 태운다. 끔찍한 허기에 몸이 뒤틀린다.

"그 새끼를 이길 수 없단 말이야."

선악(善惡) 따위는 신경 쓰지 않는다. 윤리(倫理)는 잊었다.

도덕(道德) 또한 짓밟아 버렸다. 적도, 아군도 상관없다. 고통에 몸부림치건, 절망에 빠져 절규하건 알게 뭐란 말인가. 먹을 수만 있다면. 먹어서 강해질 수만 있다면. 강해져서 승리할 수만 있다면. 승리해서 지킬 수만 있다면. 그딴 건. 그딴 쓸데없는 건 모조리.

'처음 저와 만났을 때 기억나십니까.'

목소리가 들린다. 발록의 목소리였다.

'앞에 뭐가 있든, 마왕님이 해야 할 일은 하나라고 말씀하셨죠.'

세상 모든 것을 씹어 삼키며.
앞으로, 앞으로. 앞으로, 앞으로, 앞으로, 앞으로, 앞으로, 앞으로, 앞으로, 앞으로, 앞으로, 앞으로, 앞으로, 앞으로.
더 높은 곳으로. 더 아득한 곳으로. 더 범접할 수 없는 곳으로! 신(神)들의 혼란조차. 외계(外界)의 침식조차. 단 한 번도 승리하지 못했던 바알조차. 모조리. 씹어 먹을 수 있는 곳으로!
까드득. 사납게 이를 드러냈다.
"하아."
깊은숨을 토해냈다.
지그시 눈을 감으며 고개를 들어 올렸다.
우드득. 뼈가 뒤틀리는 소리가 들린다. 이마를 뚫고, 산양의 뿔이 솟아났다.

감았던 눈을 천천히 뜬다. 가로로 찢어진 노란 눈동자가 오딘을 향했다. 강우의 입꼬리가 비틀려 올라갔다.

쩌적.

광대까지 찢어진 입 사이로 날카로운 이빨이 돋아났다.

"자."

만찬의 시간이다.

"하아."

달뜬 숨을 토해낸다.

몸을 웅크린 채, 입술을 핥았다. 이마에 돋아난 산양의 뿔을 더듬으며 손을 뻗었다.

화르륵!

탐식의 불이 타오른다.

손끝에서 타오른 불이 점차 몸을 잠식한다. 양팔이 모두 불꽃에 휩싸였다. 아니, 불 자체가 되어버렸다.

'더.'

이것으로는 부족하다. 태무극과 싸웠을 때처럼, 온몸을 태우는 불을 만들어야 했다.

'더, 더, 더.'

갈증이 타오른다. 허기가 몸을 옥죈다.

입을 벌려 혀를 길게 내빼며 오딘을 바라보았다.

"너라면."

오딘이라면.

"충분하겠지? 그치?"

더 높은 곳으로. 더 아득한 곳으로. 그를 올려줄 수 있을 것이다. 도달하게 만들어줄 수 있을 것이다.

오딘은 딱딱하게 굳은 표정으로 강우를 응시했다. 궁니르의 창날에 응축된 폭풍이 휘몰아쳤다.

"너는……."

말끝을 흐렸다.

푸른 눈동자가 희미하게 떨렸다. 오싹한 감각이 등골을 타고 퍼졌다.

'악마.'

검은빛으로 타오르는 화염에 둘러싸인 강우의 모습은, 영락없는 악마의 그것이었다.

"그렇지?"

악마는 길게 입을 벌리며 웃었다. 광기에 번들거리는 노란 눈동자가 오딘을 향했다.

가볍게 무릎을 굽히고, 발을 박찼다.

콰아아앙!

거대한 폭음과 함께 강우의 몸이 쏘아졌다.

탐식의 불로 이루어진 주먹을 뒤로 젖혔다. 거칠게 진각을 밟으며 주먹을 내질렀다.

화르르르륵!

탐식의 불이 포탄처럼 쏘아졌다.

"크읏!"

오딘은 초조한 표정으로 입술을 씹었다. 저 불이 무엇인지는 알 수 없었지만, 닿으면 위험하다는 것을 직감적으로 깨달았다.

"차핫!"

짧은 기합과 함께 궁니르를 위로 올려쳤다.

궁니르의 창날에 휘감긴 폭풍이 탐식의 불을 빨아들이며 튕겨냈다.

폭풍과 뒤섞인 화염이 기둥처럼 하늘로 쏘아졌다.

"어딜 감히 악마 따위가."

오딘의 푸른 외눈이 빛났다.

뚜둑, 뚜두둑.

전신의 근육이 부풀어 오르며 그가 입고 있던 갑옷이 터져 나갔다. 그리고 노인의 외모를 지녔다고는 믿을 수 없을 정도로 터질 듯한 근육들이 드러났다. 근육들은 마치 살아 있는 생명체처럼 꿈틀거렸다.

궁니르를 높이 들자 무시무시한 폭풍이 주변을 휩쓸었다.

오딘의 포효가 폭풍을 뚫고 터져 나왔다.

"신을 능멸하는가!"

폭풍을 압도하는 듯한 거대한 외침.

강우는 몸을 뒤로 젖히며 손가락을 튕겼다. 황금빛 기운이 주변을 둘러싸며 그의 포효가 퍼지는 것을 막았다.

"그래."

활짝 미소를 짓는다.

"그렇게 나와야지."

해맑은 웃음소리가 흘러나왔다.

스릉.

허리춤에 찬 잉그리움을 뽑았다.

오른손을 옆으로 들며 중지에 낀 반지를 툭툭 쳤다.

"나와."

마해의 열쇠 안에 잠들어 있는 질퍽이를 불렀다.

하지만 아무리 기다려도 질퍽이는 반지의 밖으로 빠져나와 그를 돕지 않았다.

'뭐야.'

사납게 표정을 일그러뜨렸다.

갑작스럽게 짜증이 치밀어 올랐다.

"반항기라도 왔나?"

반지를 내려다보며 짜증 섞인 목소리로 물었다.

여전히 질퍽이는 반응하지 않았다. 언제나와 같이 통통 몸을 튕기며 빠져나와 달라붙지 않았다.

강우는 입술을 잘근잘근 깨물었다. 무언가 잘못됐다, 라는 생각이 머리를 스쳤다.

그 생각과 함께, 노란 염소의 눈동자가 다시 원래 검은 눈동자로 돌아왔다.

화르륵!

"씨, 발."

하지만 머리를 스친 생각의 끈을 쫓아 잡을 새도 없이, 양팔을 태우는 탐식의 불이 거칠게 몸을 비틀었다.

허기가. 아득한 허기가 이성을 살라 먹는다. 타오르는 욕망에 지성이 불타 재가 된다.

"아, 으."

이마를 손으로 짚은 채 고개를 떨궜다.

브레이크가 고장 난 트럭처럼 미친 듯이 욕망이 질주한다. 필사적으로 억누르려고 했지만, 이미 고삐가 풀린 욕망은 멈추지 않고 그의 몸을 뜨겁게 태우기 시작했다.

"하아, 하아, 하아."

거친 숨을 내쉰다. 순간적으로 인간의 그것으로 돌아왔던 눈동자가 다시금 염소의 눈으로 변했다.

"흐으."

머릿속이 새하얗게 점멸한다.

허기만이. 오로지 허기만이 그 자리를 채운다.

'방금 전에 무슨 생각을 했더라?'

생각이 나지 않는다. 아니, 굳이 생각할 필요가 없다고 느껴졌다. 개문을 사용한 것도 아닌데도. 의식이 흐릿하다.

'더, 강해져야 해.'

흐릿해진 의식 속에서, 욕망만이 타올랐다.

'지금으로는 안 돼.'

닿을 수 없다. 도달할 수 없다.

앞으로, 앞으로. 더 앞으로 나아가야 한다. 달려가야 한다. 질주해야 한다. 그래야만. 그렇게 해야만.

아드득. 사납게 이를 갈았다.

양팔을 뒤덮었던 탐식의 불이 몸집을 키웠다. 손에 쥔 잉그리움에서 탐식의 불이 타올랐다.

"흐아아아아아아아!!!"

거친 포효를 터뜨렸다.

궁니르를 쥔 오딘을 향해 잉그리움을 휘둘렀다. 마검의 검날에서 흘러나온 거대한 불길이 공간을 태웠다.

"흐읍!"

오딘은 짧게 숨을 들이쉬며 양팔로 궁니르를 쥐었다.

풍차처럼 궁니르를 돌렸다.

콰콰콰콰콰콰!

무시무시한 폭풍이 궁니르에서 쏟아졌다.

탐식의 불과 궁니르의 폭풍이 얽혔다. 강렬한 열 폭풍과 함께 강우의 양팔을 뒤덮고 있던 탐식의 불이 살짝 흔들렸다.

오딘의 푸른 외눈에서 빛이 번쩍였다.

쿵!

거칠게 진각을 밟았다.

있는 힘껏 몸을 비틀며 창대를 뒤로 당겼다. 겨드랑이 사이에 창대를 끼운 후 몸을 낮췄다.

"꿰뚫어 죽여라."

파지지지직!!

궁니르의 창날에 폭풍이 응축된다. 한계까지 응축된 폭풍 속에서 푸른 뇌전이 타올랐다. 토르의 것과는 비교조차 할 수 없는, 눈을 뜨는 것조차 힘든 뇌전의 줄기가 폭풍에 섞인다.

몸을 낮춘 오딘이 튕기듯 무릎을 폈다.

옆으로 비튼 몸을 회전시키며.

"궁니르."

겨드랑이에 끼웠던 궁니르의 창대를 잡아 앞으로 내질렀다.

응축된 뇌전이 폭풍이 붉게 타올랐다. 궁니르의 창날이 붉은빛으로 빛났다.

"헤."

자신을 향해 쏘아지는 창을 바라보며, 강우는 입가를 올렸다.

쿵쿵.

심장이 거칠게 맥동한다. 등골을 타고 환희와 전율이 퍼진다.

'그래.'

문득, 태무극과의 싸움이 떠올랐다.

'이거야.'

이 감각을, 이 아찔한 절망감을 갈망했다.

"키힉."

관자놀이까지 찢겨 올라간 입에서 웃음이 흘러나왔다.

혀를 길게 내빼며 왼팔을 내밀었다.

콰득.

궁니르의 창날이 강우의 왼팔에 막혔다.

탐식의 불이 궁니르의 창날에 담긴 거대한 힘을 뜯어 먹기 시작했다.

하지만 그것보다 먼저.

콰득, 콰드득!

창날의 담긴 힘을 뜯어 먹는 속도보다, 궁니르가 강우의 몸을 파고드는 속도가 빨랐다. 왼팔이 뜯겨 나가며 궁니르의 창날이 파고들었다.

다급히 오른팔을 들어 올렸다. 하지만 1초도 버티지 못하고 오른팔까지 잘려 떨어졌다.

푸욱.

"커, 헉."

두 팔을 잃은 강우의 가슴을 궁니르가 꿰뚫었다.

쇄골 아래부터 배꼽 위까지. 원형으로 구멍이 뚫리며 내부의 장기들이 소멸했다.

"하, 으."

강우는 몸을 웅크렸다.

육신의 반 가까이가 사라졌지만.

"아, 직. 부족, 해."

쿠르륵.

궁니르에 꿰뚫려 사라졌던 장기들이 급속도로 재생되기 시작했다. 마치, 개문(開門)을 사용하기라도 한 것처럼 상식을 초월하는 재생 속도였다.

'아니, 이미 개문을 사용한 건가?'

모르겠다. 알고 싶지 않다. 알 필요조차 없다는 생각이 들었다.

"조금, 더."

갈증이 목을 태운다.

애원하듯 오딘을 바라보았다. 지금 개문을 사용했는지 아닌지가 뭐가 중요할까. 오롯이 중요한 것은.

"앞으, 로. 앞, 으로."

눈앞의 먹잇감을 향해. 무너지지 않고, 쓰러지지 않고. 나아가는 것.

"나, 는."

승리해야 한다. 승리해야만 한다.

내가 무너진다면. 내가 쓰러진다면. 내가. 패배한다면.

"이겨, 야, 해."

꾸르륵.

검은 점액질이 뭉쳐 소멸했던 신체 장기들을 재생시켰다.

몸이 완전히 재생되자마자 다시금 발을 박찼다.

"……."

오딘은 입을 한 일(一) 자로 다문 채 오른팔을 앞으로 내밀었다.

강우의 몸을 꿰뚫었던 궁니르가 허공을 날아 그의 손으로 돌아왔다. 순식간에 몸을 재생한 괴물을 보며 당황할 법도 했지만, 그는 동요하지 않았다.

"죽지 않는다면."

오딘의 푸른 외눈에 투쟁의 빛이 서렸다.

"죽을 때까지 죽일 뿐."

그 말과 동시에.

촤자자자자자자작!

궁니르의 창날이 분열하기 시작했다. 한 개에서 두 개. 두

개에서 네 개. 네 개에서 여덟 개로. 폭풍으로 이루어진 수십, 수백, 수천 개의 창날이 하늘을 가득 채웠다.

"흐아아아압!!"

콰앙!

오딘의 백발이 허공에 휘날렸다. 온몸의 근육이 당장에라도 터질 듯이 부풀어 올랐다.

앞으로 몸을 기울이며 자신을 향해 달려드는 악마를 향해 창을 내질렀다. 하늘을 가득 채우고 있던 수천 개의 창날이 비처럼 쏟아져 내렸다.

"타올라라."

강우는 고개를 젖혀 하늘을 바라보았다.

비처럼 쏟아지고 있는 수천 개의 창날.

언령(言靈)의 힘이 담긴 말을 씹어뱉듯 내뱉었다. 양팔을 뒤덮고 있던 탐식의 불이 거칠게 타올랐다.

"타올라라. 타올라라. 타올라라. 타올라라. 타올라라."

노래를 하듯, 연달아 언령을 이어갔다.

양팔에서 타오르는 불길이 장막처럼 넓게 펼쳐졌다.

──────────────!!

수천 개의 창날과 불의 장막이 격돌했다. 소리의 영역을 초월한 폭음이 세계수 전체를 뒤흔들었다.

"크윽!"

공간 자체가 비틀려 찢겨 나가는 끔찍한 폭발에 오딘은 다급히 뒤로 물러섰다. 그리고.

우드득, 우득!

"미, 친……."

뒤틀린 공간에 몸이 갈려 나가면서도 자신을 향해 달려드는 괴물의 모습이 눈에 들어왔다.

무언가를 해볼 틈도 없이.

"우적!"

오른팔이 괴물의 입에 씹어 삼켜졌다. 최상(最上)격에 도달한 신격의 보호를 가볍게 찢어발기며 괴물의 이빨이 살을 파고들었다.

"크으으으으!!"

끔찍한 통증이 팔을 타고 몸 전체를 뒤흔들었다.

오딘은 입술을 짓씹으며 왼팔을 들어 올렸다.

"이 미친 괴물 자식이……!"

궁니르를 들어 자신의 오른팔을 뜯어 먹고 있는 괴물의 머리를 내려찍었다.

콰득.

괴물의 머리통이 박살 나며 터졌다. 하지만.

"으적, 으적, 으드득."

괴물의 입은 물어뜯은 오딘의 팔을 놓지 않았다.

"더, 더, 더."

피륙을 씹어 삼키는 섬뜩한 소리 사이로 괴물의 목소리가 흘러나왔다.

"더, 더, 더, 더!!"

광기에 젖은 굶주린 짐승의 목소리.

오딘의 표정이 창백하게 질렸다.

"너, 는……."

오딘은 덜덜 떨리는 눈으로 무언가 말하려고 했다.

하지만 그의 말이 채 끝나기 전에.

턱.

불에 뒤덮인 괴물의 팔이 그의 목에 닿았다.

목덜미를 잡고 거칠게 끌어내렸다. 팔을 씹어 먹고 있던 괴물이 쩌억 입을 벌렸다.

콰드득!

뱀처럼 입을 벌린 괴물이 오딘의 상반신 전체를 씹어 삼켰다.

"으드득, 으득."

강우는 오딘의 육신과 신격을 씹어 삼키며 이어질 방울 소리를 기다렸다.

'자, 빨리.'

어서.

'초월격 신격에 도달했다고 해.'

푸른색 창을 기다렸다. 하지만, 아무리 시간이 지나도 초월격 신격에 도달했다는 메시지창은 떠오르지 않았다. 아니, 초월격 신격은커녕 오딘의 신격을 흡수했다는 메시지창조차 떠오르지 않았다.

"……뭐야."

머리에 찬물을 들이부은 듯, 정신이 돌아왔다.

"왜, 도달하지 못한 거야."

수백에 달하는 신들의 시체를 흡수했다. 최상격에 도달했다는 오딘의 신격까지 먹어치웠다.

하지만.

"그렇게 먹었잖아. 어? 남김없이 먹어치웠다고."

아무리 기다려도 초월격 신격에 도달했다는 메시지는, 나타나지 않았다.

"왜, 냐고 씨발!"

쿠웅!

거칠게 발을 굴렀다.

"하아, 하아, 하아."

강우는 몸을 웅크렸다.

수백에 달하는 신을 먹어치웠음에도, 오딘을 머리통부터 씹어 삼켰음에도.

"더……."

몸을 태우는 허기는.

"더, 더, 더. 더, 더."

사라지지 않았다.

• 4장 •
짊어진 무게

"더, 더, 더."

욕망이 끓어 넘친다. 이제까지 이런 적이 있었나 싶을 정도로, 격렬하게 타오른다.

"하아, 하아."

숨이 거칠어졌다.

가슴을 움켜쥐었다. 시야가 흐릿하다.

'더, 더…….'

이성이 갉아 먹힌다. 지성도, 감정도 불에 타 증발한다. 오로지 욕망만이, 욕망만이 남아 있었다.

"씨, 발."

몸을 웅크렸다. 살점이 짓이겨지도록 입술을 씹었다.

갈증을 느꼈다. 허기를 느꼈다. 부족함을, 느꼈다.

우우웅!

주변을 뒤덮고 있던 황금빛 장막이 사라졌다.

"나, 나의 아이야!"

상처를 치료한 가이아가 다가오는 것이 보였다.

자연스럽게, 그녀의 목덜미를 씹어 삼키기 위해 발걸음이 움직였다.

"으, 아."

가이아를 향해 움직이는 발을 필사적으로 억눌렀다.

머리칼을 움켜쥐며 이를 악물었다. 마지막으로 남은 이성의 끈이, 폭발하는 욕망을 처절하게 붙잡았다.

'위험, 해.'

아니, 위험한 게 아니지. 원래부터 이랬잖아. 언제나 이래왔잖아. 악마가 욕망에 몸을 맡기는 게 뭐가 이상하지?

"하아, 하아."

검은 바다가 보인다. 아득한 무저갱이 자신을 바라보고 있다.

바울리가 아니다. 더욱 아득한 것. 더욱 거대한 것. 무한(無限)에 닿아 있는 어둠.

'뭐, 야.'

고개를 돌렸다. 어둠을 가로막고 있는, 서로 다른 크기를 지닌 세 개의 문이 검은 바다에 잠식되고 있는 것이 보였다.

아니, 잠식되는 것이 아니다.

'하나가…… 되고 있어.'

이해할 수 없었다. 사고가 제대로 이어지지 않는다.

무저갱이 자신을 응시하며 말한다.

[왜 그래?]

웃음소리가 섞여 들린다. 해맑은 소년의 웃음소리였다.

[네가 욕망한 거잖아.]

먹어서 강해질 수만 있다면. 강해져서 승리할 수만 있다면. 승리해서 지킬 수만 있다면. 뭐든지. 그 대가가 무엇이든지.

'앞으, 로.'

[그래.]

'앞으로, 앞으로, 앞으로……'

의식이 검게 점멸했다.

"허억!"

다급히 몸을 일으켰다.

고개를 돌리자 새하얀 벽이 보였다. 그가 익히 알고 있는, 수호의 전당에 있는 방이었다.

"일어나셨나요, 마왕님?"

리리스의 목소리가 들렸다.

그녀는 침대 옆에 앉아 두꺼운 서류를 읽고 있었다.

"……뭐가 어떻게 된 거야?"

"오딘이 죽으면서 전쟁은 끝났어요. 올림푸스의 승리로."

"……."

"가이아는 아직 신계에 남아서 반대파와 의견을 조율하고 있어요. 그래도 강우 님이 오딘을 빠르게 잡아준 덕분에 양 세력 간 피해는 크지 않았다고 하네요."

"……그래."

"……."

"내가 얼마나 기절해 있었지?"

"3일 정도 지났네요."

"……."

3일.

강우는 초조한 표정으로 몸을 일으켰다.

일어나자마자 몸 안에 자리 잡은 신성의 양을 확인했으나, 라그나로크를 일으키기 전과 큰 차이가 느껴지지 않았다.

여전히, 초월(超越)격 신격에는 도달하지 못한 상태였다.

강우의 표정이 사납게 일그러졌다.

'3일이나 쉬어버렸어.'

언제 외계의 침식이 본격적으로 시작될지 모른다.

언제 바알이 이빨을 드러낼지 모른다.

단 한 시간도, 일분일초도 허비할 수 없었다.

'더 강해져야 해.'

부족하다. 턱없이 부족하다.

'더……'

강우의 눈이 노랗게 변했다. 가로로 찢어진 동공이 섬뜩하게 빛났다.

'어떻게 해야 하지?'

오딘을 잡아먹으며 초월격 신격에 도달할 수 있으리라고 생각했다. 하지만 그의 예상과는 달리 초월격 신격에 도달하기는커녕 그 단서조차 얻지 못했다.

'오딘으로는 부족했나?'

그렇다면.

'가이아를…… 아니, 엘룬까지 잡아먹는다면.'

도달할 수 있을 것이 분명하다.

"……그래."

부족하다면 더 먹으면 되지 않는가? 간단하면서도, 가장 확실한 해결책이었다.

"우선 가이아를……"

"마왕님."

중얼거림을 끊으며, 리리스가 입을 열었다.

강우는 그녀를 향해 고개를 돌렸다. 리리스는 어딘가 서글프게 느껴지는 눈빛으로 강우를 바라보고 있었다.

"왜 그러셨던 거예요?"

"……뭐가."

"이번에 신들 사이에 전쟁을 일으키신 거요."

"그건 오딘이 먼저……"

"아니죠."

단호하게 고개를 저은 리리스가 차갑게 굳은 목소리로 말을 이었다.

"마왕님이 하신 일이잖아요?"

강우는 굳게 입을 다물었다.

리리스는 가늘게 눈을 떴다.

"마왕님답지 않은 일이었어요."

"나답지 않았다고?"

헛웃음이 흘러나왔다.

자기답지 않았다니? 그렇다면 자신이 레이날드처럼 윤리와 도덕을 철저하게 지키며 서로서로 손잡고 밝은 미래를 그리는 게 옳았다는 말인가.

"난 언제나 이래왔어."

"아뇨. 그러시지 않았어요."

"개소리. 이것보다 더한 짓도 셀 수 없이……."

"그건 적어도 상대가 확실한 '적'이라고 인식될 때만 그러셨죠. 적어도 마왕님에게 방해가 된다는 확신이 있으셔야 움직였어요. 지금처럼 막무가내로 미쳐서 날뛰신 적은 없었어요."

침묵이 내려왔다.

부정할 수 없는 사실이었다. 아군을 늘리고, 적을 줄이는 것은 그가 구천지옥에서부터 기본 지침으로 삼았던 것이다. 잡아먹을 대상의 선악(善惡)을 가리지는 않았지만, 적어도 그에게 방해가 되지 않을 자들까지 억지로 사냥하지는 않았다.

"오딘을 죽이신 것이 잘못됐다고 말하는 게 아니에요. 다만 그 방법의 문제였죠."

"……."

"너무 어설펐어요."

리리스는 차가운 눈빛으로 말을 이었다.

"가이아가 마왕님을 완전히 신뢰하고 있던 것이 아니었다면, 오딘이 분노에 이성을 잃지 않았다면."

사건의 원흉이 강우였다는 것은 간단하게 밝혀졌을 것이다.

"솔직히 신들이 멍청해서 아무 문제 없이 넘어간 거였죠. 와, 이제 와서 생각해 보니 정말 신들이 멍청하긴 하네요. 왜 이걸 몰랐을까? 신계에 하도 오래 처박혀 있다 보니 전체적으로 지능이 떨어진 것 같기도 하고……."

"……."

"어쨌든, 전혀 마왕님답지 않았던 일이었어요."

리리스가 자리에서 일어서 강우를 향해 천천히 다가왔다.

"원래 마왕님이라면 오딘을 잡아먹으신다고 해서도 조금 더 확실하게, 정체가 드러날 가능성을 최대한 제거하고 싸움을 붙였겠죠."

"……."

"마왕님."

리리스가 상냥하게 강우의 손을 잡았다. 그러고는 깊게 가라앉은 눈빛으로 강우를 응시하며, 물었다.

"왜 그렇게 조급해하시는 거예요?"

조급하다. 그 표현이 가장 적절할 것이다.

오딘을 죽이는 것은 문제가 되지 않는다. 라그나로크를 일으켜 신들이 서로 죽고 죽이는 것도 아무런 문제가 없다. 그녀에게는, 그딴 건 아무런 상관이 없었다.

문제는 현재 강우의 상태였다. 그는 조급해하고 있었다. 마치 무언가에 쫓기기라도 하는 것처럼.

"왜 그렇게 조급해하냐고?"

강우의 표정이 사납게 일그러졌다.

그가 이를 드러내며 그녀를 노려보았다.

"왜, 그렇게, 조급해하냐고?"

정말 몰라서 묻는다는 말인가. 그 이유를, 정말로 모른다는 말인가.

"강해져야 하니까."

먹어서 강해지지 않으면. 강해져서 승리하지 않으면. 승리해서 지키지 않으면.

"또다시……"

강우는 입술을 짓씹으며 억눌린 목소리로 말을 이었다.

"그 새끼한테…… 져버린다고."

고개를 숙였다.

패배의 기억을 떠올렸다. 눈앞에서 마신의 심장을 탈취당했던 기억을. 낄낄거리며 웃고 있는 바알의 모습을.

바알과의 전투에서 승패가 갈린 것은 아니었다. 하지만 그것은 명확한, 부정할 수 없는, 자신의 '패배'였다.

'막을 수 없었어.'

설사 개문을 사용했다고 해도 막을 수 있었을까. 확신이 서지 않는다.

아니, 아마도.

'졌을 거야.'

의식의 끈까지 놓아버리고 폭주하면 모를까, 의식이 남아 있는 상태로는 그를 이길 수 없었을 것이다.

그리고 의식의 끈을 놓아버리면 승리하건 패배하건 그 결과는 같다. 지금 마해가 폭주한다면…… 이 세계는 확실하게 멸망할 테니까.

'근데 마신의 심장까지 놈이 가져갔다면.'

더더욱 승리의 가능성은 희미해졌다.

이대로라면. 그는, 패배하게 될 것이다. 또다시.

"……마왕님."

리리스가 어딘가 슬퍼 보이는 눈빛으로 그의 뺨에 손을 올렸다. 그리고 상냥한 손길로, 그의 뺨을 쓰다듬었다.

"이제까지 마왕님이 한 번도 패배하지 않으면서 승리하셨던 건 아니었잖아요."

그렇다. 마왕은, 구천지옥의 지배자는 단 한 번의 패배도 없이 패도(覇道)를 걸어왔던 것이 아니다. 그는 셀 수도 없이 패배했고, 짓밟히고, 무너졌다. 그럼에도. 밑바닥부터 아득바득 기어와 승리를 거머쥐었다.

"바알에게 한 번 지신 것 가지고 그렇게 조급해하실 필요 없어요."

리리스는 타이르는 듯한 목소리로 그렇게 말했다.

강우의 눈동자가 흔들렸다.

짊어진 무게

"조급해할, 필요가…… 없다고? 한 번 진 것 가지고 조급해 말라고?"

하. 헛웃음이 흘러나왔다.

"하, 하하. 하하."

강우는 어깨를 떨며 웃음을 터뜨렸다. 흐느끼는 것처럼, 울부짖는 것처럼 느껴지는 서글픈 웃음소리였다.

"개, 소리 하지 마."

까드득. 이를 악무는 소리가 들렸다.

강우가 사나운 눈빛으로 리리스를 노려보았다.

그녀의 말대로다. 구천지옥에서 자신은 수없이 패배했다. 그 무수한 패배를 넘어 강해졌고, 승리했다.

하지만. 하지만. 하지만.

쾅!

거칠게 벽을 후려쳤다.

몸을 옥죄는 허기를 무시했다. 몸을 태우는 갈증을 무시했다. 폭발하듯 끓어 넘치는 욕망을 짓밟았다.

그 모든 것이 사라진 자리에는 '자신'이 있었다. 세계를 수호하는 구원자가 아닌, 구천지옥을 지배하는 마왕이 아닌, 마해를 다스리는 주인이 아닌. 오강우라는, 인간만이.

무언가 터져 나왔다. 꾹꾹 억누르고 있던, 필사적으로 감추고 있던 것들이.

터져 나온 것들을 담아, 울부짖듯 외친다.

"이제는! 단 한 번도 패배해서는 안 된다고!!"

패배를 통해 강해졌다고? 어떻게든 아득바득 기어 올라왔다고?

"씨발 그러는 동안 몇 명이 죽었는데!!"

죽었다. 그를 섬겼던 부하들이, 그를 따르던 부하들이.

셀 수도 없이 비참하고. 처절하고. 처참하게. 죽고, 죽고, 죽고, 죽고, 죽고, 죽었다. 시체가 쌓여 언덕이 만들어질 동안, 계속해서.

"내가 씨발 강해지지 않으면! 내가 이기지 못하면!"

앞으로. 앞으로. 앞으로. 앞으로. 앞으로. 앞으로. 앞으로. 앞으로. 앞으로.

멈춰서는 안 된다. 무너지면 안 된다. 쓰러지면 안 된다.

그가 주저앉는다면, 바알의 이빨은 그의 뒤를 따르던 이들에게 향할 테니까.

"다 뒤질 텐데 나보고 어쩌라는 거야!!"

절규했다.

"그 새끼한테 물량 공격이 의미 있을 것 같아? 어? 올림푸스, 아스가르드, 가디언즈, 이딴 게 소용이나 있을 것 같냐고!!"

쿵!

거칠게 발을 구른다.

결국 자신이 아니면, 그를 상대할 수 있는 존재는 없다. 자신이 무너진다면. 그다음은.

"나는…… 강해져야 해."

절박한 목소리로, 처절한 목소리로 말을 잇는다.

강해져야 한다. 강해져서, 싸워야 한다. 싸워서 승리해야 한다. 도망치는 건 의미가 없었다. 삼원의 세계 밖으로 도망치는 것 또한 결국 길고 짧고의 문제일 것이다. 바알은 삼원의 세계를 집어삼키고, 자신을 쫓을 것이다.

그가 어디에 있더라도 찾아올 것이다. 그의 소중한 것들을 모조리 잡아먹을 것이다.

"나는······."

거칠게 숨을 몰아 내쉬며, 고개를 떨궜다. 그리고 쥐어짜는 듯한 목소리로 말을 이었다.

"이겨야, 한다고."

단 한 번도 패배해서는 안 된다. 지옥에서 있었던 일들이 반복돼서는 안 된다.

리리스는 굳게 입을 다물었다.

이런 그의 모습을 보는 것은 처음이었다. 아득한 시간을 함께 해왔는데도, 수많은 전장을 함께 거쳤는데도 처음이라는 것은.

'얼마나.'

그동안 얼마나. 얼마나 처절하게 버텨왔다는 것일까. 감정을 억눌러 왔다는 것일까.

그녀로서는 상상하기 어려웠다. 아득함만이 느껴졌다.

"강우 님."

그녀는 더 이상 그를 마왕이라 부르지 않았다.

그녀의 눈앞에 있는 것은 '마왕'이 아니었다. 그 이름 아래 가려져 있던, 그 이름 아래 짓눌려 있던 오강우라는 이름의 인간이었다.

"많이…… 힘드셨군요."

리리스는 두 팔로 그의 머리를 끌어안았다. 상처 입은 아이를 달래듯, 상냥하게 머리를 쓰다듬었다.

강우는 굳게 입을 다물고 그녀의 품에 안긴 채 고개를 떨궜다.

수많은 얼굴들이 떠올랐다. 그것은 한설아의 얼굴이었고, 리리스의 얼굴이었으며, 발록의 얼굴이자, 김시훈의 얼굴이었다.

아니, 그들만이 아니다. 차연주의, 에키드나의, 레이라의, 아이리스의, 할키온의, 발자하크의, 우리엘의 무수한 시선을 그를 바라보고 있다. 무수한 손들이 그를 붙잡고 있었다.

그가 짊어진 존재들이다. 그가 짊어져야 하는 존재들이다.

"응."

힘들었다. 힘들지 않을 리가 없다.

아무리 버티고, 버티고, 버티고, 버티고, 버티고, 버티고, 버티고 앞으로 나아가려고 해도.

"무거, 워."

짊어진 무게가 너무나 무겁고, 무거워서.

"짓눌려 터져서…… 죽을 것만 같다고."

강우의 목소리에 흐느낌이 섞였다.

뺨을 타고 투명한 눈물이 흘러내렸다.

침묵이 내려앉았다.

상처 입은 짐승의 울음소리와 같은 처량한 흐느낌만 방을 울렸다.

리리스는 강우의 머리를 끌어안은 채 천천히 그의 머리를 쓰다듬었다. 그의 흐느낌이 멈출 때까지. 폭발한 감정들이 가라앉을 때까지.

'그 새끼한테 물량 공격이 의미있을 것 같아? 어? 올림푸스, 아스가르드, 가디언즈, 이딴 게 소용이나 있을 것 같냐고!!'

처절한 절규를 떠올렸다.
반론을 생각할 수 없는 외침이었다.
바알에게 물량은 의미 없다. 과거 구천지옥의 패왕(霸王)을 결정짓는 전쟁에서 이미 증명된 일이다. 그녀는 뛰어난 화술과 환영 마법으로 바알의 군세 대부분이 그를 배신하도록 만들었지만, 결국 아무런 의미도 없었다.
바알은, 그런 존재다.
'강우 님이 아니면.'
아무도 그를 상대할 수 없다.
익히 알고 있던 사실이었다.
김시훈도, 가이아도, 발록도, 한설아도 바알을 감당할 수 있을 리가 없었다. 아니, 오히려 방해만 될 것이다.
결국 바알을 상대하기 위해서는.
'강우 님이 바알보다 강해져야 해.'
그리고 그가 강해질 수 있는 방법은 지극히 단순했다.
먹는 것. 선악(善惡)을 가리지 않고, 피아(彼我)를 구분하지 않고 모조리 먹어치우는 것이다.

'그래서…….'

리리스는 씁쓸한 미소를 지으며 자신의 품에 안겨 애처롭게 떨고 있는 강우를 내려다보았다.

얼마나 극한으로 내몰렸던 것일까. 얼마나 큰 중압감에 짓눌렸던 것일까. 그녀로서는 상상하기 어려웠다.

'가엾은 분.'

리리스는 소중한 보물을 끌어안듯 강우의 머리를 끌어안았다.

"이기실 거예요."

"……."

"제가 아는 강우 님이라면, 결국 승리하실 거예요."

"그건…….'

"예. 알고 있어요. 그 과정에서 누군가 죽을 수도 있겠죠. 소중한 이들을 잃을 수도 있겠죠."

과거. 구천지옥에서처럼.

"하지만……."

리리스는 활짝 미소를 지었다.

"그래도 강우 님이라면 이겨내실 수 있을 거예요."

"……아냐. 아니라고."

강우는 입술을 짓씹었다.

죽은 이는 돌아오지 않는다. 잃어버린 것을 되찾을 방법은 없다. 이겨봤자 그에게 뭐가 남는다는 말인가.

"이제 더…… 잃고 싶지 않아."

짊어진 무게 133

고개를 떨구고 나약하게, 꼴사납게 흐느낀다.

"호호호."

리리스는 입가를 가린 채 웃었다.

강우의 머리칼을 쓸어 넘기며 이마에 입을 맞췄다.

"죽어서도 함께 있겠다는 말도 안 되는 말은 하지 않을게요. 하지만, 이것만은 말씀드릴 수 있어요."

확신에 찬 눈으로 강우를 바라보았다.

"설사 죽는다고 하더라도…… 전 행복할 거예요."

당신과 함께라면. 당신과 함께 해왔던 기억이 남아 있다면.

"죽는 그 순간에도 웃으면서 죽을 수 있어요."

강우의 눈이 떨리고 숨이 거칠어졌다.

"안, 돼."

웃으면서 죽는다니? 개소리도 정도가 있다.

"어디서 멋대로 뒈지려는 거야."

"어머, 방금 저 좀 떨렸어요."

리리스가 살짝 얼굴을 붉혔다.

그녀는 강우의 목에 팔을 두르며 가볍게 허리를 숙여 입을 맞췄다.

'설아 씨에게는 좀 미안하지만.'

터져 나오는 감정을 참을 수 없었다.

"그러면. 멋대로 죽을 수도 없다면."

강우의 뺨에 손을 올렸다. 코가 닿을 정도로 가까이 얼굴을 기울이며 속삭이듯 말을 이었다.

"이겨주세요."

무슨 짓을 하더라도, 모든 것을 씹어 삼키더라도, 온 세상이 그를 저주하고, 증오한다고 해도 자신은, 그의 뒤를 따를 것이다.

"단 한 번의 패배도 용납하실 수 없다면."

"……."

"이제부터 한 번도 지시지 않으면 되잖아요?"

아무것도 아니라는 듯. 당신이라면, 내가 아는 왕이라면 당연히 그럴 수 있다는 듯 태연한 목소리로 말했다.

"……하."

강우의 입에서 헛웃음이 흘러나왔다.

어처구니없다는 듯 물었다.

"이럴 때는 져도 된다거나 짐을 나눠 들어주겠다거나 뭐 그런 위로를 해야 하는 거 아냐?"

"어머, 그런 걸 바라셨나요? 호호호. 하지만 바알을 상대할 수 있는 건 강우 님밖에 없는 건 사실인걸요. 저희의 목숨이 강우 님에게 달려 있다는 것도요."

리리스는 밝게 웃으며 말을 이었다.

"그러니."

깊게 가라앉은 눈빛으로 강우의 두 눈을 응시했다.

"이겨주세요."

강우라면. 자신이 사랑하는 왕이라면. 승리할 것이 틀림없다. 그 상대가 신이라고 하더라도, 정체를 알 수 없는 외계의 존재라고 하더라도. 바알이라고 하더라도.

강우는 굳게 입을 다물었다.

무게를 덜어주기는커녕, 오히려 커다란 부담을 하나 더 쌓아 올리는 그녀의 모습에.

"푸흡."

어째서인지, 어깨를 짓누르고 있는 중압감이 한결 덜해졌다.

'단 한 번의 패배도 용납할 수 없다면.'

이제부터 한 번도 지지 않으면 된다, 라.

"정말…… 간단하게도 말하네."

낄낄 웃음이 흘러나오고 어깨가 들썩였다.

'그래.'

간단한 문제였잖아? 언제나 이겨왔다면. 결국에는 승리를 거머쥐었다면 이번에도 이기면 되는 것이다.

'아무도 잃지 않고.'

압도적으로.

"하하, 씨발."

강우는 얼굴을 손으로 덮은 채 웃음을 터뜨렸다. 뭔가 이제까지 고민을 하고 있던 것이, 중압감에 짓눌려 있던 것이 멍청하게 느껴졌다.

'아무한테도 지지 않으면 된다는 거지?'

그렇다면 우선해야 할 일이 있었다.

"잠깐만 기다려 봐."

"……강우 님?"

강우는 고개를 갸웃거리는 리리스에게서 고개를 돌리며 눈을 감았다. 그리고 그의 내면을, 만마전 안에 웅크리고 있는 검은 바다를 관조했다.

'우선 이 건방진 새끼부터 조져야지.'

검은 바다가 보였다. 끝없는 무저갱, 무한에 닿아 있는 어둠은 그를 가두고 있는 세 개의 문과 뒤섞이고 있었다.

만마전을 침식하고 있는 것. '오강우'라는 존재를 잠식하고 있는 것. 그것이 무엇인지는, 깊게 생각할 필요조차 없었다.

'욕망.'

마기를 지닌 자가 필연적으로 마주치는 것. 마기라는 기운의 근원.

"아, 으."

몸이 떨린다. 강렬한 허기와, 미칠 듯한 갈증이 몸을 태운다.

화르륵.

불이 타오른다. 검은빛과 황금빛이 뒤섞인, 오로지 '먹는다'라는 욕망만으로 이루어진 불.

"하아, 하아."

숨이 거칠어진다. 견딜 수 없을 정도로, 버틸 수 없을 정도로 욕망이 끓어오른다.

정신이 흐릿하다. 시야에 노이즈가 낀 듯 어지럽다. 이성이 갉아 먹히고, 지성이 불타 재가 되어간다.

세상 모든 것이 무너진다. 사라진다. 불에 타 증발한다. 남은 자리에는. 모든 것이 불타 버린 잿더미 위에는, 욕망만이. 남았다.

[더, 더, 더, 더.]

부족하다는 듯 소리친다.

눈앞의 모든 것을, 아니, 이 세상의 모든 것을 씹어 삼키고 싶다는 강렬한 충동이 뇌리를 뒤흔든다.

그 아득한 욕망 속에서, 강우는 천천히 고개를 들어 올렸다.

'너였구나.'

자신을 잠식하고 있던 존재. 나약해진 의식의 틈을 파고들어, 그를 지배하려고 했던 존재.

욕망을 먹이 삼아 타오르는 불. 탐식(貪食)이라는 이름을 지닌 그의 신격(神格)이었다.

'하긴, 좀 이상하다 싶었지.'

돌이켜 생각해 보면 이상한 점이 한두 가지가 아니었다.

아무리 스트레스와 중압감에 시달리고 있다고 해도 강해져야 한다는 강박에 미쳐 버렸다고 해도 자신답지 않은 일이었다.

선악(善惡) 따위는 신경 쓰지 않는다. 윤리(倫理)는 잊었다. 도덕(道德) 또한 짓밟아 버렸다. 그건 과거나 지금이나 변하지 않았다.

방해가 되는 존재는 죽인다. 방해가 될 것 같은 존재도 죽인다. 필요하다면 무슨 방법을 쓰더라도 손에 넣는다. 리리스 또한 그런 자신의 모습은 잘 알고 있을 것이다.

그럼에도 그녀가 '자신답지 않은' 일이라고 평가한 이유는.

'이 새끼에게 내가 집어삼켜졌기 때문이지.'

강우는 가늘게 뜬 눈으로 타오르는 불꽃을 바라보았다.

탐식(貪食)의 불. 오로지 먹고 싶다는 욕망으로만 이루어진, 갈증과 허기로 가득한 신격(神格). 자신은 그 신격에 잠식당하고 있었던 것이다.

'그래서 그렇게 초월급 신격에 도달하는 것에 목을 매게 된 거구만.'

이제야 상황이 조금씩 이해되기 시작했다.

'언제부터?'

기억을 되짚어보았다.

오랜 시간이 걸리지는 않았다. 자신의 변화가 시작된 것은, 탐식의 신격이 자신을 잠식하기 시작한 것은.

'바알에게 패배한 직후인가.'

피식, 웃음을 흘렸다.

"아주 씨발 이 몸뚱어리는 인기가 너무 많아서 탈이야."

바울리 말고도 탐식(貪食)의 신격까지 그의 몸을 탐내고 있었다. 욕망에 굴복시켜, 탐식의 불로 집어삼키려고 하고 있었다.

화르르르륵!!

거대한 불이 타오른다. 수십, 수백, 수천 미터는 가볍게 넘을 법한 온 세상을 집어삼킬 것만 같은 거대한 불이 강우의 몸을 노리고 달려들었다.

통!

"꾸륵, 꾸륵!"

그때, 의식의 공간에서 질퍽이가 튀어나왔다. 질퍽이는 강우를 호위하듯 앞에선 채 사납게 뜬 눈으로 거대한 불길을 노려보았다.

"꾸륵! 꾸르르륵!"

위협적으로 입을 벌리며 탐식의 불을 견제했다.

강우는 피식 웃었다.

"뭐야, 부를 때는 안 나오더니 이제 기어 나온 거냐?"

"꾸륵, 꾸르륵……."

질퍽이가 움찔 몸을 떨며 그를 돌아보았다. 뭔가 억울하다는 듯한 눈빛.

강우는 낄낄 웃으며 질퍽이의 반들반들한 피부를 두드렸다.

철퍽, 처퍽.

"괜히 깝치지 말고 뒤에 있어, 인마."

"꾸르륵?"

질퍽이의 머리통을 잡고 뒤로 집어 던졌다.

"꾸륵!!"

질퍽이가 데굴데굴 구르며 뒤로 튕겨 나갔다.

"자, 그럼."

강우는 고개를 들어 올렸다.

검은 바다 전체가 타오르고 있었다.

석유로 이루어진 바다에 불을 지르면 이런 느낌일까. 의식으로 이루어진 공간인데도, 온몸을 불태우는 듯한 열기가 느껴졌다.

거대한 불이 그 아가리를 벌린다. 욕망이 강우의 몸 전체를 집어삼키기 시작했다.

치이이익.

피부가 타오른다. 살점이 짓이겨진다. 피가 증발한다.

끔찍한 허기가, 메마른 갈증이 전신의 감각을 뒤튼다. 이성을 갉아먹고 지성을 씹어 먹는다.

[부족해.]

목소리가 들렸다.

[아직 부족하잖아?]

더, 더, 더, 더.

[앞으로, 나아가야지.]

더 높은 곳으로. 더 아득한 곳으로.

[알고 있잖아? 너라면······.]

"새끼 참 말 많네."

머릿속에서 울려 퍼지는 목소리를 끊어내며 퉤, 침을 뱉었다.

"야."

타오르는 불꽃 속에서, 입을 열었다.

자신의 몸을 집어삼키고 있는 거대한 불길을 바라보았다. 욕망이라는 이름의 불을.

"넘볼 걸 넘봐야지, 새끼야."

낄낄 웃음을 터뜨렸다.

그를 잠식하고, 조종하려고 하다니. 다른 누구도 아닌 마왕(魔王)을.

"네가 날 지배하는 게 아니야."

악마에게 있어서 욕망은 항거할 수 없는 본능이다. 모든 악마는 욕망에 따라 움직이고, 욕망의 지배를 받는다.

하지만.

"내가."

그건 어디까지나, 일반적인 '악마'의 이야기.

"네 위에 군림하는 거지."

구천(九天)을 아우르는 지옥의 왕이며 모든 악마의 정점에 선 존재. 마신을 짓밟고 마해(魔海)의 주인이 된 마왕은 낮은 목소리로 말했다.

"대가리 박아, 이 새끼야."

자신을 집어삼키는 거대한 불길을 향해.

나지막이 명했다.

화르르륵!!

탐식의 불이 거칠게 튕겨 나갔다. 거대한 몸을 이리저리 뒤틀며 사납게 타올랐다.

탐식의 불이 몇 번 더 강우를 향해 달려들었지만.

"새끼, 이거 아직 정신 못 차렸네."

강우가 표정을 일그러뜨렸다.

그를 향해 달려들던 탐식의 불이 보이지 않는 무언가 튕겨 나갔다. 온 세상을 뒤덮을 정도로 거대한 불꽃과 한 인간의 싸움. 겉으로만 보면 싸움조차 성립되지 않는 아득한 모습이었지만.

'여긴 어디까지나 의식의 공간이니까.'

일반적인 물리 법칙은 통용되지 않는다.

이곳에서는 누가 얼마나 큰 힘을 지니고 있는지는 상관없다. 중요한 것은 의지와 기(氣)를 제어하는 능력. 그리고 그 두 가지에서 강우는 마신(魔神)조차 아득히 뛰어넘는 경이(驚異)에 도달해 있었다.

화르르륵!

탐식의 불이 성을 내듯 강렬한 열기를 내뿜었다.

이해할 수 없다는 듯 몸을 이리저리 비튼다.

이 공간에서 정말로 의지가 중요하다면, 지금 이 광경은 이해할 수 없다. 욕망이야말로 가장 강력한 의지였으니까.

화르르륵.

탐식의 불이 허공에 뭉치더니 인간의 형상으로 변하기 시작했다. 자신을 본뜬 듯, 불로 이루어진 인간의 형상은 강우와 비슷한 체형의 크기를 지니고 있었다.

인간의 형상으로 변한 불이 자신을 향해 성큼성큼 다가왔다.

"왜?"

강우는 사납게 입가를 비틀어 올렸다.

가볍게 발을 구르자 마해가 일어나 탐식의 불을 휘감는다.

화르르륵!!

탐식의 불이 거칠게 몸부림쳤지만 거대한 마해의 압박에서는 벗어날 수 없었다.

욕망의 잠식에서 벗어난 지금. 마해의 제어권은 완전히 강우의 것으로 돌아왔다.

"끝냐?"

화르르륵!

"하. 씨바 세상 많이 좋아졌어, 그치?"

격렬히 타오르는 탐식의 불을 향해 천천히 걸어간다.

탐식의 불이 다급히 몸부림쳤다.

자신을 묶고 있는 마해에서 벗어나기 위해 격렬하게 불꽃을 태웠다. 끈적끈적한 점성으로 이루어진 검은 기운이 조금씩 불에 타 사라지기 시작했다.

"만 년 동안 짓밟혀 있던 놈이 조금 틈이 생겼다고 아주 좋다고 기어 나오고 있지?"

자신의 욕망을 바라보며 짙은 미소를 지었다.

만 년이라는 아득한 시간 동안 자신은 단 한 번도 욕망 앞에 굴복한 적이 없었다. 언제나 극복했고, 승리했다. 욕망은 그를 지배하지 못한다. 그가, 욕망을 지배하는 것이다.

쩌적.

강우의 입이 벌어졌다. 관자놀이까지 찢겨 올라간 입 사이에서 날카로운 이빨이 돋아났다.

우드득!

양 이마를 뚫고 산양의 뿔이 돋아나기 시작했다.

꾸르륵.

마해가 솟구쳐 올라 강우의 몸을 휘감기 시작했다.

"흐, 아."

휘몰아치는 마해의 안에서 몸을 웅크렸다.

아득한 전능감이 차오른다.

화르르륵!

인간의 형상으로 변한 탐식의 불이 뒷걸음질 쳤다. 무언가 불길함을 느꼈는지, 몸을 돌려 도망치기 시작했다.

강우는 길게 혀를 내밀며 낄낄 웃었다.

"대가리 박으라고-"

콰앙!!

강우의 몸이 탄환처럼 솟구쳤다. 그의 몸을 휘감고 있던 마해가 그를 따라가듯 달라붙었다.

촤라락!

강우의 등에 달라붙은 마해가 부채꼴 모양으로 넓게 펼쳐졌다. 양옆으로 펼쳐진 마해는 마치 끈적한 점액질로 이루어진 거대한 날개처럼 보였다.

"했잖아!"

콰르륵!

도망치는 탐식의 불을 움켜쥐고 마해의 안으로 처넣었다. 끝을 알 수 없을 정도로 깊은 무저갱의 바다가 소용돌이처럼 휘몰아쳐 탐식의 불을 집어삼키기 시작했다.

쿠르륵! 쿠륵!

탐식의 불이 애처롭게 발버둥 쳤다. 검은 바다는 탐욕스럽게 탐식(貪食)의 신격에 달라붙어 먹어치우기 시작했다.

화르륵!

마해의 처박힌 탐식의 불은 이곳에서 꺼내 달라는 듯 필사적으로 팔을 뻗고 있었다.

강우는 낄낄 웃으며 조롱하듯 물었다.

"왜, 살고 싶냐?"

화륵, 화르륵!

딱히 머리라고 할 수 있는 부분은 없었지만, 고개를 끄덕인 것 같다고 느껴졌다.

강우는 마해에 처박힌 탐식의 불을 붙잡았다.

"흐음. 어쩔까."

가늘게 눈을 뜬 채 고민에 잠겼다. 자신에게 한 번이라도 반기를 들었다는 점에서 남겨두는 것보다 제거하는 것이 원래는 옳을 것이다.

하지만.

'뭐, 기껏 최상격 신격까지 올려놓은 걸 버릴 순 없으니까.'

탐식(貪食)의 신격을 버리기에는 탐식의 불이 지닌 힘이 강력하다는 것은 부정할 수 없는 사실이었다.

"나와."

강우는 마해에 빠진 탐식의 신격을 잡아끌어 올렸다.

화르르륵!

온 세상을 집어삼킬 듯 거칠게 타오르던 불길이 강우에게서 도망치듯 떨어졌다.

신을 마주한 신도처럼, 왕을 알현한 신하처럼 거대한 불길이 그의 아래 머리를 조아렸다.

['탐식의 불이 당신에게 굴복합니다!]

['탐식의 불의 성취가 상승하였습니다!]

['탐식의 불'의 안에 들어 있던 신격을 흡수하였습니다.]

[레벨 제한이 100에서 110으로 상승합니다!]

[11차 각성에 도달했습니다!]

[11차 각성에 도달함에 따라 초월(超越)격 신격의 일부 조건이 달성되었습니다!]

[최고 레벨(12차 각성)의 도달까지 10레벨이 남았습니다.]

"아따, 이 새끼도 더럽게 시끄럽네. 나오라고 할 때는 뒈지게 안 나오더니만."

강우는 귀를 후비며 피식 웃었다.

의식으로 이루어진 공간이기 때문일까, 눈앞에 푸른 메시지 창은 떠오르지 않았다. 대신 메시지의 내용이 육성으로 머릿속에 울려 퍼졌다.

'뭐, 이건 나중에 생각하고.'

강우는 천천히 고개를 돌렸다. 그의 발아래 머리를 조아리듯 움츠러들어 있는 불의 모습이 보였다.

가늘게 눈을 떴다.

"똑바로 대가리 안 박냐."

움찔, 불이 출렁였다.

인간의 형상으로 변한 탐식의 불이 깍듯한 자세로 머리를 처박았다.

"일어서."

벌떡. 탐식의 불이 몸을 일으켰다.

"앉아."

몸을 일으킨 탐식의 불이 다시 호다닥 쪼그려 앉았다.

강우는 피식 웃음을 흘렸다.

'의식 세계에서 이게 뭐 하는 짓인지 모르겠지만.'

그래도 탐식의 불이 자신에게 완전하게 굴복했다는 것을 알려주는 모습이었다.

'그나저나 신격이라는 게 원래 독자적인 의지를 지니고 있는 건가?'

잠시 생각을 이어가던 강우는 가늘게 눈을 떴다.

'확실히 신들이 신격의 영향을 받기는 하지.'

자애(慈愛)의 신격을 지닌 가이아는 자신의 자식과 권속들을 끔찍하게 아끼고, 영웅(英雄)의 신격을 지녔던 티리온은 그림으로 그린 듯한 영웅 같은 성격을 지니고 있었다. 전쟁(戰爭)의 신이었던 오딘 또한 올림푸스와의 전쟁에서 망설임 없이 선두에 섰다.

'애초에 신이라는 건 기본적으로 신격의 영향을 받게 되어 있던 건가.'

그렇다면 자신 또한 탐식(貪食)의 신격의 영향을 자연스럽게 받는다는 의미.

"……이거 초월격 신격에 도달해도 되는지 잘 모르겠네."

신격의 격이 높아질수록 그 신격의 영향을 받는 강도 또한 커질 것이 분명했다.

오딘을 잡아먹고 초월격 신격에 도달하지 못했기에 망정이었지 그의 의지에 틈이 생긴 사이 초월격 신격에 도달했다면.

'탐식의 신격에 의식이 완전히 빼앗길 수도 있었다.'

가볍게 넘길 수 없는 일이라는 생각이 들었다.

'그렇다고 초월격 신격을 포기할 수도 없으니.'

강우는 입가를 슬쩍 올렸다.

초월격 신격을 포기할 수도, 그렇다고 신격을 통해 받는 영향을 막을 수도 없는 이상.

'철저하게.'

신격을 굴복시키는 수밖에 없다. 자신의 의지 아래에 머리를 조아리게 만들 수밖에 없다.

"앉아, 일어서, 앉아, 일어서."

벌떡, 벌떡. 자신의 명령이 떨어질 때마다 탐식의 신격이 재빠르게 몸을 움직였다.

"앉아, 앉아. 어? 말 똑바로 안 듣냐? 내가 일어서라고 했어? 어?"

화르륵!

"뭐, 모르면 끝이냐? 어? 모르면 신격 생활 끝이야? 정신 안 차리지?"

화륵, 화륵.

"앉아. 일어서, 앉아, 일어서, 좌로 굴러, 우로 굴러, 뛰어, 날아."

강우의 명령에 따라 탐식의 불이 이리저리 몸을 움직였다.

강우는 입가를 올리며 탐식을 불을 바라보았다.

"뭐, 여긴 의식의 세계니까 시간도 좀 여유 있고……."

화륵, 화르륵…….

다시는 그를 넘볼 생각조차 하지 못하도록.

"철저하게 짓밟아주마."

씨익.

강우는 활짝 웃으며 밝은 웃음을 터뜨렸다.

탐식의 불이 움찔 몸을 떨며 수그러들었다.

화르륵······.

"쓰으······ 후우."

감았던 눈을 천천히 뜬다.

얼마나 시간이 지났던 것일까. 의식의 세계는 시간 개념이 애매모호한 탓에 잘 알 수 없었다.

강우는 고개를 돌렸다.

"얼마나 지났어?"

처음 눈을 감았을 때와 똑같은 자세로 이쪽을 바라보는 리리스를 향해 물었다.

그녀의 눈빛은 희미한 불안으로 떨리고 있었다.

"3시간 정도······ 지났어요."

"그래?"

체감상 3년 정도는 지난 느낌이었다.

강우는 찌뿌둥한 몸을 풀며 리리스를 바라보았다.

리리스의 시선이 불안으로 떨리는 것이 보였다.

"왜?"

리리스는 답하지 않은 채 강우의 등 쪽으로 시선을 옮겼다.

강우가 고개를 갸웃거리며 고개를 돌리자.

"허."

그의 등 뒤에 돋아 있는 검은 날개가 보였다. 마치 끈적한 점액으로 만들어진 것과 같은 날개에서는 극한으로 응축된 마기가 뚝뚝 떨어져 내리고 있었다.

'뭐야 이건?'

분명 날개는 의식의 세계에서 만들어진 것이었을 텐데, 어째서인지 의식의 밖으로 나와도 그대로 유지되고 있었다.

화르륵!

그때, 강우의 등에 돋아난 검은 날개에 황금빛과 검은빛이 뒤섞인 불이 타오르기 시작했다.

"가, 강우 님……!"

리리스가 다급히 손을 뻗었다.

강우는 가볍게 고개를 저으며 그녀의 손을 잡았다.

"괜찮아."

강우는 등 뒤에 돋아난 불의 날개를 조금씩 움직이며 답했다.

악마로 만 년을 넘게 살아오면서 날개가 생긴 것은 처음이었지만, 마치 처음부터 신체의 일부였던 것처럼 자연스럽게 조종할 수 있었다.

['탐식의 불'이 플레이어 오강우에게 완전히 복종합니다!]
['탐식(貪食)의 지배자' 칭호를 획득하였습니다!]

[칭호의 효과로 인해 탐식(貪食)의 충동을 제어할 수 있게 됩니다.]

'오.'

눈앞에 떠오른 메시지창에 강우의 눈이 반짝였다.

'이게 탐식의 불의 성취가 높아져서 생긴 건가?'

황금빛과 검은빛이 뒤섞인 타오르는 화염으로 이루어진 날개라니.

"존나 멋있어……."

개간지나. 내가 나한테 반할 것 같아.

"……강우 님?"

"이거 봐봐, 리리스. 개멋있지?"

"……."

"아니, 날개잖아! 어? 날개라고!!"

개간지라고!!!

화륵, 화르륵.

강우는 화염으로 이루어진 날개를 파닥거리며 물었다.

"휴우……."

그제야 리리스는 강우에게 아무런 이상이 없다는 것을 확신했는지 가슴을 쓸어내렸다.

"정말, 무슨 일 생긴 줄 알고 걱정했잖아요."

새침한 눈빛으로 찌릿 강우를 노려보았다.

강우는 낄낄 웃으며 리리스의 뺨에 손을 올렸다.

"……고마워."

그녀가 아니었다면. 그녀의 말이 아니었다면. 자신은 의식을 잠식하는 욕망에 집어삼켜져 끝없는 굶주림에 미쳐 버렸을 것이다.

리리스는 얼굴을 붉히며 고개를 숙였다.

강우는 그녀의 머리칼을 가볍게 쓰다듬었다.

"이제…… 괜찮으신 건가요?"

강우는 대답 대신 가볍게 고개를 끄덕이며 손가락을 튕겼다. 화염으로 이루어진 날개가 강우의 몸속으로 빨려 들어갔다.

리리스를 돌아보며, 입가에 잔잔한 미소를 머금었다.

"아……."

리리스의 입에서 탄성이 흘러나왔다.

그녀가 익히 알고 있는, 익히 보아왔던 왕의 미소였다.

"……강우 님."

리리스는 눈물을 글썽거리며 강우를 끌어안았다.

겉으로야 아무렇지도 않은 척을 했지만, 강우가 다른 무언가에 잠식되어 가고 있다는 생각에 가슴이 터질 것만 같았었다.

"정말…… 정말 다행이에요. 흐윽."

얼마나 감정이 복받쳐 올랐는지 그녀의 가슴에서 한 줄기 촉수가 스믈스믈 기어 나오더니 노란 고름을 뿌리며 터졌다. 코가 비틀어지는 악취가 흘러나오는 노란 고름이 강우의 옷에 묻었다.

강우의 표정이 일그러졌다.

그는 무언가 말하려고 입을 달싹거리더니, 이내 한숨을 내쉬며 몸을 돌렸다.

"가자."

 리리스의 고름이 묻은 겉옷을 벗었다. 그러자 자연스럽게 손끝에서 타오르는 화염에 겉옷이 재가 되어 흩어졌다. 처음 '탐식의 불'을 각성했을 때와는 비교할 수조차 없이 매끄러운 힘의 발현이었다.

 리리스는 등을 돌린 채 걸어가는 강우의 뒷모습을 멍하니 바라보았다. 그러고는 이내 짙은 미소를 지으며 한쪽 무릎을 꿇었다.

"사랑하는 나의 왕에게."

 너무도 많은 것을 짊어진. 아득한 무게에 짓눌리면서도 결국에 일어선 나의 왕에게.

"승리를."

· 5장 ·
에르노어 사절단

 의식의 공간에서 깨어난 강우가 가장 먼저 한 일은 라그나로크의 뒷수습이었다.
 오딘이 패배함으로써 라그나로크는 울림푸스의 승리로 일단락됐다.
 하지만 오딘이라는 수장을 잃은 아스가르드가 순순히 패배에 승복할 리가 없었다. 그들은 거칠게 항전했고, 처절하게 저항했다. 강우와 가이아는 그런 아스가르드를 진정시키는 것에 집중했다.
 오랜 시간이 걸리지는 않았다. 오딘이 소멸한 지금, 애초에 양 세력 간 차이가 너무 극명했기 때문이었다. 거기에 더해 가이아는 법안에 반대하는 다른 세력들과 일종의 협회를 조직하여 규제를 완화하자는 타협안을 제안했다.

압도적인 전력 차에 절망하고 있던 차에 내밀어진 타협안. 반 가이아 파 세력은 내밀어진 손을 잡을 수밖에 없었다.

"……일단 신계 쪽은 좀 진정된 것 같네."

강우는 우라노스에게 전달받은 서류들을 살피며 고개를 끄덕였다. 라그나로크로 인해 모든 신들의 씨가 말라 버리는 것이 아닌가 하는 우려도 있었지만 어찌 극적인 타협을 이끌어 내는 데 성공할 수 있었다.

'뭐, 속으로는 열심히 씹고 있겠지만.'

속으로만 씹을까. 애초에 법이고 뭐고 신경조차 쓰지 않고 물질계에 간섭하는 신들 또한 있을 것이다.

'그래도.'

신들로 인해 지구 전체가 뒤집히는 일은 막을 수 있었다. 신이라고 해도 소멸이 두려운 이상, 함부로 물질계에 현신하지는 못할 테니까.

"하아."

강우는 의자 등받이에 몸을 기댄 채 깊은 한숨을 내쉬었다. 며칠을 신계에서 뺑이란 뺑이는 있는 대로 치다 보니 온몸이 녹초가 된 듯한 기분이었다.

'씨바 이렇게 일이 커지기 전에 정신만 차렸어도.'

이미 몇 번을 더 넘게 한 후회가 밀려왔다.

'……오딘 놈 말을 들어보니 언젠가는 제거했어야 했겠지만.'

적어도 이런 방식으로 신들 사이에 전면전이 일어나는 것은 막을 수 있었을 것이다.

'그리고 무엇보다.'

강우는 지그시 눈을 감았다.

똑똑.

방문을 두들기는 소리와 함께 달칵 문이 열렸다. 또 다른 서류뭉치를 든 리리스가 방 안으로 들어오며 고개를 숙이는 것이 보였다.

강우는 그녀를 바라보며 움찔 몸을 떨었다.

"……왜?"

"호호. 강우 님이 자리를 비우시는 동안 가디언즈의 활동들을 정리해 둔 파일이에요."

"어, 응."

강우는 떨떠름한 표정으로 서류를 받아 들었다. 해야 할 일이 늘었다는 사실에 기분이 다운된 것은 아니었다.

강우는 굳게 입을 다문 채, 리리스의 눈치를 살폈다.

힐끔힐끔 그녀를 바라보며 꿀꺽 마른 침을 삼켰다.

"어머, 왜 그러세요. 강우 님?"

리리스는 눈을 동그랗게 뜨며 고개를 갸웃거렸다.

"어? 아냐. 아무것도 아냐."

강우는 무슨 만화에서나 나올 법한 얼빠진 주인공처럼 고개를 저었다. 그리고.

"어머~ 그러신가요?"

서류를 건네준 그녀는 싱글벙글 미소를 지은 채 강우를 바라보았다.

"……뭐."

"아뇨~"

리리스의 입가에 지어진 미소가 한층 짙어졌다.

강우가 앉아 있는 의자에 다가간 그녀는 은근한 눈빛으로 콧소리를 내었다.

강우는 그녀에게서 고개를 획 돌렸다. '그 일'이 있었던 이후 몇 번이나 겪었던 상황이었다.

리리스는 호호호, 웃음을 흘리며 강우의 어깨에 가볍게 손을 올렸다.

"강우 니임~"

"……볼일 끝났으면 어서 가봐. 나도 할 일 아직 남아 있으니까."

"어머, 어머. 왜 그렇게 쌀쌀맞게 말씀하시나요."

리리스는 상처받았다는 듯 과장된 표정을 지으며 가슴에 두 손을 올렸다.

"자, 강우 님."

그러더니 두 팔을 활짝 벌리며 말을 이었다.

"그때처럼 제 품에…… 안기서도 괜찮답니다?"

"크윽."

강우는 신음을 흘리며 입술을 짓씹었다. 고개를 떨군 그의 어깨가 가늘게 떨렸다.

"자, 어서요. 요즘 많이 힘드셨잖아요? 제 품에 안겨서……."

"그, 그만……."

"우셔도, 괜찮아요."

"씨발! 그만하라고!"

강우는 경기를 일으키듯 의자에서 일어서며 외쳤다.

"호호호호!"

리리스가 한 손으로 입을 막은 채 웃음을 터뜨렸다.

그녀는 강우의 가슴을 손가락 끝으로 콕콕 찌르며 물었다.

"왜 그러세요, 강우 님~? 저, 리리스는 언제든 강우 님을 위해 가슴을 빌려드릴 의향이 있답니다?"

"……."

"자, 신경 쓰지 말고 제 품에 안…… 꺄악!"

강우는 리리스의 허리를 잡아 방 밖으로 있는 힘껏 집어 던졌다. 튕겨 나가듯 날아가던 리리스가 머리카락을 촉수로 바꿔 땅을 짚으며 착지했다.

"하지 말라고 했지……."

강우는 씨익 씨익 거친 숨을 내쉬며 말했다.

리리스는 그런 강우의 모습에 깔깔 웃음을 터뜨렸다.

"호호, 죄송해요. 강우 님의 반응이 너무 재밌어서 그만."

그녀는 방문을 열며 강우를 향해 우아하게 허리를 숙였다.

"조만간 가디언즈의 총회의가 있을 예정이니 꼭 참여 부탁드린다고 레이라 씨가 전해달래요."

"……알았어."

강우는 고개를 끄덕이며 다시 의자에 털썩 앉았다.

달칵.

방문이 닫히고 침묵이 내려앉았다.

"……."

강우는 고개를 숙인 채.

"으아아아아아아아!!"

머리를 쥐어뜯으며 괴성을 내질렀다.

"씨발, 씨발, 씨발, 씨바아아아아아알!!"

'무거, 워.'

'짓눌려 터져서…… 죽을 것만 같다고.'

"ㅏㅣㄴㅁㅇ;ㅓ굢;ㅏㄴ얼먀ㅔㄴㅇ러."

언어조차 되지 않은 단어의 편린들이 쏟아져 나왔다.

강우는 머리를 쥐어뜯은 채 침대에 몸을 던졌다.

아침에 일어나 정돈하지 않은 이불을 발로 뻥뻥 차며 몸을 뒹굴었다.

"내가…… 내가 왜 씨발 그런 말을……."

한이 서린 흐느낌이 흘러나왔다.

흑역사도 이런 흑역사가 있을까.

'이런 씨바랄 탐식의 신격.'

다시 의식의 세계로 가서 조지고 와야 하나?

화륵, 화르륵.

심각하게 고민에 잠겨 있자니 손끝에서 조그맣게 불꽃이 타올랐다. 억울하다는 듯 꿈틀거렸다.

"왜. 뭐, 어쩌라고 이 새끼야."

화르륵.

불꽃이 움찔 몸을 떨더니 다시 몸속으로 들어갔다.

"으어어."

강우는 다시 머리를 쥐어뜯으며 기괴한 신음을 흘렸다.

그때였다.

달칵.

"가, 강우 씨?"

강우의 괴성을 들은 것일까, 한설아가 다급한 표정으로 방문을 열었다.

"……임자."

강우는 떨리는 눈빛으로 그녀를 바라보았다.

지난 며칠 동안 리리스에게 당했던 수모와 조롱들이 썰물처럼 밀려왔다. 복받치는 감정에 몸을 맡겼다.

"임자아아아아!"

"어, 어머?"

강우는 와락 한설아의 몸을 끌어안았다.

풍만한 무언가에 얼굴을 묻었다. 얼굴 전체를 덮는 따듯하고 부드러운 감촉에 뺨을 비볐다.

코를 통해 향긋한 살 내음이 흘러들어 왔다. 혼란스러웠던 머릿속이 단숨에 진정되는 것 같았다.

"아아."

씨바 행복해. 흑역사 같은 건 생각도 나지 않을 정도야.

'임자라면 날 놀리지 않을 거야.'

리리스랑은…… 리리스랑은 달라.

"무슨 일 있으신 거예요?"

한설아는 걱정스러운 표정으로 강우를 내려다보았다.

귀를 울리는 맑은 목소리에 정신을 차린 강우는 크흠, 헛기침을 하며 그녀에게서 떨어졌다.

"아니, 아무 일도 아냐."

"……전혀 그래 보이시지 않는데요?"

"잠깐 과거의 실수가 떠올라서 좀 흥분했을 뿐이야."

"과거의…… 실수요?"

한설아가 고개를 갸웃거렸다.

강우는 그녀가 더 이상 깊게 추궁하지 못하도록 억지로 화제를 돌렸다.

"임자는 요즘 어때? 한동안 얼굴 볼 시간도 없었는데."

화제를 돌리기 위해 한 말이긴 하지만 실제 꽤나 마음에 걸리고 있는 부분이었다.

'임자에겐 단순히 얼굴을 볼 시간이 없어서 섭섭하다는 문제가 아니니까.'

왠지는 모르지만 그녀의 안에는 세라핌의 영혼이 깃들어 있었다. 세라핌의 힘을 각성한 그녀는 강우가 악마가 된 것처럼 외형만 인간인 채로 천사의 육체를 지니게 되었다.

하지만 갑작스럽게 변해 버린 육체 때문에 천사의 본능인 '집착'을 능숙하게 제어하지 못하고 있는 상태였다. 그리고 그녀의 '집착'의 대상은 다른 누구도 아닌 강우 자신.

'또 타천하는 거 아니지?'

강우는 불안한 눈빛으로 한설아를 바라보았다.

"아……."

한설아는 입술을 잘근잘근 깨물며 고개를 숙였다.

"예…… 그렇죠. 강우 씨가 최근 많이…… 바쁘시긴 했죠."

"……."

"저, 저는 괘, 괜찮아요!"

안 괜찮아 보이는데.

"가, 강우 씨가 바쁘신 건 잘 알고 있으…… 니까요. 으득. 그러니까…… 저는 괜찮아요. 우드득. 강우 씨가…… 강우 씨가 없어도 잘 있을 수 있어요."

진짜 안 괜찮아 보이는데.

그간 강우가 없는 동안의 일이 떠올랐기 때문일까. 한설아는 초조한 표정으로 입술을 씹으며 오줌이라도 마려운 듯 두 다리를 배배 꼬기 시작했다.

붉게 충혈된 두 눈이 뚫어져라 강우의 팔과 다리 쪽을 바라보고 있었다.

'……뭐지.'

뭔가 자를까 말까 고민하고 있는 것 같은데.

'아니지? 응? 그런 거 아니지 임자? 뭐, 오 등분의 강우 이런 거 나오는 거 아니지?'

나 잘라도 재생돼. 그러니까 자르지 마. 자르면 안 돼.

에르노어 사절단

"하아, 쓰읍~ 후우."

한설아가 두 눈을 질끈 감더니 깊게 숨을 들이쉬었다가 내뱉었다. 붉게 충혈된 눈이 다시 원래대로 돌아왔다.

"크, 크흠. 죄송해요, 강우 씨."

"……정말 괜찮은 거 맞아?"

"괘, 괜찮아요! 그……."

한설아가 이리저리 눈을 굴리더니 강우의 손을 잡았다.

이내 촉촉이 젖은 눈빛으로 강우에게 입술을 겹쳤다.

"……보고 싶었어요, 강우 씨."

뺨을 붉히며 조심스러운 목소리로 말했다.

그런 그녀의 모습에 강우는 희미하게 웃었다.

'그래도 조금은 본능을 제어할 수 있게 된 것 같네.'

전에 타천(陀天)했을 때처럼 심각한 상태는 아니었다.

'그래도 모를 일이니까.'

본능의 욕구를 참는 것은 말처럼 쉬운 일이 아니었다. 강우 자신만 하더라도 얼마 전까지 욕망에 잠식당해 실수를 저질렀다.

'무작정 억누르기만 하는 것도 안 좋고.'

오히려 역효과를 불러올 가능성이 컸다.

자신이 태무극과 같은 강적을 만날 때마다 '먹고 싶다'라는 본능적인 욕망을 한 번씩 푸는 것처럼 정기적으로 쌓인 욕구를 해소시켜 줘야 했다.

"임자, 오랜만에 이렇게 둘만 있게 됐는데 뭐 하고 싶은 거 없어?"

"예?"

강우의 갑작스러운 물음에 한설아는 동그랗게 눈을 떴다.

강우는 피식 웃으며 말을 이었다.

"신계 쪽 일들도 일단락됐고…… 오늘 하루 정도는 여유가 있을 테니까. 하고 싶은 게 있으면 뭐든 말해줘."

한설아의 집착의 대상은 자신이었다. 욕구를 풀어주기 위해서는 그녀가 자신에게 원하는 것을 들어주는 것이 좋았다.

어색한 침묵이 내려앉았다.

한설아는 이리저리 눈을 굴리며 강우의 눈치를 살폈다.

"제, 제가 하고 싶은 거요……?"

"응."

"그……"

한설아는 고개를 푹 숙이며 얼굴을 붉혔다.

"저, 정말 말해도 괜찮아요?"

"하하. 그럼, 얼마든지."

다른 누구도 아닌 한설아다. 그녀처럼 순수함의 결정체와 같은 여인이 하고 싶은 일이라고 해봤자 뻔하지 않은가.

'그래, 나도 오랜만에 임자랑 데이트 좀 해보고 싶었으니까.'

같이 손을 잡고 영화관에 가보는 것도 좋을 것이다. 아니면 근처 카페에서 느긋하게 시간을 보내는 것도.

'예전에 에키드나랑 갔던 백화점에 가는 것도 좋겠네.'

강우는 머릿속에서 추천 코스를 떠올리며 흡족한 미소를 지었다.

"저…… 그럼."

이내, 한설아의 입이 조심스럽게 열렸다.

그녀는 뺨을 붉힌 채 신고 있던 슬리퍼에서 발을 빼내며 말했다.

"바, 발을 핥아…… 주세요."

"……"

예?

"아…… 아읏!"

물기가 섞인, 묘한 신음이 귓가를 울린다.

"……"

강우는 하던 것을 멈추고 가늘게 눈을 떴다.

"저기, 임자."

"하아. 하아. 예, 가, 강우 씨."

"저기 그 소리 좀 어떻게……."

떨떠름한 표정으로 그녀를 바라보았다.

한설아의 뺨이 타오르듯 붉어졌다.

그녀는 옷자락을 꾹 움켜쥐며 입술을 깨물었다.

"하, 하지만!"

억울하다는 듯 외친다.

"기분 좋은 걸 어떻게 해요!"

강우는 머리가 아프다는 듯 이마를 짚었다.

그러고는 자기 쪽으로 내밀어진 한설아의 발을 내려다보았다. 잡티 하나 보이지 않는 새하얀 맨발이 눈에 들어왔다. 무심코 마른침이 삼켜질 정도로 아름다운 발. 그 발을.

주물주물.

천천히 두 손으로 주물렀다.

'아니.'

솔직히 발을 핥는 건 좀 그렇잖아.

'자존심 이전의 문제라고.'

강우는 크흠, 헛기침을 흘리며 다시 한설아의 발을 마사지하는 데 집중했다.

처음에는 살짝 아쉬워하는 표정을 지었던 한설아였지만 막상 마사지가 시작되자 과할 정도로 좋은 반응을 보였다.

"자, 이제 끝."

강우는 한설아의 두 발에서 손을 떼었다.

"버, 벌써요……?"

한설아는 몹시 아쉽다는 듯 우물쭈물하며 물었다.

그녀의 눈빛에 순간 마음이 흔들렸지만, 강우는 억지로 고개를 돌렸다.

"치사해요, 강우 씨. 뭐든지 해주시겠다고 하셔놓고……."

한설아가 가늘게 눈을 뜨며 강우를 콕콕 손가락 끝으로 찔렀다.

"어, 음. 그게……."

"호호. 농담이에요."

그녀는 배시시 미소를 지으며 강우를 끌어안았다.

품속에 고개를 묻은 채 깊게 숨을 들이쉬었다.

"쓰읍, 하아."

강우의 살 내음을 한껏 만끽한 한설아는 상냥한 미소를 입가에 머금으며 입을 열었다.

"다행이네요."

"뭐가?"

"전에…… 그러니까, 그 바알이라는 악마를 만나고 난 후 강우 씨가 조금 이상해 보였었거든요. 그런데 지금은 원래의 강우 씨로 돌아온 것 같아요."

임자도 눈치채고 있었던 건가. 강우는 쓴웃음을 입가에 지었다.

"아 참, 강우 씨."

"응? 왜?"

"그…… 이번에 에르노어 대륙에서 아이리스 씨가 지구에 직접 사절단으로 오기로 했어요. 조만간 열리는 가디언즈 총회의도 참여하실 예정이시고요."

"아이리스가?"

강우의 눈에 이채가 서렸다.

'에르노어 대륙에서 사절단이라니.'

불가능한 일은 아니었다. 지금 지구와 에르노어 대륙은 서로 자유롭게 오갈 수 있는 게이트가 활성화된 상태였으니까.

원한다면 언제든 자유롭게 두 세계를 왕래할 수 있었다.

하지만 아무리 그렇다고 해도. 아이리스의 입장에서 사절단을 이끌며 직접 지구까지 오는 것은 쉽게 내릴 수 있는 결단이 아니었을 것이다.

"누가 추진한 일인데?"

아이리스 쪽에서 먼저 제안했다고는 생각하기 어려웠다.

"레이라 씨가 직접 제게 부탁했어요."

"임자한테?"

"예. 제가 아이리스 씨에게 말하는 게 훨씬 효과가 좋을 거라고……."

강우는 굳게 입을 다물었다.

그녀의 말마따나, 아이리스와 한설아 사이에 어떤 일이 있었나를 생각해 보면 한설아가 직접 나서는 것이 더 효과적이긴 했다. 하지만.

'레이라 씨는 둘 사이에 무슨 일이 있었는지 몰랐을 텐데.'

아이리스와 한설아 사이에 있었던 신경전은 다른 파티원들에게 알리지 않았다. 아니, 알릴 수 있을 리가 없었다.

'그때 임자는 타천 직전까지 갔으니까.'

자신이 제때 가지 못했다면 천사의 본능에 완전히 잠식당했을 정도로 위급한 상황이었다.

"왜 효과적이라고 했는데?"

"아이리스 씨가 평소 절 대하는 태도가 조심스러워서 그렇게 말씀하셨다고 해요."

"음."

말을 들어보니 아이리스와 한설아 사이에 무슨 일이 있었는지까지는 자세히 모르는 것 같았다.

'대충 분위기만 느끼고 설아한테 부탁한 건가.'

레이라라면 충분히 그럴 수 있다는 생각이 들었다. 개인적으로 리리스 다음으로 유능하다고 생각하고 있었으니까.

"물론 강우 씨나 시훈 씨가 했으면 더 좋았겠지만…… 두 분 다 많이 바쁘셔서 제가 대신 아이리스 씨랑 연락했어요."

"잘했어. 그래서 아이리스는 언제쯤 온대?"

"3일 후에 온다고 했어요. 안 그래도 강우 씨를 꼭 만나고 싶었다고 하시더라고요."

한설아는 그건 좀 마음에 들지 않은 지 입술을 삐쭉 내밀며 말했다.

강우는 피식 웃었다.

'이 일을 레이라가 추진했다면.'

대충 그 의도는 예상할 수 있었다.

"이미 대중들한테도 공표했겠네? 다른 차원에서 이계인들이 방문할 거라고."

"어머? 강우 씨도 뉴스를 보신 거예요?"

"아니."

강우는 고개를 저었다.

굳이 뉴스를 보지 않아도 충분히 예상할 수 있는 일이었다. 레이라가 한설아에게까지 특별히 부탁하며 에르노어 대륙의 사절단을 지구로 초대한 이유는.

'두 세계 사이의 교류를 이끌어내려고 하는 건가.'

아마도 그럴 가능성이 높았다.

'앞으로의 일을 생각하면 이게 맞겠네.'

지구는 말 그대로 풍전등화의 상황에 놓여 있었다. 신들이 날뛰는 것은 어떻게 막았지만, 아직 외계의 침입이 남아 있다. 다가올 미래에 대비해 최대한 아군을 늘려두는 것은 현명한 선택이었다.

'그게 생각처럼 쉽게 되지는 않겠지만.'

국가와 국가 사이만 해도 서로 이를 드러내며 물어뜯는 경우가 허다했다. 그런데 국가도 아니고 세계가 다른 세력과 손을 잡기는 쉽지 않을 것이다.

'그나마 기대할 만한 건 두 세력의 수장이 불화를 일으킬 만한 성격은 아니라는 건가.'

지구의 실질적인 권력자는 레이라였고, 에르노어의 경우 아이리스였다. 일단 권력자 사이에서 분쟁이 일어날 일은 없을 것이다.

'확실히 시도해 볼 만한 일이긴 해.'

우선 각 세력의 지도층이 협력의 의사가 확실하다는 점이 컸다. 세력의 구성원들은 보통 지도층의 결정에 따르게 마련이었으니까.

"어떻게 첫인상만 잘 잡으면 큰 문제 없겠네."

"예. 아이리스 씨도 걱정하지 말라고 말씀하셨어요."

지구에서 처음으로 이세계인과 접촉하는 것이다. 언어의 문제야 마법으로 해결한다고 하지만 문화의 차이는 어쩔 수가 없을 것이다.

이럴 때 중요한 것은 첫인상.

'호불호의 대부분은 첫인상이 결정한다고 하니까.'

괜히 소개팅을 나갈 때 최대한 깔끔한 외모와 복장을 하고 있는 것이 아니다. 서로 다른 사람들이 만나는 자리에 첫인상만큼 중요한 것은 없었다. 첫인상만 좋다면 지구와 에르노어가 협력할 수 있는 가능성이 비약적으로 높아졌다.

"음…… 잠깐만."

강우는 턱을 괴며 생각에 잠겼다.

'이건 지구 입장에서도 중요한 일일 수도 있어.'

처음에는 단순히 에르노어 대륙과 지구의 협력을 이끌어내 외계의 침입에 대비하기 위한 일이라고만 생각했다.

하지만 조금 더 깊게 생각을 해보니 그런 단순한 것 이상의 문제가 걸려 있다는 생각이 들었다.

'앞으로 어떤 외계가 지구와 연결될지 모르니까.'

연결되는 모든 외계와 무작정 싸울 수는 없는 노릇이다. 협력할 수 있는 지성을 지닌 외계라면, 협력을 하는 것이 옳다. 그런 의미에서 첫 '외계'와의 접촉인 에르노어 사절단은 지구인들의 인식에 앞으로 외계에 대한 기본적인 색안경을 만들어 낼 것이 분명했다.

간단하게 비유를 하면 쇄국 정책을 하던 국가에서 처음으로 외국 문물을 받아들이는 상황과 마찬가지.

'이런 건 진짜 처음이 중요하지.'

기껏 수교를 하기 위해 문을 열었더니 외국 세력이 와서 깽판을 친다고 생각해 보라.

그 이후는 볼 것도 없었다. 외계에 대한 적개심은 걷잡을 수 없이 커질 것이 분명했다.

'이거 생각보다 머리를 잘 썼네.'

그런 의미에서 이미 신뢰 관계가 있는 에르노어 사절단이 지구와 처음으로 접촉하는 외계 세력이라는 건 좋은 기회였다. 최소한 깽판을 치고 약탈을 할 위험성은 없었으니까.

'이거까지 전부 계산한 건가.'

강우는 레이라의 판단에 씨익 입가를 올렸다. 확실히 그녀는 일을 믿고 맡길 수 있는 인재였다.

'어떤 여신이랑은 다르게 말이야.'

강우는 표정을 일그러뜨렸다.

가이아에 대해 떠올리니 뒷골이 당기기 시작했다.

'이번에 내가 폭주해서 일이 커진 것도 있지만.'

그만큼 가이아가 대처를 못 한 것도 사실이다.

특히 가이아와 함께 라그나로크의 뒷수습을 할 때는 답답해서 속이 터져 버리는 줄 알았다.

'네 화신의 반의반만이라도 닮아봐라.'

강우는 더 이상 가이아를 떠올리고 싶지 않다는 듯 고개를 절레절레 저었다.

"여하튼, 고마워 임자."

"아니에요, 강우 씨."

한설아는 배시시 미소를 지었다.

그러다가 무언가 생각났다는 듯 손뼉을 짝, 쳤다.

"아 참, 강우 씨."

"응?"

강우는 이번에는 또 무슨 일인가 고개를 갸웃거리며 한설아를 바라보았다.

한설아는 입고 있는 바지 주머니에 무언가를 꺼냈다.

'종이.'

한설아가 바지 주머니에서 꺼낸 것은 곱게 접힌 종이 한 장이었다.

"뭐야 그건?"

"아까 전에 리리스 씨가 가시기 전에 주신 건데요. 잠시만요."

"……리리스?"

뭔가 불길한 감각이, 등골을 스치고 지나갔다.

"제목, 왕의 무게."

"……제목?"

"어깨에 짊어진 삶의 무게에 짓눌린다. 나는, 얼마나 더 버틸 수 있을까."

"……."

"고통과 절망이 날 찍어누른다. 슬픔으로 가득한 하늘은, 언제나 아득하다."

"……자, 잠."

"그녀의 품에 안겨, 눈물을 쏟아낸다."

"잠깐만 임자. 그거 뭐야."

뭔데 씨발. 뭐냐고.

"그렇게…… 나는 가끔 눈물을 흘린다……."

"커헉! 크억!"

심장을 틀어쥔다.

덜덜덜. 전신이 떨린다. 창백하게 표정이 질린다. 숨이, 쉬어지지 않는다.

"리리스 씨가 강우 씨가 좋아하는 시라고 해서요. 한번 읽어 봤어요."

한설아는 해맑게 웃으며 말했다. 그러더니 종이를 내려다보며 고개를 갸웃거린다.

"그나저나 무슨 뜻의 시일까요? 굉장히…… 힘들어한다는 건 느껴지는데."

"아, 아아."

"강우 씨는 이 시의 어느 부분이 좋으셨던 거예요?"

"그, 그만……."

그만해. 제발……. 더 이상 내 생명력은…….

"아, 혹시…… 그…… 강우 씨가 만약 이 시에 나오는 사람처럼 힘들다면."

한설아가 방긋 미소를 지었다.

"그때는 제 가슴을 빌려드릴게요."

"……."

"호호. 농담이에요. 강우 씨가 그러실 리가 없잖아요."

"……이, 임자."

"하지만."

한설아가 강우의 머리칼을 쓸어올렸다.

이마에 가볍게 입을 맞추며 말을 이었다.

"정말로 힘들어지셨을 때는…… 꼭 저를 의지해 주세요?"

강우는 굳게 입을 다물었다.

창백하게 질린 입술 사이로 지옥에서 흘러나올 법한 기괴한 신음이 흘러나왔다.

"으, 어, 으어어어."

머리칼을 쥐어뜯는다.

기억이. 그 기억이 또다시 떠올랐다.

'무거, 워.'

"아, 안 돼…… 그, 그 이상은 안 돼……."

Stay…….

'짓눌려 터져서…….'

"그만, 머, 멈춰……!"

Stay…….

'죽어버릴 것만 같아.'

"그만해애애애애애애!!"
기억 속의 자신에게, 과거의 자신을 향해 절규한다.
"가, 강우 씨?"
한설아가 화들짝 놀란 표정으로 강우를 바라보았다.
강우는 머리를 쥐어뜯으며 고개를 숙였다.
"아……"
죽자. 그냥 씨발 죽자.
"어흑, 흐으윽, 내 인생 씨발……"

"강우! 오늘 입고 갈 옷 가져왔어!"
"응."
방문 밖에서 들리는 에키드나의 목소리에 짧게 답했다.
벌컥.
방문이 거칠게 열리며 단정하게 차려입은 에키드나가 들어왔다. 에키드나답지 않은 정장 차림이었지만, 그녀의 외모 탓에 정장이라기보단 교복에 가까워 보였다.
"그 옷은 누구한테 받은 거야?"
"리리스가 구해다 줬어! 이것도 리리스가 준 거야!"

에키드나는 그렇게 말하며 강우를 향해 깔끔한 정장을 내밀었다.

강우는 그녀에게서 정장을 받아 들었다. 딱 봐도 고가라는 것이 느껴질 정도로 고급 맞춤 정장이었다.

'정장은 또 오랜만이네.'

움직이기 불편한 옷을 입는 건 좋아하지 않지만, 오늘만큼은 어쩔 수 없었다.

'에르노어의 사절단이 오는 날이니까.'

당연히 격식을 갖춰서 마중을 나가야 했다.

강우는 에키드나에게서 정장을 받아들고는 입고 있던 티셔츠를 살짝 들어 올렸다.

"흐웅! 흐웅!"

"……."

"흐웅! 흐으으웅!"

"저기……."

좀 나가주시면 안 될까요.

"난 강우의 성장을 지켜볼 의무가 있어!"

"아, 예."

그러신가요.

"강우! 오늘 팬티는 무슨 색이야?"

"……질퍽아."

강우는 에키드나의 말에 대답하는 대신, 나지막이 오른손을 들어 올렸다.

"꾸륵!"

마해의 열쇠에서 통, 하고 튀어나간 질퍽이가 에키드나의 얼굴을 덮쳤다.

"꺄악!"

얼굴에 달라붙은 질퍽이를 떼어내기 위해 에키드나가 발버둥 쳤다.

그사이 강우는 에키드나가 가져다준 정장으로 갈아입고는 거울 앞에 섰다.

'음.'

나쁘지 않아.

거울에 비친 자신의 모습을 보며 흡족하게 웃었다. 뭐, 그런 거 있지 않은가. 거울에 비친 자신의 모습은 뭔가 평소보다 잘생겨 보이는 느낌.

"푸하!"

"꾸르륵!"

에키드나가 질퍽이의 탱글탱글한 몸을 잡아 거칠게 집어 던졌다. 질퍽이가 데구르르 바닥을 굴렀다.

강우는 피식 웃으며 에키드나 쪽으로 걸어갔다.

그가 옷매무시를 고치며 물었다.

"어떠냐?"

"음……."

에키드나가 가늘게 눈을 뜨며 강우를 위아래로 훑어보았다.

"만화에서 나오는 캐릭터 같아."

"……뭐? 무슨 만화?"

"왜, 그…… '느리구나…… 쓰러지는 것조차' 이런 대사를 할 것 같아!"

뭐지. 저 흑역사의 새로운 페이지를 장식할 것 같은 대사는.

"뭐, 어쨌든."

강우는 어깨를 으쓱이며 몸을 돌렸다.

"시훈이랑은 언제 만나기로 했지?"

"으음. 한 시간 정도 남았어!"

"그래?"

아직 좀 여유가 있었다.

강우는 의자에 앉았다.

에키드나가 종종걸음으로 걸어와 의자 뒤편에 섰다.

"흐웅! 강우! 내가 머리 만져줄게."

양손에 왁스를 덕지덕지 바르며 콧김을 뿜었다.

강우는 피식 웃으며 고개를 끄덕였다.

에키드나는 꽤나 섬세한 손길로 강우의 머리칼을 만지기 시작했다.

'자, 그러면.'

시간도 남았겠다.

강우는 자신의 상태창을 열었다.

'11차 각성 특성'이라고 쓰인 부분으로 고개를 돌렸다.

[11차 각성 특성: '마해(魔海)를 다스리는 자(Rank: EX)']

[효과: 개문(開門)시 더 오랫동안 의식을 유지할 수 있습니다.]
[효과2: ▦▦▦▦▦▦▦▦▦▦▦▦▦▦▦▦]

'EX급 특성.'

강우도 처음 보는 등급의 특성이었다.

'확실히 사기적인 능력이긴 하지.'

개문의 사용 시 의식을 유지하는 시간이 길어진다니. 지금 강우에게 있어서 가장 필요한 효과였다.

'시험을 해보진 못했지만.'

개문은 사용하는 것 자체로 최악의 리스크를 짊어지는 기술이다. 특성의 효과를 확인하기 위해서 사용할 수는 없었다.

'문제는.'

강우는 고개를 돌렸다. 두 번째 효과가 쓰여 있는 곳, 글자가 뭉개진 메시지를 바라보았다.

'이건 또 뭐야.'

전에 한 번 보았던 상태창처럼, 전혀 읽을 수 없는 글자로 되어 있었다.

강우는 보면 볼수록 열이 뻗친다는 듯 뒷목을 잡았다.

'이건 뭐 단서도 없으니까 막무가내로 시험해 보는 수밖에 없잖아.'

아무래도 개문과 관련된 효과일 것 같지만, 앞선 효과랑 마찬가지로 고작 이 효과를 확인하기 위해 개문을 사용하는 것은 미친 짓이었다.

"끄응. 결국 지금 당장 확인할 수 있는 건 없네."

강우는 한숨을 내쉬며 중얼거렸다.

그래도 개문을 사용할 일이 있을 때는 큰 도움이 될 것 같다는 것이 위안이었다.

"강우! 다 끝났어!"

그때, 에키드나의 목소리가 귓가를 울렸다.

강우는 고개를 끄덕이며 자리에서 일어나 거울을 바라보았다.

"괜찮네."

단정하게 넘겨진 머리는 자신이 봐도 꽤나 어울렸다.

"그럼."

강우는 자리에서 일어섰다.

"가볼까."

슬슬 사절단이 오기로 예정된 시간이 가까워지고 있었다.

"SKM 뉴스 김선경 기자입니다! 지금 저는 에르노어 대륙인과의 첫 만남이 이뤄지는 게이트 앞에 와 있습니다! 현장은 가디언즈의 주요 간부들과 각 국가의 정상들, 그리고 이 역사적인 순간을 보기 위해 모인 수많은 사람들로 가득 차 있습니다!"

투두두두두!

시끄럽게 울리는 헬기 소리. 그 헬기 소리를 뒤덮을 만큼 큰 사람들의 소리가 넓게 울려 퍼졌다.

에르노어 사절단과의 첫 만남이 예정된 게이트. 그 앞에는 정장 차림의 레이라와 그레이스, 김시훈과 강우가 서서 아이리스를 마중할 준비를 하고 있었다.

'사람 한번 더럽게 많네.'

게이트 앞에 서 있던 강우는 질린다는 표정으로 주변을 둘러보았다.

각 국가의 정치인들과 기업인들, 언론인들과 더불어 일반인들까지. 게이트 주변은 무슨 시장통은 우스워 보일 정도로 큰 소란에 휩싸여 있었다. 이것도 그나마 가디언즈의 플레이어들이 나서서 통제했기에 망정이지 아니었다면 진즉에 혼돈의 도가니가 되어 있을 것이다.

'인터넷 쪽도 난리가 난 것 같고.'

강우는 스마트폰을 꺼내어 슬쩍 스트리밍 사이트를 켰다.

[에르노어 사절단과의 첫 만남 Live 중계: 현재 시청자 수 382,190명]

제리엠: 와, 사람 숫자 실화??

나비계곡: 채팅창 도배 벤 좀요.

흙수저: 끼요오오오옷! 이세계인! ㅆㅂ 내가 살면서 이세계인을 보게 되는 날이 오다니!!

로유진(미): 미소녀겠지? 긋치? 가슴도 크겠지? 무조건 커야 해! 그게 국룰이잖아.

우진: 엘프! 이세계면 무조건 엘프 기대해 봅니다!

소소리: 본인 방금 이세계 가는 것 상상함.

트레샤: 아니, 다들 좀 닥쳐봐요. 채팅 너무 빨라서 렉 걸리잖아.
소소리: 이걸 안 받아주네;

글을 읽기조차 힘들 정도의 속도로 채팅창이 올라간다.
실시간 중계의 시청자 수는 38만 명. 한국인들의 숫자만 집계한 것인데도 이 정도였다.
'전 세계로 치면······.'
아찔할 정도의 인원이 지금 이 광경을 보고 있을 것이다.
'뭐, 당연하다면 당연한가.'
다른 것도 아니고 무려 '이세계인'과 첫 만남을 가지는 일이다. 관심이 없으려야 없을 수가 없었다.
'일단 반응은 긍정······ 적인가?'
긍정적이라기보다는 호기심에 차 있다고 표현하는 것이 옳을 것이다. 이 호기심이 호감이 될지, 적대감이 될지는 사절단과의 만남이 이루어지고 난 후에야 결정될 것이다.
'아이리스, 너만 믿는다!'
강우는 스마트폰을 다시 품속에 넣으며 눈을 빛냈다. 이 첫 만남의 성공 여부는 그녀에게 달려 있다고 해도 과언이 아니었다.
사실 그리 큰 걱정은 하지 않았다.
'뭐, 아이리스의 외모라면 첫인상은 그냥 무조건 먹어주고 들어가니까.'
첫인상에서 가장 중요한 것이 무엇인가. 바로 외모였다. 외모

만큼 단순하면서, 효과적으로 첫인상을 결정지을 수 있는 것은 없었다.

그런 의미에서 아이리스의 요정 같은 외모는 이세계인에 대한 환상을 충족시켜 줌과 동시에 굉장한 호감을 이끌어낼 수 있는 외모였다.

'게다가 엘룬의 화신이 되고 난 후에 귀도 길어졌고.'

육체 자체가 인간보단 엘프에 가까워졌다고 하는 것이 옳으리라.

'이세계=엘프' 공식은 만국 공통의 의견인 듯, 채팅창 여기저기에서도 엘프에 대한 얘기가 나왔었다.

'이건 먹힌다.'

아이리스의 외모만으로도 이미 반 이상은 성공한 것이나 다름없었다. 나머지는 리리스를 통해 적당히 여론만 조장해 주면 해결될 것이다.

우우웅!

수 킬로미터에 달하는 거대 게이트에 물결처럼 파동이 생기기 시작했다.

마이크를 든 뉴스 리포터의 목소리가 사방에서 울려 퍼지기 시작했다.

"여러분! 역사적인 순간입니다! 에르노어 대륙의 사절단이 이제 막 지구에 도착하려고 합니다! 격변의 날 이후 수많은 게이트가 생겼지만 이처럼 지성을 가진 인간과의 조우가 이뤄지는 것은 오늘이 처음입니다!"

"과연 이세계인은 어떤 사람들일까요? 우호적인 관계를 만들어 나갈 수 있을까요?"

"퍼스트 레이디, 그레이스의 말에 따르면 이미 가디언즈와의 신뢰 관계가 형성……."

무수히 쏟아지는 말들. 전 세계의 이목이 게이트에 집중됐다.

우-우-웅!

게이트에 퍼지는 푸른 파장이 한층 더 거세졌다.

'자, 어서.'

강우는 기대감에 찬 표정으로 게이트를 바라보았다.

곧이어.

저벅, 저벅.

정갈한 발소리가 울려 퍼졌다. 마치 훈련받은 군인들이 열을 맞춰 걸어가는 것처럼 딱딱 들어맞은 발소리였다.

'사절단으로 제국군을 데려왔나?'

당연히 그런 생각이 들 수밖에 없는 상황. 강우는 살짝 우려된다는 표정으로 게이트를 바라보았다.

'군대는 좋지 않은데.'

무장을 한 것만으로 이세계인에 대한 경계심이 껑충 올라갈 것이다.

'하긴 그렇다고 무장도 하지 않고 오라는 것도 좀 말이 되지 않지.'

아무리 자신과 아이리스 사이에 신뢰가 깊다고 하지만, 다른 나라도 아니라 다른 세계에 부르는 건데 무장을 하지 않고 오라는 것은 말이 되지 않는다.

'뭐, 이 정도는 충분히 허용 범위 안이야.'

강우는 고개를 끄덕였다.

'자, 이제 첫인상만 괜찮으면 아무런 문제 없어.'

지구와 에르노어. 두 세계의 극적인 협력이 이루어지기 직전이었다.

"여러분! 에르노어의 사절단이 걸어 나오고 있……."

뉴스 리포터는 게이트 밖으로 걸어 나오는 사절단의 모습에 말끝을 흐렸다.

"……뭐야."

게이트 밖으로 나온 사절단의 모습을 본 강우는 입을 쩍 벌렸다.

수천 명에 달하는 에르노어 대륙의 사절단은 모두 전신을 가리는 새하얀 사제복을 입고 있었다. 새하얀 사제복에 황금으로 아름다운 문양이 새겨져 있었다.

눈에 익은 문양이다.

"아니, 왜 여기에……."

광휘교가 온 거야.

-반갑습니다, 지구인들이여.

선두에 선 금발의 여인이 입을 열었다. 마법으로 번역된 말이 거대한 음량으로 주변에 울려 퍼졌다.

-제 이름은 아이리스 폰 아르난. 아르난 제국의 황녀입니다.

아이리스는 사제복의 후드를 뒤로 넘겼다. 찬란한 금발이 휘날리며 그녀의 아름다운 얼굴이 드러났다.

-오늘 이 자리에 제가 온 이유는, 지구인 여러분들에게 빛의 말씀을 전해 드리기 위해서입니다.

"……야."

-여러분, 빛을 믿고 계십니까?

"잠깐만."

-광휘의 신을 알고 계십니까?

"뭐 하는 짓이야."

강우는 입을 쩍 벌렸다.

이렇게 중요한 자리에서. 처음으로 지구인과 에르노어 대륙인들이 만나는 자리에서. 첫인상이 모든 것을 결정짓는 자리에서.

"이게 뭐 하는 개짓……."

경악에 찬 목소리가 흘러나오기도 전에.

-지구인 여러분! 우리 모두 광휘의 신을 믿읍시다!

-광휘의 신을 믿어야 합니다!

-광휘의 신의 뜻에 따라야 합니다!

"아니."

-모두 찬양합시다!

"그만해."

-오멘! 오멘! 오멘!!!

-빛이여!!

"그만하라고 씨발."

-오메에에에에엔!!

강우는 굳게 입을 다문 채, 고개를 돌려 주변의 반응을 살폈다.

갑자기 게이트를 넘어 등장한 광신도 집단에 언론인들과 정치가들은 경악과 충격에 빠져 입을 쩍 벌리고 있었다.

강우는 고개를 숙이며 두 손으로 머리칼을 쥐어뜯었다.

"……이런 씨발."

나한테 왜 그래 진짜.

"어, 음……."

열정적으로 방송을 이어가던 리포터가 벙찐 표정으로 말끝을 흐렸다.

비단 리포터뿐만 아니라 에르노어 사절단을 보고 있던 모든 사람들이 당황한 표정으로 말을 잇지 못하고 있었다.

전 세계로 생중계되고 있는 라이브 방송의 채팅창은 말할 것도 없었다.

제리엠: ???

짱태수: 뭐임?

브론즈탈출좀: 뭐야? 사이비야?

트레샤: 미쳤네ㅋㅋㅋㅋㅋㅋㅋㅋ

로유미: 광신도 아님??

로유진: 와, 씨. 금발 엘프다!! 금발 엘프가 진짜 나타났어!!

흙수저: 끼요오오오옷!!!

로유미: 아니; 이런 상황에 그딴 말이 나와요?

도적은 닥치고 붕대: 여러분, 지금 이런 게 중요한 게 아님. 저 대박 났어요!! 게이트에서 숨겨진 던전 발견함!!

나비계곡: 어그로 벤 좀요.

'지랄 났네, 지랄 났어.'

뭘 어떻게 좋게 보려고 해도 사이비 광신도로밖에 보이지 않는 에르노어 사절단의 모습. 아이리스의 눈부신 외모로도 커버할 수 없을 정도로 부정적인 의견들이 쌓여가기 시작했다.

'안 좋은데.'

최악에 가까운 첫인상이다. 앞으로의 위험에 대비해서 협력하고 교류해야 할 에르노어 대륙인들이 단체로 광신도로 여겨질 것이 분명하다.

'사이비 광신도가 아니라는 것을 보여줘야 해.'

이제 와서 사절단의 행동을 막는다고 해도 의미 없었다. 그들이 광휘의 신을 부르짖으며 오멘을 열창하고 있는 건 이미 전 세계가 봐버렸으니까. 이 광경을 본 모든 사람의 기억을 지우는 것은 아무리 강우라고 할지라도 불가능한 일이었다.

'이렇게 된 이상.'

다른 선택의 여지가 없다. 그들을 미치광이 광신도가 아닌, 진짜 광휘의 신의 은총을 받은 신도로 만들어야 한다.

'그나마 내 이름은 안 나온 게 다행이라고 해야 하나.'

여기서 자신의 이름까지 직접적으로 거론됐다면 상황은 더 걷잡을 수 없을 정도로 복잡해졌을 것이다.

"후우."

가볍게 숨을 내쉬며 손가락을 튕겼다.

우우우웅!!

-오오!

-광휘의 빛이여!

-오멘! 오멘! 오멘!

빛을 부르짖고 있는 사절단의 몸에서 찬란한 황금빛이 흘러나오기 시작하며 사절단 전체가 황금빛으로 빛나기 시작했다.

'지금.'

강우는 고개를 돌려 사절단의 선두에 선 금발의 여인을 바라보았다. 지금 이 상황을 조금이라도 진정시킬 수 있는 건 한 명 외에는 없었다.

[아이리스.]

[아, 예! 강우님!]

아이리스는 자신을 발견한 듯 환한 미소를 지었다. 마치 칭찬을 해달라는 듯한 그녀의 표정에 뒷골을 당기는 듯한 감각이 느껴졌다.

[지금 당장 이 개짓거리를 멈춰.]

[개, 개짓거리…… 요?]

[그래. 빨리 다들 입 닥치라고 하라고.]

[하, 하지만…….]

아이리스는 단단히 화가 나 있는 강우의 목소리에 움찔 몸을 떨었다. 당연히 강우가 좋아할 거라고 생각했던 모양.

[지금부터 내가 시키는 대로 해.]

[……예.]

아이리스는 풀이 죽은 표정으로 고개를 끄덕였다.

그런 그녀의 모습이 순간 안쓰럽게 느껴졌지만, 지금은 그런 사소한 것을 챙길 상황이 아니었다. 강우는 조금이라도 이 상황을 수습할 수 있는 방법을 그녀에게 전했다.

"이, 이건……."

-후훗. 다들 좀 놀라셨나 보네요.

아이리스는 가볍게 미소를 지으며 한 손을 들어 올렸다.

다행히 자신이 컨트롤 할 수 있는 사람들만 선별해 사절단을 꾸린 듯, 그녀가 손을 올리자 오멘을 부르짖던 광휘교의 신도들이 굳게 입을 다물었다.

-앞으로 좋은 협력 관계를 만들어갈 지구인분들에게 조금이라도 빛의 은총을 전하고자 말도 없이 무례를 저지른 점, 깊이 사죄를 드립니다.

사제복의 옷자락을 살짝 들어 올리며 정중하게 고개를 숙였다.

강우가 오기 전까지만 해도 반푼이 취급을 받던 아이리스였지만 역시 황녀로서 받은 예절 교육은 어디 가지 않았다.

그림으로 그린 듯한 우아한 동작에 당황하던 주변 사람들의 표정이 조금은 차분해졌다.

"저…… 빛의 은총이라는 게 무엇인지 여쭤봐도 될까요?"

통역 마도구를 턱에 댄 리포터 하나가 조심스럽게 물었다.

-저희 에르노어 대륙인들을 굽어살펴 주시는 광휘의 신의 은총을 말하는 겁니다. 음…… 잠시만 기다려 주세요.

아이리스는 천천히 오른손을 들어 올렸다.

우우우웅!

그녀의 손끝에서 눈을 뜨고 보고 힘들 정도로 찬란한 황금빛이 솟구치기 시작했다.

수십 미터 상공으로 치솟은 황금빛이 장막처럼 넓게 펼쳐지며 천천히 내려오기 시작했다. 마치 황금으로 이루어진 빗방울이 하늘에서 내리는 것과도 같은 광경.

'고양(高揚)의 권능.'

그와 동시에, 강우의 권능이 발현됐다.

전신의 기운을 북돋음과 동시에 신체의 컨디션을 전투를 하기 최상의 컨디션으로 만들어주는 권능이었다.

강우의 경우 육체 자체가 자연스럽게 최상의 컨디션을 유지하기에 크게 필요 없는 권능이었지만, 이곳에 한가득 모여 있는 일반인들과 플레이어라면 얘기가 달랐다.

"와아."

"왜, 왠지 힘이 막 솟아나는데?"

"서, 섰다! 20년 동안 서지 않았던 게 섰어!!"

광휘의 은총을 받은 사람들은 너도나도 할 것 없이 경악한 표정으로 자신의 몸을 더듬기 시작했다.

그들의 표정에 짙게 깔려 있던 피로와 짜증이 씻은 듯이 사라졌다.

당연한 말이지만, 지구인과 이세계인의 기념비적인 첫 만남을 두 눈으로 보기 위해 모인 사람들의 컨디션은 최악에 가까워져 있었던 상태였다.

'저 미친 인파에 하루 종일 낑기고 치였으니 피곤하지 않은 게 더 비정상이지.'

사람들이 하도 몰려와서 시장통을 방불케 했던 주변 상황이 호재로 작용했다.

-이것이 광휘의 신의 은총입니다. 물론 지금 보여 드린 건 극히 일부에 불과하지만요.

아이리스는 우아한 미소를 지으며 리포터의 물음에 답했다.

"아……."

리포터 또한 자신의 몸을 내려다보며 믿을 수 없다는 듯 눈을 부릅떴다. 에르노어 사절단 취재 준비를 위해 며칠 밤을 지새웠던 몸에 더 없이 활력이 넘쳐흐르는 것이 느껴졌다.

아이리스와 사절단을 바라보는 주변 사람들의 시선이 변했다. 그들은 사이비 광신도가 아닌, 진짜 신의 은총과 기적을 행사할 수 있는 존재들이었다.

"그…… 여러분들 중에서도 플레이어가 있는 겁니까?"

지구인이라고 해서 이런 기적을 행사하지 못하는 것은 아니다. 지구의 플레이어들 또한 이런 기적과도 같은 일을 펼칠 수 있는 능력이 있었다. 물론, 수천 명은 가볍게 넘는 사람들에게 광역 버프를 걸 수 있는 존재는 손으로 꼽을 정도로 드물었지만.

-플레이어? 그건 무엇입니까?

"그러니까 시스템의 수혜를 받고 레벨이나 특성을 개화한……."

-호호. 아뇨, 그런 것은 없습니다.

아이리스는 가볍게 웃으며 고개를 저었다.

-오로지 빛에 대한 믿음. 믿음만으로 광휘의 신께서 이러한 은총을 내려주신답니다.

"……예?"

리포터의 눈빛에 다시 불신의 빛이 생겼다.

오로지 믿음만으로 플레이어나 할 수 있을 법한 일을 할 수 있다니? 말이 되지 않는 소리였다.

-……터무니없는 말이라고 생각하시나요?

"아, 그, 그게 아니라……."

-호호. 그렇게 당황하실 필요 없습니다. 광휘의 은총을 받지 못하신 분이라면 그렇게 생각하셔도 이상하지 않죠.

아이리스는 상냥한 미소를 지으며 리포터의 손을 잡았다.

-자, 시험 삼아 '오멘'이라는 기도문을 외워보시겠어요? 원래라면 은총을 받기까지 시간이 오래 필요하지만…… 오늘은 제가 특별히 광휘의 신님께 기도를 올려보겠습니다.

"음……. 오, 오멘?"

리포터가 떨떠름한 표정으로 그 말을 입에 머금었다.

그러자.

우우우웅!

"허업!"

하늘에서 찬란한 황금빛이 내려와 리포터의 몸으로 스며들기 시작했다.

리포터는 기겁한 표정으로 뒷걸음질 치다가, 이내 자신의 몸에 서린 황금빛을 내려다보았다.

"이건……."

몸 전체에 힘이 들끓었다.

아이리스를 취재하고 있던 리포터, 김선경은 3차 각성을 마친 플레이어였다. 특성 등급이 워낙 낮은 탓에 더 이상 높은 게이트에 출입하지 못하고 리포터의 길로 돌아섰지만, 그래도 일반인과는 명백히 다른 힘을 지니고 있었다.

그렇기에 알 수 있었다.

['광휘(???)의 축복'을 받았습니다.]
['광휘(???)의 신'의 사도가 되었습니다.]
[모든 스텟이 대폭 상승합니다!]
['기민한 발놀림(Rank: E)' 특성이 D랭크로 격상합니다!]

"이건……."

눈앞에 떠오른 메시지창에 적힌 의미를.

"뭐, 뭐야."

"진짜 믿기만 하면 힘을 받을 수 있는 거야?"

사람들은 믿을 수 없다는 표정으로 아이리스와 리포터 사이를 보고 있었다.

소란이 커지기 시작했다.

아이리스가 그들을 돌아보며 양팔을 넓게 펼쳤다.

-광휘의 은총은 종족도, 성별도, 나이도…… 살고 있는 세계조차 가리지 않습니다.

고요한 침묵이 내려앉은 곳에 아이리스의 목소리만이 선명하게 울려 퍼졌다.

-지금처럼 지구인 여러분들에게도 빛의 은총이 함께한다는 것…….

아이리스는 리포터가 들고 있는 카메라를 바라보며 활짝 미소를 지었다.

-그것이 우리들이 살아왔던 세계는 다르지만 하나로 이어져 있다는 증거입니다.

"오오오!"

여기저기에서 환호성이 터져 나오기 시작했다.

처음에는 웬 사이비 광신도들을 바라보는 듯한 눈빛으로 에르노어 사절단을 보고 있던 사람들이 눈을 빛내며 그들에서 흘러나오는 찬란한 광휘를 바라보았다.

'씨바.'

주변의 반응을 바라보며 강우는 주먹을 불끈 쥐었다.

'됐다, 이건 됐어!'

최악으로 치달을 수도 있던 상황을 기적적으로 역전시키는 데 성공했다.

'생각지도 않았던 사도가 생겨 버렸지만.'

강우는 아이리스를 취재하고 있던 김선경이라는 이름의 리포터를 바라보며 쓴웃음을 지었다.

'이번에 신계에서 사도를 만드는 방법을 배워둬서 다행이네.'

신격을 지닌 존재는 신격을 이용해 '화신'과 '사도'를 만드는 것이 가능했다.

화신(化神)의 경우 신격의 일부를 전달하는 것이 가능한 대신 화신이 입은 피해를 어느 정도 신도 공유하게 된다.

물론, 처음 휠체어에 앉아 있던 레라의 모습에서 알 수 있듯 신이 입은 피해 또한 화신에게 전달된다.

사도(使徒)의 경우 신격을 전달하는 것은 불가능하지만 일정량의 신성을 사용해서 축복을 내리면 영구적으로 힘을 상승시키는 것이 가능했다.

강우 또한 가이아의 축복을 받고 그녀의 사도가 되었다.

'신성이 좀 깎이긴 했지만 뭐, 이 정도라면.'

고작해야 3차 각성을 한 플레이어에게 축복을 내려준 것이다. 신성이 닳긴 했지만 신경 쓸 정도의 양은 아니었다.

'잘 넘겼으면 됐지.'

지금 이 상황을 역전시킨 것만으로 어딘가.

강우는 안도의 한숨을 내쉬었다.

그때였다.

"……오멘."

"오멘, 오멘, 오멘."

"오메에에에엔!!"

뭐야 이건 또 씨발.

강우는 어처구니없다는 듯 주변을 둘러보았다.

아이리스와 리포터 사이에 있었던 일들을 보고 있던 관중들이 죄다 오멘을 부르짖기 시작했다.

['광휘교'의 지구 지부가 형성되었습니다.]
[신앙에 따라 신성의 수급이 가능해집니다.]

에르노어 대륙을 강타했던 광휘교. 그 찬란한 이름이 지구에 전파되는 순간이었다.

· 6장 ·
또 한 명의 주인공

 메마른 붉은 모래로 이루어진 언덕. 거대한 언덕 위에 멍한 눈빛의 소년이 걸터앉아 있었다.
 소년의 몸 주변에는 심연과도 같은 어둠이 꿈틀거리고 있었다. 전신을 뒤덮은 어둠 속에서 소년은 지그시 눈을 감은 채 무언가에 집중하고 있었다.
 탁, 탁, 탁.
 지팡이가 바닥을 두드리는 소리가 울려 퍼졌다. 눈을 제외한 얼굴 전체를 붕대로 감은 꼽추의 악마가 소년이 있는 곳으로 걸어왔다.
 "바알님, 마신의 심장을 소화하시는 것은 어떻게 되어가십니까?"
 바알이라고 불린 소년이 천천히 눈을 떴다.

그는 마음에 들지 않는다는 듯, 입술을 삐쭉 내밀었다.

"생각처럼 쉽게 되진 않네. 아마 시간이 더 필요할 것 같아."

"끌끌끌. 급하실 필요 없습니다. 마신의 심장이 바알 님에게 있는 이상, 이미 승패는 결정된 것이나 마찬가지니까요."

"히히히. 그렇지? 그래도, 빨리 다 소화시키고 싶네."

바알은 왼쪽 가슴을 툭툭 두드리며 웃었다. 해맑은 소년의 웃음소리가 울려 퍼졌다.

"근데 무슨 일이야? 구천지옥을 규합하는 게 잘 안 돼?"

"아뇨. 다소 반항하는 세력이 있기는 하지만…… 규합은 문제없이 진행되고 있습니다."

"그러면?"

바알은 고개를 갸웃거리며 아몬을 바라보았다.

아몬의 붉은 눈이 가늘게 좁혀졌다.

"아무래도……"

쇠를 긁는 듯한 불쾌한 목소리가 흘러나왔다.

"티탄이 개입한 것 같습니다."

티탄, 이라는 말에 바알은 굳게 입을 다물었다.

씨익.

곧 바알의 입가가 비틀어 올라갔다.

"헤, 그 엉덩이 무거운 양반들이 웬일로?"

"티탄의 율법 때문이겠죠."

"히히히! 하긴 그 이유밖에 없지."

바알은 낄낄 웃음을 터뜨리며 고개를 끄덕였다.

이내 사납게 눈을 뜨며 물었다.

"그래서, 어떤 식으로 개입을 했는데? 아니, 그전에…… 그 무거운 엉덩이를 들어 올린 양반은 누구야?"

"시간의 티탄, 노스트리안입니다."

"흐응."

노스트리안. 처음 들어보는 이름에 바알은 눈을 반짝였다.

"개입이라고 해도 직접적인 개입은 아닙니다."

"그래?"

이어지는 아몬의 말에 바알은 아쉽다는 듯 쯧, 혀를 찼다.

"게이트를 통해 자신의 힘의 일부를 인간에게 건넸습니다."

"히히히. 뭐, 날 감시라도 하겠다는 건가?"

"……정확한 목적은 아직 모르겠습니다."

아몬은 고개를 저으며 말을 이었다.

"하지만 정황상으로 보면 예언의 때와 관련되어 있다고 보는 것이 맞겠죠."

"헤헤. 하긴."

바알은 고개를 끄덕였다.

대부분의 티탄들은 삼원의 세계가 어떻게 되든 별 관심이 없겠지만, '예언'에 대해 알고 있는 티탄이라면 얘기는 달랐다.

찌익.

바알의 입가가 광대를 지나 관자놀이까지 길게 찢어졌다.

"삼원의 세계를 먹어치운 다음은…… 자신들이란 걸 알고 있을 테니까."

입술을 타고 흐르는 침을 핥았다. 가늘게 뜬 눈에서는 광기에 가까운 허기가 번들거렸다.

그런 바알의 모습을 가만히 지켜보던 아몬이 끌끌 웃음을 흘렸다.

"어떻게 하시겠습니까?"

"뭘?"

"노스트리안이 개입한 것 말입니다."

"으음."

바알은 붉은 모래 위에 털썩 누우며 답했다.

"내버려 둬."

"……예?"

"가만히 내버려 두라고."

예상하지 못했던 대답이었는지, 아몬은 눈을 끔뻑였다.

"다른 티탄이라면 그렇다 쳐도 노스트리안을 가만히 내버려 두시는 것은……."

"상관없어."

"자칫하면……."

"상관없다니깐."

바알은 바닥에 드러누운 채 두 팔을 활짝 벌렸다.

심드렁한 표정으로 붉은 하늘을 올려다보다가 쩌억 입을 벌려 하품했다.

"티탄이란 말이지."

낄낄낄 웃음을 흘렸다.

허기와 갈증으로 번들거리는 눈으로 누군가를 떠올렸다. 날카로운 눈매를 지닌 인간의 얼굴이었다.

"재밌을 것 같지 않아?"

닿을 리 없는 목소리가 붉은 언덕 위에 공허하게 울려 퍼졌다.

에르노어 사절단이 지구에 도착한 지도 한 달이 흘렀다.

그동안 강우는 정신없는 일정을 소화해야 했다.

아이리스를 데리고 거의 전 세계를 돌아다니다시피 하며 각국가의 수장과 자리를 마련했고, 아직 그녀를 만나지 못했던 가디언즈의 간부와도 친목을 쌓을 자리를 만들었다.

이세계인과의 협력을 거부하는 극단적인 테러 조직을 손봐줌과 동시에 언론을 통해 에르노어에 대해 최대한 좋은 기사를 퍼뜨렸다.

중간에 조금씩 지구에 자리를 잡아가는 광휘교에도 손을 써둔 것은 두말할 것도 없었다.

그렇다고 해서 에르노어와 지구의 협력에만 집중할 수도 없는 노릇. 한설아의 집착이 폭발하기 전에 둘만의 시간을 가진다거나 김시훈과 발록의 수련을 도와준다거나 차연주와 함께 게이트에서 튀어나온 몬스터를 처리한다거나 하는 다른 일들도 병행했다.

그렇게 제대로 숨을 고를 틈도 없이 정신없는 스케줄 속에서 에르노어 사절단에 대한 세계의 관심이 점차 식어갈 무렵.

"회의?"

강우는 고개를 갸웃거리며 리리스를 바라보았다.

"예. 레이라 씨가 오늘 오후에 긴급회의를 하신다고 꼭 강우 님이 참석해 주시길 부탁했어요."

"갑자기 왜? 며칠 전에 총회의를 했었잖아?"

고작 3일 전에 아이리스와 각국의 정치가들을 낀 가디언즈 총회의를 열은 참이었다.

회의의 결과로 머지않은 시기에 에르노어 대륙에서 대규모 파병 계획이 잡혔고, 서울 근교에 격변의 날 이전 주한 미군 기지처럼 에르노어 대륙의 병력이 머물 장소를 마련해 주기로 가닥이 잡혔다.

서울에만 에르노어 대륙의 병력이 머문다는 사실에 각국의 반발이 있었지만, 에르노어로 향하는 게이트가 서울과 가깝다는 점과 수호의 전당을 이용하면 다른 국가로의 이동이 신속하게 이뤄질 수 있다는 사실 때문에 최종적으로 서울 근처에 주둔하기로 결정됐다.

그래서 당분간은 이쪽 일에 손을 댈 일이 없다고 생각했더니 갑작스럽게 긴급회의라니.

"그것과는 다른 얘기라고 하시네요."

"음……. 무슨 일로 모이는 건데?"

"소개시켜 주고 싶은 플레이어가 하나 있다고 했어요."

"소개시켜 주고 싶은 플레이어?"

어리둥절한 표정으로 리리스를 바라보았다.

그녀도 정확히 아는 것은 없는지 어깨를 으쓱일 뿐이었다.

"흠."

강우는 가늘게 눈을 떴다.

'플레이어를 소개시켜 주기 위해 긴급회의까지 한다고?'

간단하게 서류나 전화로도 할 수 있는 것을 이처럼 크게 일을 벌였다면 보통 플레이어라고는 생각할 수 없었다.

'이건 한번 가봐야겠네.'

레이라가 직접 말했다면 괜한 소란을 떠는 것은 아닐 것이다.

강우는 바로 수호의 전당으로 향했다. 수호의 전당에는 이미 소식을 듣고 모였는지 천무진과 김시훈, 차연주의 모습이 보였다.

"아, 형님!"

김시훈이 환한 미소를 지으며 강우를 향해 다가왔다.

'새끼.'

언제 봐도 잘생겼네.

강우는 가볍게 손을 흔들며 김시훈의 인사를 받았다.

그 모습을 보고 있던 차연주가 삐쭉 입을 내밀었다.

"홍, 아주 강아지랑 그 주인이 따로 없네."

강우를 보자마자 쪼르르 달려가는 김시훈의 모습은 딱 강아지의 그것이었다.

"우리 시훈이한테 무슨 말이냐."

"얼씨구. 우리 시훈이?"

차연주가 헛웃음을 흘렸다.

"그나저나 그 플레이어는 누구래?"

"나도 몰라. 시훈이 너는 뭐 레이라 씨에게 들은 것 있냐?"

"아뇨. 저도 최근에 급증한 몬스터들을 처리하느라 바빠서 레이라 씨를 뵐 일이 없었어요."

"그래?"

강우는 가볍게 고개를 끄덕이며 수호의 전당 안으로 향했다.

회의실에는 레이라가 앉아 있었다.

"아, 모두 와주셨군요."

레이라는 회의실 안으로 들어오는 가디언즈의 멤버들을 바라보며 미소를 지었다.

그녀가 자리에서 일어나 정중하게 허리를 숙였다.

"모두 바쁘신 와중 이렇게 모여주셔서 감사합니다."

"소개시켜 주고 싶은 플레이어가 있다고 들었는데…… 그게 누굽니까?"

"호호. 잠시만요."

레이라는 고개를 돌려 회의실 안에 모인 사람들을 쭉 둘러본 후 나지막이 말을 이었다.

"우선 그분을 소개시켜 드리기 전에…… 다들 최근 들어서 게이트에서 이상 현상이 급증하고 있다는 건 알고 계시죠?"

그녀의 물음에 강우는 고개를 끄덕였다. 신계로 떠나기 전부터 들었던 얘기였다.

"음…… 대략 한 달 전부터, 그 게이트에서 급증하는 몬스터들을 처리해 주고 계신 플레이어가 계십니다."

"응? 플레이어가 몬스터를 처리하는 건 당연한 거 아냐?"

차연주가 고개를 갸웃거리며 물었다.

강우가 쯧, 혀를 차며 말했다.

"단순히 몬스터만 처리했다면 이렇게 우릴 모으지도 않았겠지."

그녀가 이렇게 긴급회의까지 하면서 가디언즈를 모았다는 것은 그 플레이어가 단순히 몬스터를 처리하는 것 이상의 일을 해냈기 때문이리라.

"예. 강우 씨 말이 맞아요. 이 플레이어는…… 정말 어마어마한 속도로 급증하는 몬스터들을 쓸어버렸어요."

"어마어마하다는 기준이 어디입니까? 일반 플레이어보다 어느 정도 많은 몬스터를……."

"아마 시훈 씨보다 처리한 몬스터의 숫자가 많을 거예요."

"……예?"

강우는 당황스러운 표정으로 레이라를 바라보았다.

김시훈은 자신이 신계에서 신들의 일을 정리하는 동안 게이트에서 급증하는 몬스터를 처리하는 것에만 전력을 기울였다.

그런 김시훈보다.

'많다고?'

믿을 수 없는 얘기였다. 김시훈은 그가 아는 '인간' 중에서 가장 강력한 힘을 지닌 존재였다. 신격을 제외한 경지만 놓고 보면 제우스나 토르, 심지어 오딘조차 김시훈에게는 닿을 수 없었다. 김시훈보다 뛰어났던 존재는 태무극 정도밖에는 없었다.

"……저보다도 많단 말씀입니까?"

김시훈 또한 이 소식이 퍽 충격이었는지 당황스러운 표정으로 되물었다.

레이라가 가볍게 고개를 끄덕였다.

"절대적인 양으로만 보면 비슷할지도 몰라요. 하지만……."

그녀는 강우를 바라보며 말을 이었다.

"이 플레이어는 고작 한 달 만에 시훈 씨가 처치하신 몬스터의 숫자와 비등할 정도의 숫자를 처치했어요. 그것도 모두 S급 이상 몬스터가 등장한 게이트에서요."

강우는 굳게 입을 다물었다.

S급 이상의 몬스터가 등장하는 게이트에서만 김시훈과 비등한 숫자의 몬스터를 처치했다니.

'……신격이라도 가지고 있지 않은 이상 말이 되지 않는데.'

아니, 설사 신격을 지니고 있다고 해도 쉽지 않은 일일 것이다. 신격은 공격보다는 방어에 특화된 힘이었으니까.

무엇보다 의문인 것은.

"그런 플레이어가…… 이제까지 알려지지 않았다는 겁니까?"

저런 일을 할 수 있을 정도의 플레이어가 지금까지 전혀 알려지지 않았다는 건 상식적으로 말이 되지 않았다.

'이건 뭐…….'

하늘에서 뚝 떨어지기라도 한 것 같지 않은가.

강우는 이해가 가지 않는다는 표정으로 레이라를 바라보았다.

레이라 또한 그의 의문을 예상했는지 쓴웃음을 지으며 말을 이었다.

"그분의 말씀에 따르면 한 달 전에 게이트에서 발견한 던전에서 큰 기연을 얻으셨다고 해요."

"……기연이요?"

"예. 그전까지만 해도 평범한 플레이어였다고 하네요."

"……."

강우는 눈살을 찌푸렸다. 편리해도 너무 편리한 얘기다.

'신의 화신이라도 된 건가?'

그나마 생각할 수 있는 가능성은 화신 정도였다.

'지구의 신계는 가이아에 의해서 어느 정도 통제가 되고 있으니까.'

어쩌면. 외계(外界)의 신이 접근한 걸 수도 있겠다는 생각이 들었다.

'……일단 직접 봐야겠군.'

직접 그를 보지 않고서는 정확한 판단을 내리기가 어려웠다.

"우선 그분을 소개시켜 주실 수 있겠습니까?"

"예. 잠시만 기다려 주세요."

레이라는 자리에서 일어서더니 문밖으로 향했다.

회의실에 앉자 조금 기다리니 문이 열리며 한 청년이 들어왔다. 옅은 갈색 머리칼에 호감형 외모를 지닌 청년이었다.

'처음 보는 얼굴이군.'

강우는 깊게 가라앉은 눈빛으로 청년을 살폈다.

그때였다.

"가, 강우 씨? 강우 씨 맞습니까?"

방 안으로 들어온 청년이 강우를 바라보며 활짝 미소를 지었다. 그러더니 호들갑을 떨며 강우를 향해 다가왔다.

"이, 이렇게 강우 씨를 다시 만나게 되다니…… 정말 영광입니다!"

"어, 음."

뭐야 이거.

"저 김태현입니다! 김태현!"

처음 들어보는 이름인데.

"예전에 강우 씨에게 도움받았지 않았습니까! 그때 제 목숨을 구해주신 은혜를 아직도 잊지 않고 가슴속에 간직하고 있었습니다!"

누구세요?

"물론 기억하고 있죠, 태현 씨. 다시 만나서 반갑습니다."

"가, 강우 씨…… 여, 역시 절 기억해 주시고 계셨군요!! 그때 제 약속을, 잊지 않으셨던 거군요!"

진짜 이 새끼 누구지.

"무슨 섭섭한 말씀을 하는 겁니까. 제가…… 태현 씨를 잊을 리가 없잖아요."

아무리 생각해도 기억이 안 나는데.

"그때의 약속을…… 은혜를 보답하기 위해 왔습니다."

김태현이라고 스스로를 소개한 청년은 환한 미소를 지으며 손을 내밀었다.

강우는 방긋 웃으며 내밀어진 그의 손을 잡았다.

'이 새끼 진짜 누구더라.'

아무리 기억을 되짚어도 떠오르지 않았다.

'거짓말을 하는 것 같지는 않은데.'

자신의 유명세를 노리고 이야기를 지어내는 것 같지는 않았다. 아니, 애초에 유명세를 노릴 거면 김시훈에게 하지 자신에게 할 이유가 없다. 적어도 지구에서는 강우보다 김시훈이 훨씬 더 대중들에게 이름이 알려져 있었으니까.

'그렇다면 진짜 예전에 나랑 만난 적이 있단 말인가.'

강우는 다시 한번 천천히 기억을 되짚었다.

김태현의 얼굴을 빤히 바라보았다. 꽤나 순하게 느껴지는 호감형 인상. 일본 판타지 만화의 주인공처럼 생겼다고 해야 할까. 딱히 모난 점도, 잘난 점도 없는 얼굴이었다.

'어디서 봤더라.'

뭔가 생각날 듯하면서 생각이 나지 않았다.

안개가 낀 듯 흐릿한 기억의 숲을 거닐었다.

그때.

'저는 도적 계열입니다! 제발, 제발 누구라도 절 데려가 주세요! 닥치고 붕대라도 감겠습니다!!'

머릿속을 울리는 절규. 처절한 감정이 서린 울부짖음이 깊게 가라앉은 기억 속에서 떠올랐다.

'아.'

강우는 눈을 크게 떴다.

'시바, 보자마자 기억이 안 난 이유가 있었네.'

대체 언제 적 기억이란 말인가.

아니, 단순히 오래된 기억이라는 것이 문제가 아니다. 중요한 일이었다면 어렵지 않게 떠올렸을 테니까.

그가 바로 김태현에 대해 떠올리지 못했던 이유는 오랜 시간이 흘렀다기보다 쥐똥만큼도 신경 쓰지 않았던 기억이었다는 것이 더 크다.

'그래…… 그때 안드라스 길드에게 습격당하고 있는 걸 구해준 적이 있지.'

한번 기억이 떠오르자 연달아서 그때의 기억들이 솟아올랐다.

'제가 꼭 도닥붕에서 벗어나 강우 씨에게 받은 은혜를 갚겠습니다!'

분명 그런 말들을 하며 헤어졌던 거로 기억한다.

'아니, 이 떡밥을 이렇게 회수한다고?'

강우는 어처구니없다는 듯 김태현을 바라보았다.

아무리 생각해도 기막히게 떡밥을 회수했다기보다 이제까지 까맣게 잊고 있다가 허겁지겁 끼워 맞춘 것처럼 어색하고 갑작스럽기 그지없는 등장이었다.

"이젠 그때의 그 허접한 도닥붕이 아닙니다! 강우 씨에게 힘이 될 수 있을 정도로 성장했다고요!"

김태현은 호들갑을 떠는 듯 밝은 목소리로 외쳤다.

강우의 눈빛이 일순 가늘어졌다.

'성장했다, 라.'

어떻게? 저렙 파티 플레이에서 천대받을 정도로 나약했던 도적 계열 플레이어가 김시훈보다도 빠른 속도로 성장할 수 있단 말인가?

'말이 안 돼.'

밸런스 붕괴도 이 정도면 욕조차 나오지 않는 수준이다.

비유하자면 동네 공원에서 농구하던 고등학생이 갑자기 NBA에 진출해 마이클 조던을 씹어 먹는 것과 마찬가지가 아닌가.

아무리 기연을 얻었다고 해도 말이 되지 않는 성장 속도였다.

"하하. 전 태현 씨를 한 번도 허접하다고 생각한 적 없습니다."

"가, 강우 씨……."

"그런데, 대체 어떻게 그토록 빨리 성장하실 수 있으셨던 거죠?"

강우는 가늘게 눈을 뜨며 김태현을 살폈다. 그의 눈빛과 목소리, 작은 몸짓 하나까지 철저하게 살폈다.

"으음. 그게……."

김태현은 뒤통수를 긁적이며 말을 이었다.

"한 달 전쯤이었을까요? 그때 저는 혼자서 게이트를 탐사 중이었습니다. 부산 해운대 쪽에 있는 B급 게이트였죠."

B급 게이트. 그다지 높은 등급의 게이트는 아니었다.

"하지만 최근 게이트의 이상 현상으로 B급 게이트에서 갑자기 S급 몬스터가 튀어나와서…… 필사적으로 도망치던 와중 실수로 절벽에서 떨어져 버렸습니다."

"……."

"죽었다, 하고 생각하고 있던 도중에 눈을 떠보니 운 좋게 절벽 중간에 튀어나온 나무 뿌리에 걸려서 목숨을 부지할 수 있었습니다. 그리고……."

"거기에서 기연을 발견했다, 뭐 이런 얘기입니까?"

"아! 그, 그렇습니다! 정확히는 숨겨진 던전을 발견했습니다!"

강우는 머리가 아프다는 듯 이마를 짚었다.

'이건 또 뭔 개지랄이야.'

절벽에 떨어져서 우연히 기연을 발견하다니.

'쌍팔년도 무협지냐?'

헛웃음조차 제대로 나오지 않았다.

강우는 어지러운 머릿속을 정리하며 나지막이 물었다.

"……그 숨겨진 던전이라는 건 뭐였습니까?"

"으음. 저도 정확히는 잘 모르겠습니다. 들어갔을 때 '노스트리안의 의지'에 들어왔다는 메시지만 떠오르고, 그 이후에는 바로 기절해 버렸습니다."

노스트리안. 처음 들어보는 이름이었다.

'외계(外界)의 신인가?'

정확한 것은 아직 알 수 없었다.

"깨어났을 때는 제 목에 이런 물건이 걸려 있었습니다."

김태현은 그의 목에 걸린 목걸이를 들어 올렸다. 손바닥의 반 정도 되는 크기를 지닌 목걸이는 기하학적인 문양으로 이뤄져 있었다. 그 문양의 중앙에는 어딘가 섬뜩한 느낌이 드는 '눈'이 새겨져 있었다.

'뭔 타임 스톤처럼 생겼네.'

과거 봤던 히어로 영화에서 저런 비슷한 목걸이를 본 기억이 있었다.

강우는 통찰의 권능을 사용해 김태현의 목에 걸린 목걸이를 살폈다.

[플레이어 오강우의 신격(神格)이 낮아 해당 아이템을 확인할 수 없습니다.]

'……뭐라고?'

눈앞에 떠오른 메시지를 본 강우의 표정이 거칠게 일그러졌다.

신격이 낮아 확인할 수 없다니. 그의 신격은 이미 최상급을 넘어 초월을 바라보고 있는 중이었다.

'이게 대체 뭔 일이야.'

머릿속이 혼란스러웠다.

"그 이후에는……."

"예. 보시다시피 엄청난 힘을 얻게 되었습니다."

김태현은 그렇게 말하며 가볍게 손을 들어 올렸다.

크리스탈 파편이 허공에 흩뿌려진 듯, 반투명한 빛의 무리가 그의 손에 모여들었다.

크그그그긍!

거대한 힘이 요동쳤다.

강우의 눈이 부릅떠였다.

'뭐야.'

처음 느껴보는 종류의 힘이었다. 악마와 천사, 심지어 신들까지 두루 만나봤지만 이런 느낌을 주는 기운은 처음이었다.

강우의 눈이 가늘어졌다.

'신격?'

머릿속에 떠오르는 의문에 고개를 저었다. 일반적인 신격에서 느껴지는 힘과는 또 달랐다.

'종류 자체는 비슷해.'

그나마 가장 가깝다고 느껴지는 것이 신격이긴 했다.

하지만 딱 잘라 신격이라고 말할 수도 없었다.

비유하자면 표범과 호랑이의 차이랄까. 둘 다 고양잇과 동물이지만 서로 차이가 확실하지 않은가.

그리고 더 문제라면.

'이 경우 호랑이는 바로 저 기운이라는 거지.'

양 자체가 아득하다는 느낌이 들 정도로 많지는 않았지만, 질적인 측면만 놓고 봤을 때 일반적인 신격보다 오히려 강하다는 생각이 들었다.

'이건……'

확인해 볼 필요가 있었다.

"음……."

"하하. 저도 알고 있습니다. 황당한 얘기라는 거."

김태현은 어색한 미소를 지으며 머리를 긁적였다.

이내 눈을 빛내며 강우에게 다가갔다.

"하지만 거짓말은 하지 않았습니다."

"아, 예. 저도 태현 씨의 말이 거짓말이라고는 생각하지 않고 있습니다."

실제로 그는 저 힘을 얻고 난 이후 어마어마한 숫자의 몬스터를 홀로 처리했다.

"그렇다면 저도 가디언즈에 들어갈 수 있는 건가요?"

김태현이 꿀꺽 침을 삼키며 긴장감에 찬 목소리로 물었다.

애초에 힘을 얻자마자 게이트에서 이상 증식하는 몬스터를 처리했던 이유도 가디언즈에 들어오기 위함이었던 모양.

강우는 순수한 열의(熱意)로 타오르는 김태현을 바라보며 미소를 지었다.

"그전에 간단한 입단 테스트를 해봐도 괜찮겠습니까?"

"아, 예! 물론입니다!"

김태현이 고개를 끄덕였다.

강우는 슬쩍 시선을 돌려 김시훈을 바라보았다.

"시훈아."

"예, 형님."

김태현을 빤히 바라보던 김시훈이 강우의 말에 고개를 돌렸다.

"네가 태현 씨를 한번 테스트해 줄 수 있어?"

"……물론입니다."

김시훈은 검 자루를 움켜쥐며 가볍게 고개를 숙였다.

안 그래도 자신보다 더 많은 몬스터를 잡았다는 소식에 꽤나 호승심이 솟았던 모양. 김태현을 바라보는 김시훈의 눈이 뜨겁게 타오르고 있었다.

강우는 두 사람을 바라보며 콧등을 톡톡 건드렸다.

'자, 과연.'

그 노스트리안의 의지라는 게 뭔지 확인해 볼까.

철컥.

수호의 전당 내부에 있는 수련실. 강우와 제우스도 대련한 적이 있을 정도로 튼튼하게 지어진 수련실이었다.

새하얀 빛이 은은하게 서려 있는 넓은 공간에 김시훈과 김태현이 대치했다.

둘의 모습을 보던 차연주가 가늘게 눈을 떴다.

"뭔가 되게 수상쩍지 않아? 밑도 끝도 없이 절벽에 떨어져서 기연을 얻었다니."

"거짓말은 아닌 것 같아. 실제 예전에 직접 만났던 플레이어기도 하고."

"그러고 보니 서로 어떻게 알게 된 거야?"

강우는 과거 김태현과 있었던 일들을 말했다.

"허, 아니, 뭐 그딴 기억도 잘 안 나는 떡밥을……."

"내 말이."

강우는 어깨를 으쓱였다.

허리춤에서 검을 꺼내는 김시훈을 바라보며 물었다.

"넌 누가 이길 것 같아?"

"당연히 김시훈이 이기겠지."

차연주는 뭐 그런 걸 묻냐는 듯 답했다.

아무리 정체불명의 기연을 얻었다고 하지만, 이제까지 김시훈이 보여줬던 것을 생각한다면 당연히 김시훈의 우세를 예상할 수밖에 없었다.

"……그건 그렇지."

강우 또한 고개를 끄덕이며 두 사람의 대련을 바라보았.

다른 사람들도 차연주와 생각이 같은지 김시훈을 상대로 김태현이 얼마나 분전하는 지가 주요 관전 포인트가 되어 있었다.

스릉.

"그럼, 시작하겠습니다."

김시훈의 나지막한 목소리와 함께, 두 사람의 대련이 시작됐다.

김시훈이 가볍게 손을 뻗자 푸른빛으로 빛나는 무형의 검이 만들어졌다.

무형의 검을 쥔 채, 가볍게 발을 박찼다.

이형환휘(異形幻揮). 잔상을 남기며 김시훈의 몸이 쏘아졌다.

순식간에 김태현의 앞에 도착한 김시훈이 가볍게 검을 휘둘렀다.

까앙!

"흡!"

김태현이 허리춤에서 단검을 꺼내어 김시훈의 공격을 막았다.

김시훈은 당황하지 않고 몸을 반 바퀴 회전시키며 연달아 검을 휘둘렀다.

'천룡난무.'

초장에 결판을 내려는 듯, 김시훈은 거침없이 검법을 사용했다. 수십, 수백 갈래로 갈라진 검격이 김태현을 노리고 휘둘러졌다. 그 하나하나가 무형검(無形劍)으로 이루어진 진짜 검격이었다.

그리고.

까가가가가강!!

"……!"

김태현은 자신을 향해 날아드는 수백 개의 검격을 '모조리' 쳐냈다.

김시훈의 표정에 경악이 서렸다.

"무슨……."

당황하는 시간은 길지 않았다. 김시훈은 다급히 입술을 짓씹으며 몸을 뒤로 빼냈다.

다시금 검격을 뿌렸다. 하지만.

카앙! 캉! 카아앙!

그가 내지르는 검격들은 김태현의 옷깃조차 스치지 못했다. 검격의 중간 중간 페이크를 섞어서 기습적인 공격까지 했지만, 김태현은 짧은 단검 하나로 그 검격들을 완벽하게 쳐내 버렸다.

'뭐야, 이건.'

김시훈의 눈빛에 경악이 서렸다.

김태현의 움직임이 뛰어난 것은 아니었다. 자신보다 무공이 뛰어난 것은 더더욱 아니었다. 아니, 솔직하게 말하면 김태현의 움직임은 그의 기준에서 빠르기만 했지 어설프기 그지없는 것이었다. 하지만.

'대체 어떻게.'

그럼에도, 자신의 공격을 모조리 받아칠 수 있단 말인가.

'마치…….'

미래(未來)에 무슨 일이 일어날지 알고 있기라도 한 것처럼.

"하압!"

김태현이 기합을 내지르며 달려들었다. 크리스탈 가루가 흩뿌려진 듯 반투명한 빛무리가 그의 목걸이에서 뿜어져 나왔다. 역수로 단검을 쥔 채 거칠게 내려찍었다.

김시훈은 침착하게 검을 들어 단검을 막았다.

까아아아앙!

"커헉!"

무형으로 이루어진 검이 순식간에 박살 났다. 나뭇가지로 이루어진 검과 철검이 부딪친 것 같은 상황.

김시훈은 손을 저릿하게 울리는 충격 속에서 다급히 뒤로 물러섰다.

"후우."

김시훈의 눈이 깊게 가라앉았다.

초조한 표정으로 입술을 씹었다.

'……신성이다.'

검강으로 이루어진 검을 이렇게 간단하게 박살 낼 수 있는 힘은, 신성 외에는 없었다.

김시훈은 주먹을 굳게 쥐었다.

신격이 있는 자와 없는 자의 대결. 그것이 얼마나 압도적으로 불리한지 그 또한 잘 알고 있었다.

"쓰읍, 후우."

깊게 숨을 들이쉬며 고개를 돌렸다. 대련을 지켜보고 있는 강우의 모습이 보였다.

'내 동생으로 있어 줘서…… 고맙다.'

그때 들었던, 강우의 목소리가 귓가에 맴돌았다.

'질 수 없어.'

까드득. 사납게 이를 물었다.

'형이 보고 있는 앞에서는.'

질 수 없어.

김시훈의 눈빛이 불을 지핀 듯 강렬하게 타올랐다.

[무신과의 동화율이 상승합니다!]

귓가에 맑은 방울 소리가 울려 퍼졌다.

두 사람의 전투를 바라보며, 강우는 거칠게 표정을 일그러뜨렸다.

김시훈을 몰아붙이고 있는 김태현을 바라보았다.

'쟤도 뭔가 주인공 삘인데.'

김시훈이 한국 판타지 소설의 주인공 느낌이라면 김태현은 일본 라이트 노벨의 주인공 같았다.

그런 거 있지 않은가.

'최약 직업이었던 내가 눈 떠보니 최강?'

뭐 이런 거.

'아니 뭐, 씨바 주변에 이렇게 주인공이 많아.'

김시훈도 그렇고 김태현도 그렇고. 뭐 이렇게 주인공스러운 놈들이 많단 말인가.

'나는 씨발. 예? 나는요.'

나도 주인공 하고 싶어.

· 7장 ·
사랑하는 동생을 위해

카앙!

강렬한 쇳소리가 울려 퍼졌다.

불똥이 사방에 튀며 충격파가 수련실 내부를 뒤흔들었다.

"크윽!"

김태현의 입에서 짜증 섞인 침음이 흘러나왔다.

'뭐지.'

분명 승기는 자신에게 있었다.

김시훈의 공격은 그에게 피해를 주지 못했고, 자신의 공격은 김시훈이 정면으로 받아낼 수가 없는 힘을 지니고 있었다. 속도에 있어서도 '노스트리안의 의지'를 지니고 있는 자신이 더 빨랐다.

'그런데 왜.'

결판을 내지 못한단 말인가.

김태훈은 초조한 표정으로 김시훈을 바라보았다. 김시훈은 꽤나 지쳤는지 거친 숨을 몰아 내쉬고 있었다.

'검룡을 압도적으로 이기는 모습을 보여주고 싶었는데.'

김태현의 표정이 아쉬움에 물들었다.

고개를 슬쩍 돌려 강우를 돌아보았다. 냉철한 눈으로 대련을 지켜보는 그를 보자 가슴이 쿵, 뛰었다.

'강우 씨.'

처음 그를 만났을 때를 떠올렸다.

안드라스 길드에 산 제물로 납치될 뻔한 절체절명의 상황. 비참하게 쓰러져 있던 자신의 눈앞에 홀연히 나타난 영웅의 모습. 그의 목숨을 구원하고, 망설임 없이 악을 처단하기 위해 떠났던 그를 기억했다.

'……나도.'

동경했다.

'강우 씨처럼.'

자신도 그처럼 약자를 지켜주는 영웅이 되고 싶었다. 마치 이야기 속에 주인공과 같은 존재가 되고 싶었다.

그래서 필사적으로 노력했다. 도적 계열이라는 이유로 온갖 무시를 받으면서도, 악착같이 레벨을 올려 계속해서 플레이어로 살아남았다.

'그리고 드디어.'

기회를 잡았다.

김태현은 자신의 목에 걸린 목걸이를 움켜쥐었다. 목걸이를 통해 아득한 힘이 밀려 들어왔다.

이 힘이 무엇인지, 누구의 것인지 확실하지는 않았다.

'하지만.'

확실한 것은. 그의 꿈을 이뤄줄 수 있는 물건이라는 것.

'지켜봐 주세요, 강우 씨.'

김태현은 그의 동경을 향해 고개를 돌렸다. 적어도 그의 앞에서는, 최대한 멋진 모습을 보여주고 싶었다.

김태현은 깊게 숨을 들이쉬며 몸을 숙였다.

단검을 굳게 움켜쥐고 천천히 눈을 감았다 떴다.

'미래시(未來示).'

['노스트리안의 눈'이 활성화됩니다.]

눈앞에 떠오른 메시지를 뒤로하며 김시훈을 살폈다.

미래시. 그가 정체불명의 던전에서 '노스트리안의 눈'이라는 아이템을 습득하면서 얻은 스킬이었다. 5초 후까지의 미래를 보여주는 사기적인 스킬.

'이 스킬을 사용하면.'

그 어떤 공격이라도 여유롭게 받아내는 것이 가능했다.

"하압!"

까앙!!

푸른빛으로 이뤄진 검이 반으로 쪼개진다.

검이 쪼개지자마자 순식간에 다른 검이 만들어지며 물이 흐르듯 연격이 이어진다.

하지만 그 찬란한 검격조차 작은 단검 한 자루를 뚫지 못했다. 마치 미래를 보는 것처럼 모든 검의 경로를 예측한 단검이 김시훈의 검을 허망하게 튕겨냈다.

"하아, 하아, 하아."

김시훈의 입에서 거친 숨이 흘러나왔다. 검을 쥐고 있는 손바닥이 찢어져 붉은 피가 바닥을 적셨다.

'제길……'

어째서, 어째서 이토록 완벽하게 공격이 막힌단 말인가.

컴퓨터를 상대를 두고 체스를 하는 듯한 기분이었다. 어떤 공격을 해도, 중간에 공격에 허(虛)를 섞어 넣어도, 모조리 막혀 버렸다. 까마득한 벽을 마주한 듯한 감각. 몸 안의 내공이 빠른 속도로 말라붙는 것이 느껴졌다.

'신격만…… 신격만 있었어도.'

이렇게 처참하게 밀리는 일은 없을 것이다. 적이 모든 수를 예측한다고 해도 힘으로라도 뚫어버리면 됐으니까. 하지만 신격이 없는 지금, 아득함만이 그를 짓누를 뿐이었다.

'아냐.'

김시훈은 이를 악물었다.

'형은 신격이 없는 상태에서도 성좌들과 싸워 이겼어.'

강우에게 닿기 위해서는, 그와 함께 걷기 위해서는 자신도 그 벽을 뛰어넘어야 한다.

'할 수 있어.'

강우가 그러했던 것처럼. 최악의 최악인 상황에서도, 일어서야 했다. 그래야만. 그래야지만.

"흐아아아!"

김시훈의 입에서 거친 포효가 울려 퍼졌다.

피부가 찢겨져 피가 흐르는 손으로 검 자루를 쥐었다. 얼마 남지 않은 내공을 폭발시키며 검을 휘둘렀다.

'천룡.'

양손으로 검 자루를 쥐었다.

머리 높이까지 팔을 들어 올리며.

'일섬!'

전신의 힘을 담아 내리쩍었다.

콰아아아앙!!

거대한 폭발이 수련실 내부를 뒤흔들었다.

"허억, 허억."

입에서 단내가 흘렀다. 시야가 어지럽게 흔들렸다.

"후우. 이번 건 좀 위험했네요."

김태현이 당황스럽다는 눈빛으로 자신을 바라보고 있었다.

미래를 예측했음에도, 예측하고 막았음에도 방금 전 공격은 '위험'했다.

김시훈의 표정이 딱딱하게 굳었다.

전력을 다한 공격이, 모든 것을 쏟아부은 공격이 고작 '위험'한 수준밖에 되지 않았다.

"……졌, 습니다."

고개를 떨군 채 씹어뱉듯 말했다.

수련실 내부에 무거운 침묵이 내려앉았다.

충격에 휩싸인 가디언즈의 멤버들은 입을 쩍 벌린 채 믿을 수 없다는 듯 고개를 떨군 김시훈을 바라보았다.

김시훈이 패배했다. 검룡(劍龍)이라 칭송받으며 강우를 제외하고는 가디언즈 내에서도 따를 자가 없는 강자였던 존재가.

"시, 시훈 씨."

레이라가 딱딱하게 굳은 표정으로 김시훈을 불렀다.

김시훈은 대답하지 않았다. 피가 흐르는 주먹을 굳게 쥔 채 고개를 떨구고 있을 뿐이었다.

강우는 그런 김시훈의 모습을 바라보며 굳게 입을 다물었다.

'쯧.'

가볍게 혀를 찼다.

'역시 시훈이라고 해도 신격의 차이는 극복할 수 없는 건가.'

둘의 전투를 지켜본 후 내려진 결론은 단순했다.

'신격이 그냥 존나 사기야.'

김태현이 마치 미래를 예측한 듯한 움직임으로 분전했지만, 객관적으로 보면 김시훈이 모든 면에서 더 뛰어났다. 애초에 이길 수 없는 싸움을 이 정도까지 끌고 왔다는 것이 김시훈의 압도적인 경지를 증명했다.

'신격만 있었어도 시훈이가 그냥 이겼을 텐데.'

물론 김태현이 미래를 예측한 것처럼 공격을 모조리 쳐낸 것은 대단했지만, 솔직히 말하면 움직임 자체는 조잡하기 그지없었다.

'실력을 쌓아서 저 힘을 얻은 게 아니니까.'

실력이 아닌 템빨로 밀어붙여서 이긴 느낌이랄까.

그래도 김태현이 저 정체를 알 수 없는 힘을 얻게 된 지 고작 한 달이 지났다는 것을 생각하면 성장 가능성은 나쁘지 않았다.

'그 미래를 예측한 것처럼 움직이는 능력도 그렇고.'

시간이 지나면 김태현은 지금보다 훨씬 더 성장할 것이다. 강우 자신조차 가늠하기 어려울 정도로.

'그나저나.'

강우는 가늘게 눈을 떴다.

김태현의 목에 걸린 괴상한 눈 모양의 목걸이를 바라보았다.

'……대체 뭐지?'

무슨 물건이기에 평범한 플레이어에 불과했던 인간을, 아니, 평범한 것보다 못했던 플레이어를 단번에 김시훈을 꺾을 정도로 성장시킨단 말인가.

'화신인 것도 아냐.'

화신이라고 하기에는 김태현에게 느껴지는 힘이 일반적인 신격과는 차이가 명확했다.

강우는 환한 미소를 지으며 자신을 향해 손을 흔드는 김태현을 빤히 바라보았다.

'일단은, 좀 더 지켜봐야 하나.'

저 목걸이의 정체가 무엇인지 파악하기 전까지는 김태현을 어떻게 할지 결정하기 힘들었다.

짝짝짝.

강우는 수련실 안으로 들어서며 가볍게 박수를 쳤다.

"두 사람 모두 수고 많았어요."

"……형님."

"시훈이 너도 그렇게 풀 죽지 말고."

강우는 김시훈의 어깨를 가볍게 두드렸다.

"넌 최선을 다했어."

김시훈은 거칠게 입술을 짓씹으며 다시금 고개를 떨궜다. 어깨가 가늘게 떨리고 있는 것이 보였다.

강우는 김시훈에게 무언가 말하기 위해 입을 달싹이다가, 이내 굳게 입을 다물었다.

무력함에 짓눌리는 고통. 강우 자신만 해도 얼마 전까지 겪고 있던 일이었다.

'지금은…… 그냥 놔두는 게 낫겠지.'

안 그래도 김시훈에게 자극이 필요하다고 생각하던 참이었다. 태무극 사건 이후 김시훈이 자극을 받을 만한 일들이 없었던 것은 사실이니까.

'솔직히 그때 이후 시훈이가 전혀 성장하지 못한 것도 사실이고.'

김시훈은 딱 태무극에게 일격을 먹였던 순간에 정체되어 있었다.

어찌 보면 당연했다.

'시훈이를 압박하던 트라우마가 모두 사라졌으니까.'

그렇다. 김시훈은 구원받았다. 구원받아 버렸다. 그를 짓누르던 트라우마에서 완전히 벗어난 김시훈은, 더 이상 '간절'하지 않았다.

'솔직히 시훈이라면 이미 자력으로 신격을 얻을 수 있는 경지에 도달했을 텐데.'

결정적인 무언가가 부족했다. 김시훈을 한 단계 높은 곳으로 올려줄, 그가 벽을 넘어서게 만들어줄 수 있는 계기가.

'지금 이걸로도 부족할 것 같은데.'

강우는 고개를 떨군 김시훈을 바라보며 가볍게 혀를 찼다.

이번에 큰 좌절을 한 건 사실이지만, 아마 스스로도 알고 있을 것이다.

'신격만 있었으면 자기가 이겼을 거라고 생각하고 있겠지.'

템빨의 차이로 패배했을 때 진심 어린 향상심이 생길 것 같은가. 간절함이 생길 것 같은가. 성장하고 싶다는 욕구나 힘에 대한 갈망보다는 허무함이 먼저 느껴질 것이 분명했다.

'뭔가 다른 자극이 더 필요할 것 같은데.'

김시훈을 더욱 절박하게 만들 만한, 무언가가 필요했다.

"……끄응."

강우는 침음을 흘렸다.

손대기 민감한 문제였다. 전처럼 레이라 납치극을 또 사용하는 것도 애매했다.

'너무 몰아붙이면 또 스컬 그레이몬으로 진화한단 말이지.'

적당히 그를 몰아붙이면서도 절박하게 만들 만한 그런 자극이 필요했다.

아무리 생각해도 머릿속에 딱 떠오르는 것이 없었다.

그때였다.

"저…… 강우 씨."

"아, 예. 죄송합니다. 다른 생각을 좀 하느라."

"아, 아닙니다!"

김태현이 쭈뼛거리며 고개를 저었다.

강우는 피식 웃음을 흘렸다.

우리엘이 약간 까칠한 고양잇과라고 한다면 김태현은 충실한 강아지 같은 느낌이었다.

'역시 착하게 산 보람이 있네.'

그때 구해줬던 도적이 이렇게 떡상해서 돌아올 줄 누가 알겠는가. 이제까지 하늘을 우러러 한 점 부끄러움 없이 살아왔던 것에 대한 보상을 받는 기분이었다.

강우는 만족스러운 미소를 입가에 머금었다.

'아직 완전히 신뢰할 수는 없지만.'

이렇게 순수한 충성을 계속해서 보내준다면야.

'이용해 먹을 카드가 하나 늘었네.'

강우는 씨익 입꼬리를 올렸다.

'아니, 이게 아니지.'

머릿속에 떠오른 생각을 지워냈다.

'이용해 먹다니.'

자신과 너무도 어울리지 않는 못된 생각이다.

'나는 빛이다. 나는 빛이다. 나는 빛이다.'

강우는 환한 미소를 지으며 김태현에게 손을 내밀었다.

"가디언즈의 식구가 되신 걸 환영합니다."

"아……"

김태현은 감동한 표정으로 몸을 떨었다. 두 주먹을 불끈 움켜쥐며 나이스, 라고 작은 목소리로 중얼거리기까지 했다.

진심으로 감격한 듯한 그의 모습에 강우는 가볍게 웃음을 터뜨렸다.

'정말 이용해 먹기 딱 좋은…… 아니, 함께하기 좋은 인재야.'

수박이 넝쿨째 굴러들어온 느낌이 이러할까. 강우는 빛으로 가득 차오르는 마음으로 마주 잡은 손에 힘을 더했다.

"저…… 가, 강우 씨."

"예?"

김태현이 조심스러운 목소리로 그를 불렀다.

"그…… 혹시."

꿀꺽.

침을 삼키며 말을 이었다.

"혀, 형이라고…… 불러도 될까요?"

"아, 예. 물론입니다."

크게 어려운 일도 아니었다. 아니, 오히려 김태현과의 친분을 쌓는 것은 이쪽에서도 반길 만한 일이었다.

"아, 하하하! 가, 감사합니다, 강우 형! 형도 편하게 말해주세요!"
"그래. 알았다."

강우는 피식 웃으며 고개를 끄덕였다.

그때였다.

땡그랑.

"……응?"

김시훈의 손에서 검이 떨어져 내렸다.

푸른 기운으로 이루어져 있던 검이 허공에 녹아내리듯 사라졌다.

이쪽을 보고 있던 김시훈이 두 눈을 부릅뜬 채, 당황스러운 표정으로 몸을 떠는 것이 보였다.

'뭐야.'

넌 또 왜 그래 시훈아.

얼어붙었다, 라는 표현이 적절할 것이다.

김태현이 강우를 향해 '형'이라고 부르는 순간, 김시훈의 표정이 더 이상 굳을 수 없을 정도로 딱딱하게 굳어버렸다.

'뭔데.'

강우는 당황스러운 표정으로 김시훈을 바라보았다.

대체 왜 저렇게 나라를 잃은 듯한 표정을 짓는단 말인가.

'아니. 이게 뭐 바람이라도 핀 거야?'

무슨 불륜의 현장을 들킨 유부남이 된 듯한 기분이었다.

강우는 김시훈에게 다가가며 조심스럽게 입을 열었다.

"시훈아?"

"……아."

충격에 빠졌던 김시훈이 짧은 탄성을 흘리며 정신을 차렸다. 그는 어색한 미소를 지으며 고개를 저었다.

"아, 아무것도 아닙니다, 형님."

'뭐가 아무것도 아냐. 아무것도 아닌 놈이 왜 그런 표정을 짓는데.'

"자, 잠깐 손에 힘이 풀려서요. 하하하. 검이 좀 무겁네요."

'너 그거 무형검이라서 무게 없잖아.'

얘 아무리 봐도 쇼크 먹은 것 같은데.

'김태현한테 형이라고 부르라고 해서?'

아무래도 정황상 그 이유가 맞을 것이다.

'진짜 그런 이유라고?'

강우는 허탈한 듯 웃음을 흘렸다.

어색한 미소를 지으며 자신의 시선을 필사적으로 피하고 있는 김시훈을 슬쩍 바라보았다.

"……저는 이만 방으로 들어가 보겠습니다. 하하. 태현 씨. 가디언즈의 새 식구가 된 걸 축하드립니다."

김시훈은 여전히 입가에 어색한 미소를 띠며 김태현에게 다가갔다.

피식.

김태현은 마치 비웃듯 입가를 올리며 김시훈이 내민 손을 가볍게 잡았다. 그의 눈에는 '승자'의 여유가 가득 서려 있었다.

'저 새낀 또 왜 그래.'

김시훈을 깔보는 듯한 김태현의 태도에 강우는 눈살을 찌푸렸다.

김태현은 김시훈의 손을 잡으며 으스대듯 말을 이었다.

"감사합니다. 오늘은 '운이 좋아' 제가 대련에서 이기게 됐지만, 검룡이 얼마나 대단한 플레이어인지 확실하게 느낄 수 있었습니다."

김시훈은 굳게 입을 다물었다.

김태현은 그런 그를 바라보며 히죽 웃었다.

'강우 형이 검룡을 그렇게 아낀다고 했지.'

검룡 김시훈과 오강우의 돈독한 의형제 사이는 이미 대중들에게도 널리 알려져 있었다. 김시훈이 가는 곳마다 강우의 자랑을 그렇게 늘어놓았으니 알려지지 않으려야 알려지지 않을 수가 없었다.

'이젠 다를 거야.'

김태현은 굳게 주먹을 쥐었다.

대련에서 승리한 것은 자신이다. 강우의 옆에 서 있는 것은 이제 김시훈이 아닌, 자신이 될 것이다.

"헤헤."

김태현의 입에서 실없는 웃음이 흘러나왔다.

과거 자신을 구해준 은인의 앞에 나타나, 함께 위기에 빠진 세계를 구하는 것.

'그리고 최종적으로는.'

은인의 경지를 뛰어넘고 위기 속에서 은인을 지켜내는 것!

말 그대로 만화의 한 장면과도 같은 그 모습을 상상하자 입가에 미소가 절로 지어졌다.

가슴이 두근거렸다. 머리가 뜨겁게 달아올랐다. 최약체 직업이라고 온갖 천대와 멸시를 받아왔던 나날들이 머릿속을 스쳐 지나갔다.

'그걸 위해서라도.'

김태현은 김시훈을 바라보았다.

어지간한 연예인은 명함도 내밀지 못할 정도로 조각 같은 외모. 다른 사람과는 비교조차 할 수 없는 재능을 지닌, 실로 그림으로 그린 것 같은 주인공.

'검룡을 넘어서야 해.'

우선 첫 단추를 끼우는 것에는 성공했다.

중간에 예상외의 공격에 당황하기는 했지만, 결국 승리를 거머쥔 것은 검룡이 아닌 자신이었으니까.

김태현은 비릿한 미소를 입가에 머금으며 말을 이었다.

"하하하. 앞으로도 잘 부탁드리겠습니다."

"아, 예……"

"저희 서로 같은 '동생' 사이잖아요?"

김시훈의 표정이 일순 거칠게 일그러졌다.

김태현을 바라보는 눈빛이 섬뜩하게 빛났다.

까드득.

이를 악물며 주먹을 틀어쥐는 것이 보였다.

"예……. 그렇죠. 같은, 동생…… 사이죠. 하하하."

김시훈은 가늘게 어깨를 떨며 웃음을 흘리더니 이내 휙 몸을 돌렸다. 그리고 다급한 발걸음으로 수련실 밖으로 나갔다.

"저, 시훈 씨……."

레이라가 김시훈을 불렀다.

"죄송합니다, 레이라 씨. 몸이 좀 피곤해서요. 나중에 불러 주실 수 있습니까?"

김시훈은 레이라 쪽을 바라보지도 않으면서 수호의 전당 내부에 있는 그의 방으로 성큼성큼 걸어갔다.

"호, 호호. 시훈 씨가 좀 충격이 크신 것 같네요. 하긴, 저도 시훈 씨가 질 거라고는 생각 못 했으니까요."

레이라가 가라앉은 분위기를 띄우기 위해서인지 억지로 밝은 목소리로 말했다.

강우는 멀어지는 김시훈의 뒷모습을 지그시 바라보았다.

그런 그를 향해 김태현이 쭈뼛쭈뼛 다가왔다.

"저…… 강우 형. 수호의 전당을 소개시켜 주실 수 있나요?"

김태현은 기대감에 눈을 반짝이며 물었다.

수호의 전당은 가디언즈의 상징과도 같은 장소. 전 세계에 설치된 게이트를 통해 편하게 세계 전체를 오갈 수 있는 전략적 요충지였다. 플레이어라면 누구나 한 번쯤 와보고 싶어 하는 곳이 바로 수호의 전당이었다.

"응, 물론이지."

강우는 밝게 웃으며 고개를 끄덕였다.

김태현을 데리고 수호의 전당 내부를 돌아다니기 시작했다.

"와아, 형! 여기는 그랜드 캐니언이랑 바로 연결되어 있네요? 저 게이트는 베이징하고…….."

전 세계 각지로 이어진 게이트를 보며 김태현은 연신 감탄을 터뜨렸다.

강우는 그런 그를 바라보며 가늘게 눈을 떴다. 정확히는, 그의 목에 걸린 기하학적인 문양을 겹쳐 만들어진 목걸이를 바라보았다.

'뭘까, 저건.'

저 목걸이가 김태현에게 막대한 힘을 줬다는 것은 생각해 볼 것도 없는 일이었다. 중요한 것은, 저 목걸이의 정체.

'신적인 존재가 개입한 건 확실한 것 같은데.'

그것도 상당히 높은 격을 지닌 존재가 개입했을 것이리라.

강우는 굳게 입을 다문 채 해맑게 웃고 있는 김태현을 살폈다.

'……이 코인 탑승해도 되는 건가?'

혜성처럼 등장한 김태현 코인. 그 코인을 살까 말까 하는 고민이 머릿속을 가득 채웠다.

솔직히 구미가 당기기는 했다. 통찰의 권능으로도 살필 수 없는 등급의 아이템. 일반적인 신격보다 더 강력한 힘을 지닌 신격에 미래를 예측하는 듯한 능력까지. 아직 전반적인 움직임 자체가 조잡하긴 했지만, 그것만 잘 다듬으면 지금보다 몇 배는 더 강해지리라.

냉정하게 말하면. 모든 면에서 김시훈 이상의 가능성을 지니고 있었다.

'저 아이템을 뺏어서 나나 시훈이가 가진다는 선택지도 있지만.'

그건 황금알을 낳는 오리의 배를 가르는 것과 마찬가지인 결과를 불러올 수 있다.

대부분 전설급 이상의 아이템은 각인 효과 때문에 다른 사람이 억지로 뺏는다고 해도 사용하지 못하는 경우가 많다. 하물며 최소 초월급은 되어 보이는 아이템이라면 말할 것도 없다.

강우의 눈이 좁혀졌다.

아마 자신이 느낀 것을 김시훈 또한 느꼈을 것이 분명했다.

'생각해 보면 시훈이가 그러는 것도 당연한가.'

처음에는 별일도 아닌 것에 충격을 받았다고 생각했다.

하지만 천천히 되짚어 생각하니 김시훈의 반응이 이해가 가기 시작했다.

'날 형이라고 불러서 충격을 받은 게 아니야.'

태수 또한 자신을 형님, 형님 부르면서 따라다닌다. 만약 단순하게 형이라고 불렀다는 사실에 충격을 받았다면 태수가 형님이라고 부르는 것에 아무렇지 않아 할 리가 없었다.

'태수랑 김태현의 차이.'

두 사람 사이에는 결정적인 차이가 존재한다.

'자신의 자리를…… 빼앗길 수도 있다고 생각한 건가.'

아마 그럴 가능성이 높다. 김시훈에게 있어서 자신은 피가 이어진 친형 이상의 존재니까. 트라우마에 짓눌렸던 그를 구원하고, 이끌어준 존재였으니까.

'시훈이 이 새끼⋯⋯.'

김시훈의 감정을 생각하니 뭔가 짠한 감각이 밀려왔다.

'설마 형이 널 손절하겠니.'

강우에게 있어 더 이상 김시훈은 재능 하나만 보고 함께 있는 사이가 아니었다. 설사 김태현의 가능성이 김시훈보다 높다고 해서 김시훈과의 관계에 변화가 올 리는 없었다.

'시훈이는 그렇게 생각하지 않는 것 같지만.'

김시훈은 김태현이 자신을 형이라고 부르는 순간 '검을 놓았다.

검사에게 있어, 특히 김시훈에게 있어 검이란 것이 얼마나 중요한 존재인지를 생각하면 그가 받았던 충격이 얼마나 컸는지 짐작하는 것은 어렵지 않았다.

'김태현이 거기에 또 한 번 불을 지르기도 했고.'

김태현은 굴러들어온 돌이 박힌 돌을 쳐내듯 노골적으로 김시훈을 도발했다. 마치 '네 형은 이제 내 거야'라고 말하는 것처럼.

강우는 나라가 무너진 듯 절망에 휩싸였던 김시훈의 표정을 떠올렸다.

짧은 침묵이 흘렀다.

"강우 형?"

"아, 응."

김태현이 자신을 부르는 소리에 고개를 돌렸다.

"무슨 문제라도 있으신가요?"

"아니, 그건 아닌데."

"그럼……."

"그나저나, 태현이 네가 그 목걸이를 얻었을 때 일을 다시 한 번 설명해 줄래? 최대한 자세하게."

"……설명을 해드리고 싶어도 솔직히 저도 모르는 부분이 더 많아요."

김태현은 목에 건 노스트리안의 눈을 쥐며 말을 이었다.

"그냥 이 목걸이를 얻고 난 이후부터 '미래시'라는 스킬이 생긴 거랑 몸이 엄청나게 강해졌다는 것 외에는 저도 설명해 드릴 수 있는 게 없어요."

"뭐, 목소리가 들리지는 않아? 환청 같은 거."

"아뇨. 그런 적은 없었어요."

"그러면 네 몸이 자신의 의지대로 움직이지 않은 적은?"

"그런 적도 없었어요."

김태현은 고개를 저으며 답했다.

강우의 눈이 날카롭게 빛났다.

'저만한 힘을 건네주고 아무런 개입을 안 했다고?'

어딘가 수상쩍은 냄새가 풀풀 풍겨왔다.

'이건 말이 안 되는데.'

갑부가 지나가던 사람을 아무나 한 명을 붙잡고 거금을 준 것이나 다름없는 상황이었다. 대가도 없고, 목적도 없는 이익에는 당연히 구린내가 숨어 있게 마련.

'……이건 위험한 코인이야.'

강우는 김태현을 바라보며 확신했다.

'지금 당장에 손을 쓰는 건 너무 이르지만.'

아직은 김태현에게 저 힘을 준 존재가 누구인지, 그 목적이 무엇인지 판단할 수 없는 상황이었다.

아무리 구린내가 난다고 해도 지금 당장 김태현의 코인을 손절하는 것은 현명한 선택이 아니다.

'저렇게 충성을 보내는 놈을 막무가내로 손절하는 것도 좀 그렇고.'

잘만하면 엄청난 전력이 될 수도 있는 카드를 바로 손절하는 것은 너무 아깝지 않은가.

'신격을 지닌 전력은 무조건 필요하니까.'

김태현이 바알과의 전투에서 도움이 되리라고는 생각하지 않았다. 바알은 자신 외에 그 누구도 상대할 수 없는 존재였다.

'하지만 외계의 침식은 다른 문제지.'

이건 오히려 강우 혼자의 힘으로는 막기 어려운 일이었다.

지금 세계적으로 발생하고 있는 게이트의 이상 현상이나 몬스터의 증식만 해도 강우 혼자의 힘으로는 막기 어려웠다.

'어쨌든 나는 혼자니까.'

아무리 강력한 힘을 지닌 전사라고 해도 전쟁에서 홀로 성벽을 지킬 수는 없다. 지구라는 거대한 성을 지키기 위해서는, 그를 뒷받침해 주고 지원해 줄 수 있는 아군이 필요했다.

'리리스한테 빡세게 감시하라고 해둬야겠네.'

지금은 경계를 놓지 않는 선이 딱 적당하다.

"하하. 진짜 저한테 이런 날이 올 줄은 꿈에도 몰랐네요. 동경하던 강우 씨…… 아니, 강우 형하고 같이 수호의 전당을 돌아본다니."

김태현은 지금 상황이 참을 수 없을 정도로 기쁘다는 듯 해맑은 미소를 지으며 말했다. 처음 봤을 때부터 느꼈지만, 확실히 강아지를 연상시키는 듯한 인상이었다.

'그 충성도가 오히려 너무 높아서 문제지만.'

김시훈과 김태현 사이에 있었던 치열한 신경전을 떠올리며 한숨을 내쉬었다.

'그건 그렇고.'

수호의 전당 내부를 둘러보는 도중, 김시훈의 방앞을 지나게 되었다.

강우는 굳게 닫힌 방문 앞에 서서 김시훈의 방을 돌아보았다.

'시훈이는 어쩌지.'

충격을 받고 방에 틀어박힌 김시훈을 어떻게 달래줘야 할까 생각하니 머리가 뻐근해졌다.

"왜 그러세요, 형?"

강우가 갑자기 발걸음을 멈추자, 김태현이 자신을 돌아보며 고개를 기울였다.

그때였다.

"아."

강우의 머릿속에 번뜩이는 생각이 스쳐 지나갔다.

"……아니. 그래도 이건 좀."

강우는 자신의 머릿속을 스쳐 지나간 생각을 떠올리며 고개를 저었다.

'근데 아무리 생각해도 이게 최선인데.'

다른 방법을 찾기 위해 열심히 머리를 굴려봤지만, 이 이상으로 좋은 생각이 떠오르지 않았다.

강우는 거칠게 주먹을 쥐었다.

'……그래.'

어쩔 수 없는 일이다. 지금 김시훈이 벽을 넘을 수 있도록 등을 밀어줄 수 있는 건 자신밖에 없었다.

'형이라면 동생을 위해 희생해야 할 때가 있는 법이지.'

아끼고 사랑하는 동생을 위해 수라(修羅)의 마음을 지녀야만 했다.

"태현아."

"아, 예. 강우 형."

김태현이 자신이 있는 쪽으로 쪼르르 다가왔다.

강우는 활짝 미소를 지으며 김태현의 어깨에 손을 올렸다.

"우리 같이 밥이나 먹으러 갈까?"

"……아."

김태현의 두 눈이 커졌다.

"예, 예! 조, 좋아요! 하하. 저도 마침 배가 고프던 참이었어요!"

"형이 잘 아는 김치찌개 집이 있어."

"김치찌개! 저도 김치찌개 엄청 좋아해요!"

"그래? 하하. 역시 우리는 좀 통하는 것 같네."

강우는 김태현의 어깨를 가볍게 두드리며 몸을 돌렸다.

쨍그랑!

굳게 닫힌 방문에서, 무언가 부서지는 듯한 소리가 흘러나왔다.

"우리 같이 밥이나 먹으러 갈까?"

방문 너머로 들려오는 목소리. 김시훈에게는 더없이 익숙한 목소리였다.

으득.

김시훈은 침대에 걸터앉은 채 이를 악물었다.

쨍그랑!

그의 몸에서 자연스럽게 흘러나오는 난폭한 기운에 테이블 위에 올려져 있던 액자가 바닥에 떨어졌다.

"……아."

김시훈은 당황스러운 표정으로 고개를 들어 올렸다.

침대에서 일어나 액자가 떨어진 곳으로 향했다. 바닥에 떨어져 깨진 액자 안에는 강우가 바비큐 꼬치를 든 팔을 자신의 어깨에 걸친 채 환하게 웃고 있는 사진이 보였다.

전에 칼데산에 놀러 갔을 때 찍었던 사진을 들어 올려 사진에 묻은 유리 파편을 조심스럽게 털어냈다.

"……형."

나지막이 중얼거렸다. 무거운 짐이 어깨를 짓누르는 듯 아프다.

'저희 서로 같은 '동생' 사이잖아요?'

김태현의 비웃는 듯한 목소리가 귓가를 울렸다.
으득. 거칠게 주먹이 쥐어진다.
"……아무것도 모르는 놈이."
괜스레 화가 치밀어 올랐다. 화를 낼 만한 것이 아니라는 것을 알고 있음에도.
'내가……'
자신이 그의 '동생'으로 있기 위해.
'얼마나 필사적으로 노력했는데.'
그걸 아무렇지도 않게 '저희'라고 표현한 것이 마음에 들지 않았다.

김시훈은 굳게 쥔 주먹을 풀었다. 치밀어 오르는 화를 억누르며 고개를 저었다.
"하아. 이게 뭔 궁상이냐."
찌질해도 이보다 더 찌질할 수는 없다는 생각이 들었다.
김시훈은 바닥에 흩어진 유리 파편들을 모아 쓰레기통에 버렸다.
'뭐, 무슨 꿍꿍이가 있는 것 같지는 않으니까.'
자신에게 보내는 적의 또한 강우에 대한 과도한 충성심과 동경이 원인이지 특별히 악의가 있는 것처럼 보이지는 않았다.

사랑하는 동생을 위해

'……그리고.'

무엇보다, 김태현은 자신보다 더 강우에게 도움을 줄 수 있었다.

김시훈은 천천히 손을 들어 올렸다.

무형검의 묘리에 따라 내공이 뭉쳤고, 허공에 푸른빛을 뿜어내는 검이 만들어졌다.

'……신격.'

자신과 김태현의 차이는 그 한 단어로 정의할 수 있었다.

물론 미래를 내다보는 듯한 능력도 거슬리기는 했지만, 파훼법이 아예 없는 것은 아니었다.

하지만 신격의 경우 파훼법이라는 게 존재하지 않았다.

'뭘 어떻게 해야…… 얻을 수 있는 거지.'

아득함이 밀려왔다

눈앞에 거대한 벽을 마주한 듯한 감각. 천골(天骨)이라는 경이로운 재능을 지닌 김시훈이 처음으로 마주한 성장의 벽이었다.

"하아."

다시금 깊은 한숨이 흘러나왔다. 허공에 만들어졌던 푸른 검이 가루가 되어 흩어졌다.

머릿속이 복잡했다.

깨진 액자에서 꺼낸 사진을 내려다보았다.

'내 동생으로 있어 줘서…… 고맙다.'

강우의 목소리가, 자신을 구원했던 그 말이 머릿속을 울렸다.

거칠게 일그러져 있던 표정이 풀리며 자연스럽게 입가가 올라갔다.

"……그래. 괜히 비교할 필요가 없지."

김시훈은 김태현을 떠올리며 고개를 저었다.

말마따나, 비교하는 것 자체가 의미 없는 일이다.

자신은 강우와 단순한 형, 동생 사이가 아니다. 피는 섞이지 않았지만 자신은 강우를 친형 이상으로 생각하고 있었다. 강우 또한 그건 마찬가지이리라.

'그렇지 않았다면 나한테 그 말을 했을 리도 없었을 테니까.'

그렇게 생각하니 어깨가 한결 가벼워졌다. 복잡했던 머릿속이 시원한 물을 끼얹은 것처럼 맑아졌다.

'태수랑 비슷하다고 생각하면 돼.'

괜히 복잡하게 생각할 것 없다. 태수를 대하는 것처럼 편하게 대하면 된다. 어차피 이제 가디언즈의 한 식구가 된 사이가 아닌가.

"나중에 대련이라도 부탁해 보자."

어쩌면 자신이 넘지 못하는 벽을 넘을 수 있는 단서를 찾게 될지도 모른다.

'오늘은 그럼 발록이랑 대련이나 하러 갈까.'

김태현에게 패배했기 때문일까, 몸을 좀 더 움직이고 싶다는 생각이 들었다.

김시훈은 아까 전보다 훨씬 가벼워진 발걸음으로 방문을

나섰다.

　　　　　　　　　🌀

"후우, 후우."

발록과의 대련이 끝난 후, 김시훈은 거친 숨을 몰아쉬며 바닥에 드러누웠다.

"……오늘 무슨 일이 있었나?"

대련을 끝내고 펜던트를 착용해 인간의 모습으로 돌아온 발록이 물었다.

"왜?"

"평소보다 좀 더 '간절'해진 것 같더군."

김시훈은 무슨 말을 하냐는 듯 눈살을 좁혔다.

"그게 무슨 말이야?"

"말 그대로의 의미다. 뭔가에 쫓기듯이 대련을 하더군. 아…… 뭐, 그건 예전에도 마찬가지였지만."

"……."

"오히려 최근 들어서 간절함이 많이 부족했었지."

"그러니까 부족했다는 게……."

"스스로 느끼지 못하고 있었나?"

발록이 싱겁다는 듯 코웃음을 치며 말을 이었다.

"태무극과의 전투 이후, 너는 더 이상 '간절하지 않아졌다'."

쿵.

거대한 망치로 뒤통수를 후려 맞은 듯한 감각.

김시훈의 눈이 부릅뜨였다. 거칠어진 호흡 사이에 떨림이 섞인다.

"내가, 간절하지 않았다고?"

"그렇다."

"헛소리하지 마. 최근에 몬스터를 처리하느라 시간이 없었을 뿐이지 수련을 게을리하지는 않았어."

"수련을 게을리하지 않았다는 말이 아니다."

발록은 단호한 목소리로 입을 열었다.

"다만, 간절하지 않아졌다는 말일 뿐."

"그게 그 말……"

"아니지. 이 둘은 분명 다르다."

"……"

"전에 네놈은 한 번 검을 휘두를 때마다 절박하게 휘둘렀다. 무언가에게 쫓기듯 필사적으로 움직였지."

"……"

"하지만 지금은 아니다. 네놈은…… 더 이상 간절하지 않다."

"……읏."

김시훈은 입술을 짓씹었다. 날카롭게 뜬 눈으로 발록을 노려보았다.

간절하지 않다. 발록의 나지막한 그 말이 비수가 되어 가슴에 틀어박히는 것 같았다.

'아니야.'

사랑하는 동생을 위해

고개를 저었다. 그럴 리가 없다고 생각했다.

'나는 형의 뒤를 쫓기 위해서.'

그 누구보다도 간절하게 수련하지 않았던가.

"……난 이만 가본다."

"그래."

신경질적으로 몸을 돌리는 김시훈을 바라보며 발록은 피식 웃음을 흘렸다.

김시훈은 발록의 집을 나왔다.

일반인들의 접근을 막는 결계를 빠져나오니, 거리의 사람들이 바쁘게 돌아다니는 것이 보였다.

얼굴을 가리기 위해 모자와 마스크를 쓴 김시훈은 터덜터덜 발걸음을 옮겼다.

'절박함이…… 부족하다고?'

발록의 말이 귓가에 맴돌았다.

불쾌함이 등골을 타고 퍼졌다. 알 수 없는 초조함이 밀려왔다.

'내 동생으로 있어줘서…… 고맙다.'

그때, 강우의 목소리가 다시 한번 머릿속에 울려 퍼지며 등골을 타고 흐르던 불쾌함이 눈이 녹듯 사라졌다. 전신을 달구던 초조함 또한 어느새 사라져 버렸다.

"하하."

김시훈은 한결 편해진 표정으로 입가에 미소를 띠었다.

'그래, 신경 쓸 필요 없어.'

이전에 자신은 트라우마에 짓눌리지 않았던가. 발록이 말한 간절했다, 라는 것은 트라우마에 짓눌렸던 자신을 가리키는 말이리라.

'당연히 지금은 그렇게 느끼지 않겠지.'

자신은 구원받았다. 강우의, 그 누구보다 소중한 형의 도움으로 한평생을 옭아맸던 저주에서 벗어날 수 있었다.

"나중에 형님한테 연락이나 한번 해봐야겠네."

입가에 미소를 지으며 김시훈은 발걸음을 옮겼다.

"형님?"

[어, 응. 시훈아.]

"통화 괜찮으세요?"

[미안…… 지금 태현이랑 잠깐 밖에 나와서.]

"……오늘도요?"

[응. 나중에 연락할게.]

"아…… 예. 알겠습니다, 형님."

[별일 없지? 최근에 좀 바빠서 얼굴도 못 봤네.]

"하하. 괜찮습니다."

[그래. 나중에 또 연락할게.]

뚝.

통화가 끊기고 손에 쥔 스마트폰에서 기계음이 흘러나왔다.

"많이…… 바쁘신가 보네."

김태현이 가디언즈에 가입한 지도 일주일. 강우는 뒤늦게 가디언즈에 합류한 김태현이 잘 적응할 수 있도록 여러 방면으로 도움을 주느라 또다시 정신없는 일정을 소화하고 있었다.

"하긴, 형님은 그것 말고도 많은 일을 하고 계시니까."

강우의 몸이 걱정될 정도로 그의 일은 많았다. 신계의 일부터 시작해서 에르노어, 지구의 일까지 거의 모두 도맡아서 처리하고 있으니 통화할 시간도 거의 없는 게 당연했다.

"하하. 그렇지…… 어쩔 수 없지."

지그시 눈을 감았다.

달칵.

"아……."

손에 쥐고 있던 스마트폰이 바닥에 떨어졌다.

김시훈은 바닥에 떨어진 스마트폰을 들어 올려 테이블 위에 놓았다.

"……."

몸을 돌려 침대에 누웠다.

'어제 보고된 게이트 이상 현상은 태현 씨가 처리했다고 했던가.'

그 뒤로는 따로 보고된 이상 현상은 없었다.

김시훈은 천천히 눈을 감았다. 잠이 쏟아졌다.

"……아."

몇 시간 후.

김시훈은 감았던 눈을 뜨며 자리에서 일어났다.

"깜빡 잠들어 버렸네."

발록이랑 대련이라도 하러 갈까 생각했었는데 어느새 몇 시간을 자버리고 말았다.

김시훈은 부스스한 머리를 정리하며 방문을 열었다.

"……음?"

새하얀 복도를 지나 회의실 쪽으로 가니, 의자에 앉아 있는 강우의 모습이 보였다.

"형ㄴ……."

환한 미소를 지으며 강우를 부르려고 한 순간.

뚜르르르.

"어, 태현아? 무슨 일이야?"

강우가 전화를 받고 있는 모습이 보였다.

김시훈의 입가에 지어졌던 미소가 딱딱하게 굳었다.

"응. 지금 잠깐 수호의 전당에 왔어."

목소리가 들린다.

까드득.

자기도 모르게, 굳게 주먹이 쥐어졌다.

'왔구나.'

사랑하는 동생을 위해

강우는 슬쩍 시선을 옮겨 복도 쪽을 바라보았다.

김시훈이 이쪽을 바라보고 있는 모습이 보였다.

'그럼.'

강우는 손에 쥔 스마트폰을 귓가에 가져다 대며 말을 이었다.

"수련은 잘 되고 있고?"

입가에 미소를 띠며 물었다.

"아, 그래? 하하. 다행이네."

돌아오는 대답은, 없다.

"응. 나도 서류 정리만 끝나고 그쪽으로 갈게."

혼잣말을 이어간다.

'시훈아.'

다 이해하지? 응? 형이 다 널 생각해서 이러는 거 알지?

"하하. 응, 그래. 거기서 보자."

시훈이 너도 이제 벽도 넘고, 신격도 얻어야지. 다 이게 형이 너 잘되라고 그러는 거야.

"태현아."

응? 내 마음 이해하지 시훈아? 내가 진짜 너무 마음이 아픈데 억지로 이러는 거 알고 있지?

"널 만나서 얼마나 다행인지 모를 거야."

그치? 이거 어쩔 수 없는 거지? 나 쓰레기 아니지?

"내 동생으로 있어줘서…… 고맙다."

깊어지는 마음의 죄책감과 달리, 어째서인지 입은 멈추지 않고 움직였다.

· 8장 ·
벽을 넘다

눈앞이 새하얗게 점멸한다.

호흡이 거칠어진다. 머리가 뜨겁다.

'……형?'

입으로 소리를 내어 그를 부르고 싶었지만, 목소리가 나오지 않았다. 시야가 흔들린다. 다리에 힘이 풀렸다.

'왜……'

왜, 왜, 왜. 의문이 꼬리에 꼬리를 물고 이어졌다.

'내 동생으로 있어 줘서…… 고맙다.'

강우의 말이, 자신을 구원했던 그 짧은 말이 머리를 스치고 지나간다.

그 말은 자신과 강우 사이를 이어주던 말이었다. 둘의 관계가 단순히 친한 형, 동생이 아닌 친형제 이상으로 끈끈하게 이어져 있다는 것을 증명하는 말이었다.

'그런데…… 왜.'

김태현에게 저런 말을 한단 말인가? 마치…… 더 이상 자신은 필요 없다는 것처럼.

'아냐.'

그럴 리가 없다.

'나랑 형이 얼마나 많은 전장을 넘어왔는데.'

악마교의 태동부터 종말까지. 사탄과 사천왕, 악의 성좌까지. 무수한 전투를, 무수한 전장을 강우와 함께 넘어왔다. 악(惡)의 손에서 세계를 지키기 위해 필사적으로 싸워왔다.

그런데. 왜. 하늘에서 뚝 떨어진 것처럼 뜬금없이, 단순히 운이 좋아 강해진 인간이 자신과 같은 '동생'의 자리를 차지한단 말인가.

으드득.

사납게 이가 갈렸다. 뜨거운 무언가가 치밀어 올랐다.

'뭐가…… 달랐던 걸까.'

자신과 김태현의 차이를 생각했다.

강우가 자신보다, 김태현을 더 신경 쓰는 이유는 무엇일까. 신경 써야만 했던 이유는 무엇일까.

"……."

해답을 찾아내는 데 오랜 시간은 필요하지 않았다.

'신격.'

신격이다. 자신에게는 없고, 김태현에게는 있는 것. 지금 이 세계에 다른 무엇보다도 절실한 것.

'신격 때문이야.'

강우는 세계를 지키기 위해 모든 것을 희생했다. 지금 이 혼란 속에서 신격을 지닌 존재가 얼마나 큰 전력이 되는지 그는 잘 이해하고 있을 것이다.

그렇기 때문에.

'신격 때문에 김태현을 동생으로 받아줬던 거야.'

그게 아니라면, 굳이 김태현에게 이 정도로 신경을 기울일 여유조차 없을 것이다.

"하하."

마른 웃음이 흘러나왔다. 기껏 깨닫게 된 진실은 생각 이상으로 허망했다.

'형님도 어쩔 수 없었던 거야.'

원치 않아도 김태현의 어리광과 호들갑을 받아줄 수밖에 없었다. 세계를 지키기 위해서는, 어떻게든 그를 아군으로 끌어들여야 했으니까.

'그래, 그런 게 틀림없어.'

그것이 아니면 설명되지 않는다.

까드득.

이를 악물었다.

강우가 앉아 있는 회의실에서 몸을 돌려, 복도를 걸었다.

"……신격."

신격이 필요했다. 형의 마음을 돌리기 위해서는 그의 '동생'으로서 남아 있기 위해서는.

'너를 낳아서…… 미안해.'

오랫동안 잊고 있었던, 기억하지 않았던 목소리가 들린다. 그의 삶 전체를 옭아매고 있었던 저주와도 같은 말.

"신격이…… 필요해."

터벅, 터벅.

김시훈은 비틀거리는 걸음으로 복도를 걸었다.

김시훈이 떠난 회의실. 침묵이 내려앉은 회의실 안에서 강우는 천천히 눈을 감았다.

'이 정도면 충분하려나.'

김시훈이 마주한 벽. 그 벽을 넘어서기 위해서는 특별한 자극이 필요했다. 과거의 그의 트라우마를 불러일으킬 만한 자극이.

'이제까지 시훈이가 위기의 순간에 계속해서 각성했던 건 재능 때문만이 아냐.'

김시훈의 인생을 옭아매고 있는 트라우마. 바로 그 트라우마가 김시훈이 각성할 수 있는 원동력이었다.

'다른 사람들이 생각하기엔 아무것도 아니겠지만.'

김시훈의 트라우마. 다른 이들에게, 자신에게 누구보다 소중한 이들에게 '인정'받고 있다는 갈망.

분명 평범하다고 할 수 있는 갈망은 아니었다.

'하지만.'

김시훈이라면.

아버지에게 버림받고, 형에게 짓밟혔던. 자신에게 있어 그 누구보다 소중했던 존재에게 삶 자체를 부정당했던 김시훈이라면.

'바라겠지.'

다시 한번, 구원을 갈망할 것이다. 자신의 인정을 받기 위해 필사적으로 발버둥 칠 것이다.

강우는 굳은 표정으로 입을 다물었다.

깊은 한숨을 내쉬며 이마를 짚었다.

"⋯⋯다른 방법을 쓸 걸 그랬나."

뒤늦은 후회가 밀려왔다.

아무리 신격을 각성하기 위해서라고는 하나, 조금 과했다는 생각이 들었다.

'아니, 이건 단순히 신격의 문제가 아니야.'

사실 김시훈에게 신격을 주는 것은 간단하다. 그를 자신의 화신으로 만들면 된다. 가이아의 신격의 일부를 레이라가 사용할 수 있는 것처럼, 자신의 신격의 일부도 김시훈이 사용할 수 있을 테니까.

'그래서는 의미가 없어.'

만약 김시훈이 자력으로 신격을 얻을 가능성이 아예 없었다면 화신으로 만든다는 선택을 했을 것이다.

하지만 김시훈에게는 충분히 자력으로 신격을 각성할 수 있는 가능성이 있었다. 아니, 이제는 솔직히 왜 아직도 각성을 못 했는지 의아할 정도.

'결정적인 계기가 필요한 거야.'

눈앞의 벽을 뛰어넘게 만들어줄 수 있는, 그를 가로막고 있는 한계를 박살 낼 수 있는 계기가.

'시훈이라면 할 수 있어.'

자신이 알고 있는 김시훈이라면.

분명 넘을 수 있다. 자력으로 신격을 손에 넣을 수 있다.

'그렇게만 된다면.'

김시훈은 찬란히 날개를 펼치고 폭발적인 성장을 할 수 있을 것이 분명하다.

"자력으로 얻은 신격과 일반적인 신격은 다르니까."

신격은 분명 사기적인 힘이다. 하지만 태어나면서부터 아무런 대가도 없이 그 힘을 손에 넣은 존재와 자력으로 신격을 획득한 존재와의 차이는 극명할 수밖에 없었다.

'만약 여기서 내가 시훈이를 화신으로 만들고 그냥 신격을 줘버리게 되면.'

김시훈의 성장은 딱 거기서 멈추게 될 것이다. 자력으로 신이 될 수 있음에도, 대가 없이 받은 힘으로 인해 성장하지 못할 것이다.

"……그렇게 둘 수는 없지."

강우는 날카롭게 눈을 떴다.

김시훈의 트라우마를 불러일으키는 것에 죄책감이 느껴지기는 했지만 이 경우 다른 방법이 없었다. 게이트의 이상 현상은 계속해서 증가하고 있고, 심지어 그 안에서 김태현이 발견한 것과 같은 정체불명의 물건까지 튀어나왔다. 김시훈에게는 한시라도 빨리 신격이 필요했다.

'시훈이 말고 다른 애들은…….'

잠시 다른 파티원들에게 생각이 미쳤다.

고민을 이어가던 강우는 이내 고개를 저었다.

'우선 시훈이부터.'

지금은 김시훈에게 집중하는 것이 옳다.

'자극을 적당히 주는 게 중요해.'

과거 지나치게 자극을 주다가 타락해 버리려고 했던 경험이 있는 만큼, 이번에는 그 자극을 적절하게 조절할 필요가 있었다.

'일단 여기서 당분간은 절대 자극하면 안 돼.'

발록과 레이라에게도 단단히 입단속을 해둘 필요가 있겠다는 생각이 들었다. 두 사람이 그나마 자신을 제외하고는 김시훈과 자주 만나니까.

'시훈이를 최대한 수련에 매진하게 만든 다음에…….'

그다음 자신이 짜잔 나서면서 눈물 한번 쏙 빼는 연출을 만들어내면 될 것 같다는 생각이 들었다.

"대사는…… '그깟 신격이 뭐가 중요해? 넌…… 넌 그딴 게 없어도 내 동생이란 말이야!'. 그래, 이걸로 가자."

벌써부터 손발이 찌그러지는 듯한 기분이었지만 어쩌겠는가.

'시훈이가 이런 걸 좋아하는데.'

지은 죄가 있으니 이런 토악질 나오는 대사를 쳐주는 것까지는 감수해야 했다. 김시훈을 위해서라지만 간신히 잊었던 트라우마를 다시 불러일으킨 건 자신이 맞으니.

"그나저나."

강우는 테이블 위에 올려둔 스마트폰을 내려다보았다. 그곳에는 알림을 꺼둔 김태현의 메시지가 꽤나 쌓여 있었다.

'얘는 왜 그렇게 나를 따르는 거지.'

충성심을 보내주는 것은 좋았지만 정도가 좀 과한 것 같다는 생각이 들었다.

'비유하자면 뭐랄까.'

아이돌의 극성팬과 같다고 해야 할까. 자신이 동경했던 사람과 같이 있게 된 것이 너무 기뻐서 어쩔 줄 몰라 하는 느낌이었다.

"끄응."

이러나저러나 살짝 귀찮은 것이 사실이었다.

"……뭐, 어쩔 수 없지."

김태현이 손에 넣은 '노트스트리안의 눈'의 정체가 확실하게 밝혀지기 전까지는 그와 같이 있을 수밖에 없었다.

강우는 김시훈과 김태현, 둘을 떠올리며 지그시 눈을 감았다.

언젠가 차연주가 했던 표현이 다시금 떠올랐다.

'양손의 꽃(┙)이네.'

'시바.'
주먹을 움켜쥐며 고개를 떨궜다.
"임자…… 임자아……."
처량한 목소리가 회의실 안에 울려 퍼졌다.

"허억, 허억."
거친 숨이 목 끝까지 차올랐다. 난장판이 된 수련실 내부가 눈에 들어왔다.
비틀거리는 걸음으로 발을 내디뎠다.
"천룡……."
이미 바닥을 보인 내공을 쥐어짜 낸다.
푸른 기운으로 이루어진 검을 들어 올렸다. 하지만.
스르르륵.
"하아, 하아."
내공으로 이루어진 무형의 검이 허공에 가루가 되어 사라졌다.
김시훈은 손끝에서 사라져 가는 검을 바라보며 거친 숨을 몰아쉬었다.

"크웃."

억지로 내공을 쥐어짜 낸 탓일까. 김시훈의 무릎이 꺾였다.

"안…… 돼."

여기서 쓰러질 수는 없었다.

김시훈은 꺾인 무릎에 힘을 주어 몸을 일으켰다.

'아직 부족해.'

김시훈은 입술을 짓씹으며 손을 들어 올렸다.

희미한 푸른빛이 검의 형태로 뭉쳤다.

'신격을 얻기 위해서는…….'

강우의 동생으로 남아 있기 위해서는.

신격이 필요했다.

"후우……."

깊게 숨을 들이쉬었다. 호흡을 통해 대기 중의 기(氣)가 극소량 몸 안으로 들어왔다.

'신격을 얻기 위해서는 우선 심검(心劍)을 완벽하게 이뤄야 해.'

심검이야말로 신격을 얻기 전 마지막 관문이라는 생각이 들었다.

'……마음의 검이라니.'

무협지에서는 질리도록 나온 경지였다.

이론적으로는 수십, 수백 권에 달하는 책을 천무진에게 받아 읽었다. 하지만.

"……모르겠어."

마음의 검이라니. 대체 무슨 뜬구름 잡는 소리란 말인가.

이제까지 타고난 재능으로 막힘없이 성장해 오던 김시훈에게 있어 추상적이기 짝이 없는 개념을 직접 무공으로서 펼치는 것은 쉽지 않은 일이었다.

"하아."

김시훈은 머리칼을 움켜쥐며 발걸음을 옮겼다.

비틀.

앞으로 내디딘 발이 휘청거렸다.

"……"

김시훈의 표정이 거칠게 일그러졌다.

덜덜 떨리는 손을 억지로 움직이려고 할 때.

달칵.

"어? 시훈 씨?"

김태현이 수련실 안으로 들어오는 것이 보였다.

김시훈은 굳게 입을 다문 채 김태현을 날카롭게 쏘아보았다.

"음, 오늘은 늦게까지 수련하시나 보네요."

"……예."

"하하. 역시 검룡이군요. 저도 보고 배워야 할 것 같습니다."

김태현은 김시훈을 바라보며 밝게 웃었다.

그의 웃음에는 명백한 조소(嘲笑)가 섞여 있었다.

"……"

김시훈은 대답하지 않은 채 고개를 돌렸다.

"그나저나 강우 형 어디 계신지 아시나요?"

김시훈은 눈살을 찌푸린 채 고개를 기울였다.

"오늘 태현 씨랑 만난 것 아니었나요?"

"아뇨. 만나려고 했는데…… 많이 바쁘신 것 같더라고요."

김시훈은 굳게 입을 다물었다.

'그 뒤에 따로 일이 생기신 건가?'

김태현과 강우가 만나지 못했다는 사실에 자기도 모르게 입가가 올라갔다.

그것을 눈치챈 것일까, 김태현은 발끈한 표정으로 날카롭게 김시훈을 쏘아보았다.

"그러고 보니…… 강우 형한테 들었는데 얼마 전에 시훈 씨가 절 이기지 못했던 이유가 '신격'이라는 것 때문이라고 하더라고요."

"……."

"하하. 가디언즈에서 신격을 가진 플레이어는 저랑 강우 형 정도밖에 없다고 들었는데."

김태현은 느긋한 표정으로 말을 이었다.

"역시…… 형이랑 저랑 좀 잘 맞는 것 같지 않나요?"

김시훈의 표정이 거칠게 일그러졌다.

"좋으시겠네요. '운 좋게' 찾은 던전에서 신격을 얻으시다니."

김시훈은 날카롭게 뜬 눈으로 김태현을 노려보며 말을 이었다.

"아무런 노력도 하지 않고 말이죠."

"……웃."

김태현은 살짝 눈살을 찡그렸다.

아무런 대가도 없이 얻은 기연. 단순히 '운이 좋아' 이런 힘을 얻었다는 것은 그가 최대한 마주하고 싶지 않은 진실이었다.

'나는.'

주먹을 움켜쥐었다.

'뭐야, 도적 계열? 아, 필요 없어요.'

'아니, 도적한테 넣을 힐 없으니까 저기 찌그러져서 붕대나 감아요.'

'아씨 딜도 개똥이고 탱도 안 되고 대체 뭐 저딴 게 다 있어? 걍 플레이어 접어요.'

격변의 날.

김태현은 몬스터의 손에 의해 가족을 잃었다.

비단 자신에게만 일어난 비극은 아니었다. 수많은, 헤아릴 수 없는 사람들이 그날 소중한 이들을 잃었다.

격변의 날이 지나고 5년이라는 시간이 흐른 후 플레이어로 각성했을 때. 드디어 자신에게 기회가 왔다 생각했다. 눈앞에서 가족이 죽은 이후 계속해서 꿈꾸고 있었던 '영웅'이 될 수 있으리라 생각했다.

하지만 현실은 달랐다. 그가 각성한 특성은 플레이어들 사이에서 제대로 취급조차 받지 못하는 반푼이 특성이었다.

'나, 는.'

그때부터, 간절함은 더욱 깊어졌다.

주인공이 되고 싶었다. 소년 만화의 주인공처럼 위기의 상황을 딛고 일어나 강해지고 싶었다. 사람들의 추앙을 받으며, 위기에 빠진 세계를 멋지게 구해내고 싶었다.

그리고. 그리고. 그리고.

그날 자신이 잃었던…… 구하지 못했던 가족들에게 말하고 싶었다.

지켰다고. 이번에는, 지킬 수 있었다고. 그날 아무것도 하지 못했던 자신이, 비겁하게 홀로 살아남은 자신이 세계를…… 수많은 사람들을 구원했다고.

말해주고 싶었다. 말해야만 한다고 생각했다.

"아무런 노력도…… 하지 않았다고?"

김태현은 입술을 짓씹었다.

날카로운 눈으로 김시훈을 노려보았다.

"아무런 노력도 없이 힘을 손에 넣은 건 너도 마찬가지잖아!"

플레이어로 각성했을 때 그 누구도 인정하지 않았던 자신과 달리, 김시훈은 각성한 그 순간부터 막힘없이 승승장구했다. 그에게는 자신에게 없었던 '재능'이 있었기 때문이었다.

김태현은 사나운 눈빛으로 김시훈을 바라보았다.

지금 자신이 하고 있는 것이 꼴사나운 질투라는 것은 잘 알고 있다. 이런 행동으로 인해 오히려 더 비참해지는 것은 자신이라는 것 또한 이해하고 있다.

하지만.

"너만 아니면……."

그토록 갈망하던 꿈이 눈앞에 펼쳐졌다. 이야기의 주인공이,

남들이 우러러보는 영웅이 될 수 있다는 허황된 꿈이.

하지만 자신이 도달해야 할 자리에는 이미 다른 사람이 자리 잡고 있었다. 검룡이라는 칭호를 지닌 존재가.

무거운 침묵이 내려앉았다.

두 사람은 굳이 다른 말을 할 필요조차 없다는 듯, 동시에 무기를 꺼내 들었다.

쿵.

김태현이 수련실의 문을 닫고 안으로 들어왔다.

30센티 정도 되는 단검을 역수로 쥔 채 자세를 취했다.

김시훈은 은은한 푸른빛으로 빛나는 무형(無形)의 검을 쥔 채 거칠어진 호흡을 골랐다.

그의 손에 쥐어진 검은 평소에 비해 훨씬 옅은 빛을 띠고 있었다.

'……제길.'

방금 전 한계까지 쥐어짜 낸 수련을 끝마친 탓에 몸 상태가 최악에 가까웠다. 다리를 후들거리고, 호흡은 거칠었다. 내공 또한 바닥을 보이고 있었다.

'하지만.'

여기서 물러설 수는 없었다. 물러서면 안 된다는 생각이 들었다.

'요즘 네게는 간절함이 느껴지지 않더군.'

발록의 말이 떠올랐다.

그때는 헛소리하지 말라며 부정했지만, 사실 자신도 느끼고 있었다.

'나는…… 간절하지 않았던 거야.'

처음 마주하는 성장의 벽 앞에서 스스로 강해지는 것을 포기했다. 이대로도 괜찮다고, 충분하다고 생각했다.

'……형.'

그와 함께 걸어가기 위해서는, 그의 어깨를 짓누르는 무게를 조금이라도 짊어지기 위해서는.

자신은 넘어서야 한다. 그를 가로막고 있는 거대한 벽을.

"후우."

깊게 숨을 들이쉬었다.

호흡을 통해 부족한 단전의 내공을 충당했다. 원래 그가 지니고 있던 막대한 내공에 비하면 턱없이 적은 양이었지만, 지금은 티끌만 한 내공이라도 절실한 순간이었다.

'천룡은형(天龍隱形).'

김시훈의 몸이 보법을 밟으며 움직였다.

용이 구름 속에 몸을 숨기듯, 김시훈의 몸이 흐릿하게 변하며 허공에 녹아들 듯 사라졌다.

'정면 승부로는 답이 없어.'

지난번 전투에서 신격을 지닌 상대와 정면 승부를 하는 것이 얼마나 미련한 짓인지 깨달을 수 있었다.

신격이 없는 존재가 신격이 있는 상대로 취할 수 있는 전략은 두 가지. 신격이 보호할 수 없는 양의 막대한 힘을 쏟아붓거나, 신격의 보호가 취약한 부분을 연달아 집중적으로 공격해서 뚫어내는 방법이었다.

'첫 번째 방법은 불가능해.'

최상의 컨디션일 때조차 내공이 부족하다고 느꼈는데, 지금처럼 내공이 없는 상태에서는 더더욱 사용할 수 없는 방법이었다.

'신격의 보호가 취약한 곳을 노린다.'

풀 플레이트 갑옷을 입은 기사와 싸울 때 그 갑옷의 이음새를 집중적으로 공략하는 것과 같다.

일반적인 전사라면 시도조차 해볼 수 없을 정도로 고난이도의 전략이었지만.

카앙! 캉! 캉!

"읏……."

그는 일반적인 전사의 범주를 아득히 넘어선 경지에 도달한 검사.

김시훈의 검이 김태현의 어깨를 연달아 타격했다. 맑은 쇳소리와 함께 신격의 보호에 검이 튕겨 나갔다.

'역시.'

김시훈은 전보다 훨씬 덜 느껴지는 반탄력에 고개를 끄덕였다.

이전 전투에서 느꼈지만, 신격의 보호는 '의식이 미치지 않은' 부위에 약하게 발동한다.

머리나 심장, 목과 같은 급소는 본능적으로 공격받는 것을 의식하게 마련이다. 하지만 어깨나 허벅지와 같은 치명적인 급소가 아닌 곳은 오히려 신격의 보호가 약하게 작용했다.

"크읏."

김태현의 입에서 침음이 흘러나왔다.

김시훈의 움직임을 눈으로 쫓을 수가 없었다. 만약 신격의 보호가 없었다면, 전투가 시작하자마자 전신이 난자당해 바닥을 굴렀을 것이다.

'제길.'

자신과 김시훈 사이에 있는 압도적인 격차가 느껴졌다.

김태현은 입술을 잘근잘근 깨물었다.

'어차피 실력이 부족하다는 건 처음부터 알고 있었어.'

하지만. 그에게는 그 압도적인 격차를 메울 수 있는 스킬이 존재했다.

'미래시(未來視).'

노스트리안의 눈에서 반투명한 빛이 흘러나왔다. 마치 크라스탈 가루를 허공에 뿌린 듯 빛무리가 그의 몸을 휘감았다.

김시훈의 위치가 어디인지, 그가 어떻게 움직이는지 쫓지 못한다고 해도 상관없다.

'지금!'

김태현은 몸을 비틀며 단검을 내렸다. 허벅지를 노리고 휘둘러지던 김시훈의 검이 단검에 막혀 튕겨 나갔다.

김시훈의 표정이 일그러졌다.

'또 이건가.'

마치 미래를 보기라도 하는 것처럼 완벽한 타이밍에 막힌 공격. 분명 자신의 움직임을 따라오는 것이 아님에도, 그의 공격은 김태현에게 닿지 못했다.

'어디까지의 미래를 내다볼 수 있는 거지.'

우선 그것을 알아내는 것이 중요했다.

김시훈은 검을 고쳐 잡았다.

신격의 보호를 뚫어버린다는 처음의 계획을 잠시 접었다.

'천룡난무.'

무수한 검격이 김태현에게 쏟아졌다.

김태현은 신격의 보호를 믿고 공격을 무시할 수 있음에도, 일일이 공격을 단검으로 쳐냈다.

전형적으로 전투 경험이 부족해서 나오는 '실수'. 김시훈은 그 실수를 놓치지 않았다.

'5초.'

김시훈의 눈이 날카롭게 빛났다.

김태현은 정확히 5초 후의 자신의 공격을 예측했다.

'뭐 저런 사기적인 능력이……'

김태현의 능력을 깨닫자 아득함이 밀려왔다.

5초 후의 미래를 내다본다니. 당장 1초, 1초가 승부를 가르는 전투에서 말이 되지 않는 능력이었다.

카앙! 캉! 카강!

"훙, 처음의 그 기세는 어디 가셨나요?"

여유를 되찾은 김태현이 코웃음을 쳤다.

미래시를 사용한 이후에는 어렵지 않게 김시훈의 공격을

받아낼 수 있었다.

  물론, 어디까지나 그가 할 수 있는 것은 공격을 완벽하게 '받아내는' 것뿐. 역으로 공세를 취하기에는 아직 그의 경지가 미천했다.

 '괜찮아.'

 김태현은 느긋한 표정으로 김시훈을 바라보았다.

 김시훈은 눈에 띄게 지친 상황이었다. 굳이 공격을 하지 않아도 버티기만 한다면 김시훈이 먼저 지쳐 나가떨어지리라.

 '이길 수 있어.'

 김태현은 여유롭게 김시훈의 공격을 막아나갔다.

 "후욱, 후욱, 후욱."

 김시훈의 숨이 거칠어졌다. 전신이 땀에 젖은 채 검을 휘둘렀지만, 결국 그의 검은 김태현의 옷자락조차 스치지 못했다.

[내공이 모두 소진되었습니다.]
[계속해서 무공을 사용할 시 주화입마 상태에 돌입합니다.]

 눈앞에 메시지가 떠올랐다.

 김시훈은 무시했다.

 '나는.'

 검을 쥔 손에 힘을 더했다.

 '물러설 수 없어.'

 강우를 떠올린다.

아득함만이 느껴지는 뒷모습을 기억한다. 그를 따라가는 것만으로도 이토록 괴로운데, 홀로 저 멀리 앞서 나가고 있는 그는 얼마나 고통스러울까. 상상하기 어려웠다.

'너는 더 이상······ 절박하지 않다.'

다시금 발록의 목소리가 머릿속을 울린다. 그가 왜 그런 말을 했는지 이제는 이해할 수 있다.

'형의 뒤에 숨어 있었기 때문이야.'

형이라면, 강우의 힘이라면 세계의 위기도 어떻게 해결할 수 있다고 생각했다. 영화 속 히어로처럼 간단하게 막아낼 수 있으리라 생각했다.

그만큼 그가 보여줬던 행보는 경이로웠으니까. 아무렇지도 않을 거라고, 이대로 그의 그늘 속에 숨어 몸을 웅크리고 있으면 위기가 끝날 거라 생각했다.

그렇기에. 절박하지 않았다.

"쓰읍, 하아."

호흡을 고른다. 내공은 바닥났지만, 손끝조차 제대로 움직이지 못할 것 같았지만.

'할 수 있어.'

넘어야 했다. 그를 가로막은, 거대한 벽을.

'나는.'

호흡을 이어간다. 메마른 단전에 극미량의 내공이 쌓인다.

'부족해.'

이 정도 양으로는 김태훈이 지닌 신격을 넘을 수 없다. 더 큰, 더 아득한 힘이 필요하다.

'어떻게?'

호흡을 통해 육체 안에 내공을 쌓는 것으로는 부족하다. 쌓이는 속도보다, 고갈되는 속도가 압도적으로 빠르다.

'……잠깐.'

김시훈의 눈이 부릅뜨였다.

호흡은 공기 중의 기(氣)를 흡수하여 몸 안에 저장하는 행위였다.

'왜 굳이 몸 안에 저장해야 하지?'

머릿속에 벼락이 떨어진 듯한 감각. 공기 중의 기(氣)가 섞여 있다면, 그것을 왜 굳이 호흡이라는 방법을 통해 저장한 후에 사용해야 한단 말인가.

'그냥…… 공기 중의 기를 바로 사용한다면?'

그렇다면. 더 이상 내공은 중요치 않다. 단전 또한 의미 없다.

아니.

'육체(肉體)조차…… 의미 없었던 거야.'

육체라는 틀에 갇혀 있었다.

당연했다. 그는 육신을 지닌 인간이었으니까. 보고, 듣고, 맡고, 느끼며 평생을 살아왔으니까.

하지만 기(氣)라는 것은 그렇지 않다. 그것은 이 세계, 우주 자체를 이루고 있는 기운이다. 애초에 육체 안에 그를 가둘 이유가 없다. 이제까지 단전 안에 그를 가둔 채 사용했던 것은, 단순히 기(氣)를 다루는 것에 익숙하지 않았기 때문이다.

'하지만.'

지금은 다르다. 그는 이미 공기 중의 기를 자유롭게 다룰 수 있었다. 단전이라는 틀에서 벗어나, 자연을 이루는 기운을 사용할 수 있었다.

'사용하지 않았던 것뿐이야.'

마음의 검. 그 의미를, 그 안에 담긴 뜻을 비로소 이해할 수 있었다.

살기에 기운을 담는 것? 의지의 힘으로 베는 것? 그런 것이 아니었다.

'육체를, 단전을……'

버리는 것. 육신에서 벗어나 세계를 이루고 있는 기운과 동조하는 것.

그리고. 오롯이 '마음'만으로 무한한 기운을 움직이는 것. 그것이 바로 심검(心劍)이었다.

[무신 천태황과의 동화율이 최고치에 도달했습니다!]

[심검(心劍)을 깨달았습니다.]

[초월경(超越境)의 초입에 도달했습니다!]

[티탄의 율법에 의해 '하늘의 검' 칭호가 부여됩니다!]

[중상(中上)격 신격, '천검(天劍)'을 획득하였습니다!]

"하아."
어지럽게 떠오르는 메시지와 함께.
콰아아앙!
거대한 기운이 요동쳤다.
눈부신 푸른빛이 김시훈의 몸을 휘감았다.

"어디 시훈이가 잘하고 있나 좀 보러 갈까?"
한설아의 품에 안겨 꽃(ㅜ)투성이가 된 마음을 달랬던 강우는 수호의 전당으로 향했다.
'지금쯤 수련 중이겠지.'
아마 김시훈이라면 수련실에 처박혀 필사적으로 수련을 하고 있을 거라 생각했다.
'너무 무리하지 않도록 가서 한번 시훈이 멘탈 좀 풀어줘야지.'
김시훈을 너무 극한으로 몰아붙이는 것도 좋지 않았다. 어디까지나 적절한 자극을 줘서 동기를 부여하는 것이 강우의 목표였다.
"어디 보자……."
게이트를 넘어 수호의 전당으로 들어온 강우는 바로 수련실이 있는 방향으로 향했다.
그때였다.
'……뭐야.'

신격이 느껴졌다. 이제까지 처음 느껴보는 신격이었다.

'신이 현신한 건가?'

거칠게 표정을 일그러뜨리며 다급히 발걸음을 옮겼다.

그곳에는.

콰앙! 쾅!

"커헉! 컥!"

김시훈의 검에 난타를 당하고 있는 김태현의 모습이 보였다.

"……뭐야 이건."

강우는 두 눈을 부릅떴다.

비현실적인 광경이 눈앞에 펼쳐지고 있었다.

김태현과 김시훈이 느닷없이 싸우고 있는 것도 믿을 수 없었지만, 그보다 더 믿을 수 없었던 것은 전투의 승세. 바로 일주일 전 김태현에게 무력하게 패배했던 김시훈이 언제 그랬냐는 듯 김태현을 압도하고 있었다.

'신격. 이거 신격이다.'

김태현은 미래를 내다보는 능력으로 김시훈의 공격을 막아내고 있었다.

하지만, 막아냈음에도 충격을 완전히 상쇄시키지 못하고 밀리고 있는 것이다. 신격을 지닌 상대를 상대로 이럴 수 있는 것은, 같은 신격을 지닌 존재 외에는 없었다.

'시훈이가 신격을 각성한 거야!'

강우의 입이 쩍 벌어졌다.

하루. 강우가 김시훈에게 자극을 준 지 하루도 채 지나지 않은 상황이었다. 최소 석 달. 늦으면 일 년도 넘게 걸릴 수 있다고 생각했던 일을 하루도 채 지나기 전에 이뤄 버리고 말았다.

'역시 김시훈 코인이 맞다! 김시훈 코인이 맞았어!!'

매수한 지 하루 만에 2배, 3배로 떡상하는 것을 본 투자자의 마음이 이러할까.

'아직 끝난 게 아냐.'

신격이라는 날개가 달린 김시훈은 지금 이 순간에도 실시간으로 강해지고 있었다. 김시훈의 몸을 휘감고 있는 푸른빛이 점차 짙어지고 있는 것이 바로 그 증거.

강우는 두 주먹을 불끈 쥐었다.

'간다, 간다, 간다!!'

뽕간다아아아아아아!!!

카앙! 캉!

찬란한 푸른빛무리에 휩싸인 검이 공간을 찢는다.

김태현이 아슬아슬하게 단검을 가져다 대었지만, 이내 충격을 이기지 못하고 뒤로 튕겨 나갔다.

"하아."

잠시 공격을 멈추고, 숨을 깊게 들이쉬었다.

'사라진다.'

그렇게 느꼈다.

더운 여름날 아이스크림처럼 몸이 허공에 녹아내리는 듯한 감각. 검을 쥐는 감각도, 손을 휘두르고 발을 내딛는 감각도 평소와는 전혀 다르게 느껴졌다.

마치 게임 속 캐릭터를 조종하는 듯한 감각. 육체에서 분리된 영혼이 밖으로 빠져나와 위에서 내려다보며 몸을 조종하는 듯한 느낌이었다.

육체가 사라진 곳에는 오롯이 의지만이 남았다.

카아앙!

"크으으!"

굳이 무공을 펼칠 이유조차 없었다. '공격하겠다'라는 의지를 떠올린 순간 세계를 이루고 있는 기(氣)가 그의 의지에 반응했다.

바다에서 물을 끌어다 쓰는 듯한 감각. 바닥을 보이던 내공이 전신에 흘러넘쳤다.

'이게.'

신격(神格). 필멸자들과는 그 격을 다르게 만들어주는 절대적인 힘.

김시훈은 전신에 차오르는 저릿한 전율감에 몸을 떨었다.

사실 김시훈이 알지 못하는 것이 있었다. 이건 단순히 그가 신격을 획득했기 때문에 주어진 힘이 아니었다. 신격은 오히려 그가 깨달은 힘에 자연스럽게 따라오는 부산물 같은 존재였다.

제우스, 토르처럼 태어난 그 순간부터 신격을 지닌 존재들은 결코 넘볼 수 없는 경지. '스스로 깨우친 자'가 지닌 압도적인 위용이 김시훈의 몸을 통해 뿜어져 나왔다.

카가가가강!!

"하아, 하아."

김태현의 입에서 거친 숨이 흘러나왔다.

'어째서.'

김시훈의 몸에서 폭발적으로 푸른빛이 흘러나온 이후, 전황은 완전히 뒤바뀌어 버렸다.

'분명 난 미래를 보고 대처하고 있을 텐데.'

어째서 이토록 처참하게 밀린단 말인가.

으득.

김태현은 거칠게 입술을 깨물었다.

30센티 정도 길이의 짧은 단검을 역수로 쥐었다.

미래시(未來視)를 한계까지 발동시켰다.

'보여.'

김시훈의 모든 움직임이, 그가 앞으로 어떤 공격을, 어디에 펼칠지 모조리 머릿속에 들어왔다.

하지만.

콰앙!

"커헉!"

미래를 알고 있음에도 대처할 수 없었다. 단검을 들어 검을 막는 순간 자세가 무너지며 거대한 충격이 몸을 뒤흔들었다.

"왜, 왜, 왜!!"

김태현은 이해할 수 없다는 듯 소리쳤다.

위기의 순간 김시훈이 각성했다고는 하나, 아직 자신이 유리하다는 사실은 바뀌지 않았다.

　김태현 자신은 알지 못하고 있지만, 그가 지닌 신격은 일반적인 신격이 아니었다. '스스로 깨우친 자'도 넘보지 못할, 태초의 거인과 연관된 힘. 객관적으로 보더라도 김태현 쪽이 김시훈에 비해 더 빠르고, 더 강했다.

　심지어 그에게는 미래를 알 수 있는 능력까지 존재했다.

　하지만.

　'막지 못하겠어.'

　김태현은 정신없이 단검을 휘두르며 거친 숨을 내뿜었다.

　김태현과 김시훈 사이에 존재하는 기본적인 실력의 격차. 아무리 강력한 힘이라고 해도 그 힘을 제대로 다룰 수 없는 존재에게는 그 가치가 떨어지는 법이었다.

　'이대로라면……'

　김태현의 표정이 초조함에 물들었다.

　'나는, 또다시.'

　처음 플레이어로 각성했을 때, 기대에 부푼 마음으로 플레이어 등록소를 찾아갔던 기억이 떠올랐다.

　자신을 바라보는 멸시의 시선, 안타까운 동정이 섞인 목소리. 너는 안 된다고, 포기하라는 말들.

　'……강우 형.'

　김태현은 부서져라 단검을 움켜쥐었다.

　꿈을 포기하기 직전이었던 자신에게 다시금 꿈을 심어준 존재. 그의 이데아이자 메시아.

'저는.'

쨍그랑!

김태현의 손에서 단검이 튕겨 나갔다. 뒤로 튕겨 나간 김태현의 몸이 바닥을 굴렀다.

"……후우."

김시훈은 뒤로 쓰러진 김태현을 바라보며 숨을 골랐다.

아직 깨달음을 완전히 해소하지 못한 몸이 부족하다며 소리를 지르고 있었지만, 쓰러진 사람을 향해 다가가 공격을 퍼부을 수는 없는 노릇이었다.

"대련은 여기까……."

지, 라고 말하려는 순간.

"하아, 하아."

김태현이 비틀거리며 몸을 일으켰다.

우우우웅!

그의 목에 걸린 목걸이가 투명한 빛을 뿌리며 타오르기 시작했다.

"뭐, 뭐지……?"

김태현조차 생각지 못했던 일인 듯, 당황스러운 표정으로 목걸이를 쥐었다.

그리고.

치직.

"……아."

순간. 세상이 뒤바뀌었다.

'뭐야.'

고장난 모니터를 보는 것처럼, 회색 노이즈가 가득 낀 세계.

무너진 건물의 잔해들이 보였다. 하늘은 붉게 타오르고 있었고, 대지는 찢어발겨져 뒤틀렸다.

시체가 있었다. 무수한. 셀 수 없는, 시체가.

천 명? 만 명? 우스운 소리였다.

그것은 시체로 이루어진 산맥이었다. 그것은 시체로 이루어진 바다였다.

'아, 아아.'

김태현의 표정이 창백하게 질렸다. 아득한 두려움이, 끔찍한 공포가 전신을 잠식했다.

그 시체의 산 위에는. 그 시체의 바다 위에는.

'누구, 야.'

치지지지지직!!!

다시 한번 회색 노이즈가 시야를 가득 채웠다.

"허업!"

김태현은 목걸이를 부여잡으며 가쁘게 숨을 들이켰다.

방금 전 봤던 광경이 무엇인지 생각하기도 전에.

우우우웅!

노스트리안의 눈에서 뿜어진 반투명한 빛이 그의 몸속으로 스며들었다.

['노스트리안의 눈'의 효과가 강해집니다.]

['미래시(未來視)'의 능력이 강화됩니다.]

푸른 메시지가 떠올랐다.
그와 함께 김태현의 눈 주변에 굵은 힘줄이 돋아났다.
"하, 하하."
순간적으로 보았던 광경을 잊어버리게 만들 정도로 강력한 힘이 전신에서 끓어올랐다. 김태현은 온몸에 끓어 넘치는 힘을 느끼며 거칠게 발을 박찼다.
"읏……!"
김시훈의 입에서 다급한 신음이 흘러나왔다.
자신이 신격을 각성했던 것과 같이, 김태현 또한 전투 도중 갑작스럽게 기세가 뒤바뀌었다. 시종일관 공격을 받아내기만 했던 김태현이 공세를 취하기 시작했다. 문제는.
"크읏."
그 공격 하나하나가 지나치게 날카롭다는 것. 자신의 움직임이 완전히 읽히고 있다는 것이 느껴졌다.
'5초? 7초? 아냐……'
최소 10초 이후의 자신의 움직임을 예상하는 것 같았다.
"후우, 후우."
김시훈은 거칠게 숨을 내쉬며 푸른빛으로 타오르는 검을 굳게 쥐었다.
지그시 눈을 감았다.
'동요할 필요 없어.'

5초 후의 미래를 봤든, 10초 후의 미래를 봤든 방법은 간단했다. 처음부터 정해져 있었다.

감았던 눈을 천천히 떴다. 주변에 퍼진 무수한 기(氣)를, 닥치는 대로 끌어왔다.

'설사 미래를 본다고 하더라도.'

절대로 막을 수 없는 공격을. 알고 있음에도 당할 수밖에 없는 일격을 검에 담는다.

쿠구구구궁!!

수련실 전체가 뒤흔들렸다.

김시훈의 몸을 감싸고 있는 푸른빛이 폭발하듯 커져 갔다.

전신이 환희에 차오르는 것처럼 떨렸다. 그가 얻은 깨달음을, 스스로 깨우친 경지가 경이로운 속도로 그의 검(劍)에 녹아내리고 있었다.

[심검(心劍)의 경지가 상승합니다!]
[중상(中上)격 신격이 상(上)격 신격으로 격상합니다!]

무(武)에 대한 깊은 깨달음. 신격을 타고난 존재와는 비교할 수조차 없는 경지. 깨달은 바를 마음껏 내뿜을 수 있는 상대까지.

세 가지의 요소가 맞물려 김시훈은 말 그대로 폭발적인 기세로 성장에 성장을 거듭했다.

'와오, 씨…… 핸들이 고장 난 8톤 트럭마냥 상승하고 있네.'

김시훈과 김태현의 대련을 지켜보던 강우는 입을 쩍 벌렸다.

김태현도 중간에 한 단계 더 성장하는 모습을 보여줬지만 결국 그의 성장은 '템빨'에 의한 성장. 벽을 넘고 경지 자체가 올라선 김시훈에게 비빌 수는 없었다.

'그렇지! 이래야지!!'

김시훈의 폭발적인 성장에 강우는 두 주먹을 불끈 쥔 채 눈을 감았다.

'역시 내 판단이 맞았던 거야.'

위험 자산인 김태현 코인보다 김시훈 코인에 베팅했던 것이 정답이었다.

'요즘 운빨로 강해지는 전개가 많다고 해도 전통 주인공에는 비빌 수가 없다, 이거지.'

김태현에게 저런 말도 안 되는 힘을 준 존재가 누군지 알 수 없었으나, 결국 그 힘은 김태현 본인의 것이 아니었다.

로또에 당첨된 벼락부자가 튼실한 사업체를 가지고 있는 부자를 이길 수 없듯, 김태현은 결국 김시훈을 넘어서지 못했다.

콰앙! 쿠구구궁! 콰아아앙!!

수련실 전체가 붕괴할 것처럼 뒤흔들렸다. 아니, 강우가 전투를 지켜보고 있던 도중 마기를 펼쳐 주변을 보호하지 않았다면 분명 수호의 전당 자체가 붕괴되었을 것이다.

"음……."

점점 더 격렬해지는 둘의 전투를 지켜보고 있던 강우의 입에서 침음이 흘러나왔다.

'이거 너무 격해지는 것 같은데.'

한계를 넘어 질주하고 있는 김시훈도, 목걸이에서 쏟아지는 빛무리에 휩싸인 김태현도 이젠 대련이 아니라 아예 서로를 죽이려고 하는 듯이 살초를 쏟아내고 있었다.

'시훈이 몸 상태도 진짜 한계인 것 같고.'

벽을 넘어 각성했다고는 하나 무슨 게임 속에서 레벨업을 하는 것처럼 체력이 회복되는 것이 아니었다. 김시훈의 육체는 확실히 한계에 도달해 있었다. 아니, 이미 한계를 아득히 넘어 조금씩 망가지고 있는 것이 보였다.

'여기까지.'

더 이상 이 전투가 지속되도록 두는 것은 위험했다. 최악의 경우 김시훈과 김태현, 두 코인을 모두 잃어버릴 수도 있었다.

'슬슬 난입해야겠네.'

이미 김시훈에게 내뱉을 대사 또한 정해두지 않았던가. 남은 것은 적당한 타이밍에 문을 박차고 끼어드는 것. 강우는 두 사람의 전투를 바라보며 달려들 타이밍을 잡았다.

그때였다.

"쿨럭! 쿨럭!"

김시훈이 갑자기 입을 부여잡고 피를 쏟아내기 시작했다. 한계에 도달한 육체가 버티지 못하고 무너져 내린 것이다.

"이런 씨발!"

타이밍을 재고 있던 강우는 거친 욕설을 내뱉으며 다급히 발걸음을 박찼다.

타이밍이 어쩌고 할 상황이 아니었다. 김시훈의 육체는, 강우가 생각했던 것 이상으로 최악의 상황이었다.

콰앙!

"시훈아!!"

수련실의 문을 박차고 김시훈이 있는 곳을 달려갔다.

"형, 님……?"

한 바가지 피를 쏟았던 김시훈은 갑작스럽게 등장한 강우를 올려다보며 두 눈을 부릅떴다.

강우는 쓰러지는 김시훈의 몸을 끌어안았다. 손끝을 통해 김시훈의 육체에 담긴 막대한 신성이 느껴졌다.

'이건……'

최소 중상격. 아니, 상격 이상의 신격! 그것도 일반적인 신격이 아닌 '스스로 깨우친' 신격이다!

'씨바, 그렇지!'

신격을 각성했다는 것은 알고 있었지만 설마 이렇게 높은 신격까지 단번에 올라설 줄은 상상도 하지 못했다.

강우는 김시훈의 몸을 부여잡은 채 뚝뚝 눈물을 흘렸다.

"김시훈 코인 상한가 찍었다!!"

그깟 신격이 뭐가 중요해?

"……예?"

"……어?"

오류! 오류!

"그, 그깟 신격이 뭐가 중요해?"

"저…… 형님?"

"왜 이렇게 몸을 망치면서까지 강해지려고 하냔 말이야!!"

"……형."

"시훈아……."

강우의 뺨을 타고 흘러내린 투명한 눈물이 김시훈의 얼굴에 떨어졌다.

"그딴 게 없어도 넌…… 넌 내 소중한 동생이란 말이야……."

김시훈의 몸을 끌어안은 채, 강우는 멈추지 않고 눈물을 흘렸다.

· 9장 ·
빛의 은총을 받아볼 생각 없니?

'좆된 건가?'

등을 타고 흘러내리는 식은땀이 축축하게 옷을 적셨다.

김시훈이 기대했던 것을 아득히 뛰어넘는 신격을 각성한 탓에 너무 흥분해 버리고 말았다. 그 무엇보다 감정선이 중요한 지금 상황에서 치명적인 실수.

강우는 긴장에 찬 표정으로 김시훈의 표정을 살폈다.

"혀, 형……."

김시훈은 당황스러운 표정으로 강우를 올려다보고 있었다.

강우를 올려다보는 그의 눈빛은 잠에 취하기라도 한 듯 몽롱해져 있었다.

"어, 어떻게 형이 여기……?"

최악의 가까운 몸 상태 때문일까.

김시훈은 강우의 말을 제대로 듣지 못한 듯 몽롱한 눈빛으로 말을 더듬고 있었다.

'시바.'

살았다는 생각이 머리를 스쳤다.

'아니, 좋아할 게 아니지.'

자신의 말을 제대로 듣지 못했을 정도로 김시훈의 몸 상태가 심각하다는 의미.

강우는 망설임 없이 손가락을 물어뜯었다. 엄지의 살점이 뜯겨 나가며 피가 흘러내렸다.

강우는 손에서 흘러내린 피를 김시훈의 입속에 흘려 넣었다.

"하아, 하아."

창백했던 김시훈의 얼굴이 점차 원래의 빛으로 돌아오기 시작했다.

김시훈은 거칠어진 숨을 내뱉으며 입술을 잘근잘근 씹었다.

"……시훈아."

강우의 나지막한 부름에 김시훈은 굳게 입을 다물었다.

강우는 굳게 주먹을 쥔 채, 떨리는 목소리로 말을 이었다.

"……이 모양이 될 때까지 대체 뭘 했던 거야."

"그, 그게……."

"대련이라는 헛소리는 하지 마. 방금 전 그건 누가 봐도 대련이 아니었으니까."

김시훈은 움찔 몸을 떨었다.

처음에는 그래도 대련의 형태를 취하고 있었지만 나중에 가서는 둘 다 이성을 잃고 살초를 썼던 것이 사실이었다.

어떤 조직이라도 내부의 불화에 대해서는 민감한 법. 김태현과 자신은 방금 명백하게 선을 넘은 싸움을 했다.

"……죄송합니다."

김시훈은 풀이 죽은 표정으로 고개를 숙였다.

강우는 거칠게 입술을 깨물며 분노에 찬 표정으로 김시훈을 내려다보았다.

"신격…… 때문이야?"

"……."

"신격 때문에…… 고작 그딴 걸 얻자고 이 꼴이 될 때까지 몸을 혹사시킨 거야?"

노기가 섞인 목소리.

김시훈은 고개를 돌려 강우의 시선을 피하며 말했다.

"고작, 이 아니잖아요."

"……."

"신격이 없으면…… 그 힘이 없으면 전 형님에게 아무런 도움을 줄 수 없습니다. 형이 짊어진 짐을…… 덜어드릴 수 없습니다."

티탄의 율법의 제약이 사라진 후, 신격을 지닌 존재들이 자유롭게 활동을 시작했다. 비단 지구의 신들만이 아닌, 외계의 신들도 지구를 탐하기 시작할 것이다.

그런 상황에서 신격이 없다는 것은, 사실상 강우 하나만을 믿고 모든 것을 맡기겠다는 말과 다를 바가 없다.

"저는……."

김시훈은 입술을 짓씹으며, 씹어뱉듯 말을 이었다.

"형의…… 동생으로 남고 싶었습니다."

강우의 두 눈이 커졌다. 김시훈이 이런 생각을 하고 있다고 는, 상상조차 하지 못했다.

서글픈 눈빛으로 그를 바라보았다.

"내가…… 언제 신격이 없으면 더 이상 내 동생이 아니라고 한 적 있어?"

"……."

"도움이 되지 않으면 필요 없다고 한 적 있냐고."

"그, 그건……!"

"시훈아."

김시훈의 말을 자르며, 강우는 나지막이 입을 열었다.

"난 가족이 없었어. 부모의 얼굴도 보지 못하고, 태어날 때 부터 혼자 살아왔어."

이미 알고 있던 사실이다.

"너는 그런 내게 처음 생긴 가족이야."

"……!"

김시훈의 눈이 커졌다. 가족, 이라는 그 짧은 단어가 가슴 에 스며들었다.

김시훈에게 있어서 가족이라는 것은 언제나 절망과 닿아 있는 말이었다. 그의 삶 전체를 짓누르고 있는 악몽이었다.

그를, 강우를 만나기 전까지는.

"신격이 뭐가 필요해. 도움이 되고 안 되고가 뭐가 중요하냐고."

김시훈을 끌어안은 강우의 손에 힘이 들어갔다. 희미하게 떨리는 목소리로 말을 이었다.

"그런 게 없어도……."

신격 따위 없어도. 설사 김시훈이 앞으로의 전투에서 아무런 도움이 되지 못한다고 해도.

"넌…… 내 하나뿐인 동생이라고."

쥐어짜듯 내뱉은 말.

김시훈의 눈가에 투명한 눈물이 고였다.

"혀, 형님."

아니.

"……형."

김시훈의 뺨을 타고 투명한 눈물이 흘러내렸다. 하나뿐인 동생, 이라는 그의 말이 가슴을 울렸다.

"일단 좀 쉬어."

강우는 김시훈의 눈을 손으로 덮었다.

김시훈은 피로가 한계에 달했던 듯, 실이 끊어진 인형처럼 바로 잠에 빠져들었다.

수련실 안에 무거운 침묵이 내려앉았다.

강우는 천천히 고개를 돌려 김태현을 바라보았다. 김태현은 흉측하게 힘줄이 돋아난 눈을 부여잡은 채 몸을 웅크리고 있었다. 그 또한 한계 이상의 미래시를 사용하면서 육체의 부담이 심했던 모양.

"태현 씨."

갑작스러운 존댓말. 눈을 부여잡고 있던 김태현이 당황스러운 표정으로 고개를 들었다.

"혀, 형."

"왜 시훈이가 이렇게 될 때까지 싸운 겁니까?"

김태현은 아무런 변명도 제대로 하지 못한 채 굳게 입을 다물었다. 수련을 끝마친 김시훈을 도발해서 싸움을 일으킨 것은, 다름 아닌 자신이었으니까.

"그, 그게……."

말끝을 흐리며 강우의 시선을 피했다.

"그러고 보니 처음부터 시훈이에게 공격적으로 대하셨죠."

"혀, 형."

"형이라고, 부르지 마세요."

강우는 사나운 목소리로 말했다.

김태현은 창백하게 질린 표정으로 흠칫 몸을 떨었다.

"제 가족을 건드리는 사람에게 형이라고 불릴 이유는 없습니다."

"가, 강우 형."

김태현은 딱딱하게 굳은 표정으로 강우에게 손을 뻗었다.

강우는 차갑게 그의 손을 쳐냈다.

김태현은 새하얗게 질린 얼굴로 무릎을 꿇었다.

고개를 숙이며 외쳤다.

"죄, 죄송합니다! 정말…… 죄송, 합니다."

덜덜 떨리는 어깨. 김태현은 무릎을 꿇은 채 뚝뚝 눈물을 흘렸다.

"부러, 웠어요."

자신이 가지지 못했던 것을. 자신이 그토록 갈망했던 것을. 모두 가지고 있는 그의 모습이.

침묵이 내려앉았다.

김태현은 몸을 일으키며 강우를 향해 다시금 허리를 숙였다. 그리고 방패 문양이 그려진 새하얀 증표를 품속에서 꺼내어 강우에게 내밀었다.

"죄송합니다. 가디언즈에는…… 더 이상 발을 딛지 않을게요."

이런 사건을 일으키고 염치없이 가디언즈에 붙어 있을 수는 없다고 생각했다.

김태현은 다시 한번 고개를 숙이며 몸을 돌렸다.

"……."

강우는 김태현의 뒷모습을 가만히 바라보다.

"후우."

깊은 한숨을 내쉬며 돌아서는 김태현의 어깨를 잡았다.

"태현아."

"혀, 형?"

"나중에 시훈이한테 제대로 사과해야 하는 거 알지?"

"예, 예! 알겠습니다!"

김태현은 다급하게 고개를 끄덕이며 답했다. 강우를 바라보는 그의 표정이 환하게 밝아져 있었다.

강우는 쓴웃음을 지으며 김태현의 이마를 가볍게 때렸다.
"아윽."
"너도 이번에 많이 무리한 것 같으니까 우선 들어가서 쉬어. 나중에 시훈이랑 자리 한번 만들어줄 테니까."
"헤헤. 네, 형."
김태현은 이마를 부여잡으며 헤실헤실 웃었다.

김태현이 돌아간 후, 강우는 김시훈을 들쳐 업은 채 자리에서 일어섰다.
입가가 비틀려 올라간다.
혀를 길게 내뺀 채, 입술을 핥았다.
'이로써.'
김시훈은 신격을 각성했고, 김태현은 한층 더 자신의 말을 거스를 수 없게 되었다.
'덤으로 김태현의 능력도 더 강해진 것 같고.'
역시 주인공 둘이 맞붙었기 때문일까, 일반적인 플레이어였다면 한 번 하기도 힘든 각성을 서로 연달아 뻥뻥 터뜨려 버렸다.
"푸흡."
입가를 비집고 웃음소리가 흘러나왔다.
"푸헤헤헤헿!!"
천박한 웃음소리가 수련실 안에 울려 퍼졌다.

김시훈과 김태현 사이에 일어났던 소동이 끝난 후 둘은 사이좋게 병실 신세를 면치 못했다.

사실 대련이라고 하기보다 서로의 목숨을 노렸던 실전에 가까웠으니 상처가 깊은 것도 당연했다.

"제기랄."

방문을 열고 들어온 강우의 입에서 나지막한 욕설이 흘러나왔다.

지친 표정으로 침대에 쓰러졌다.

김시훈과 김태현이 나란히 병실에 누워 있는 바람에 어쩔 수 없이 그 빈자리를 강우가 메우게 되었다.

하루가 멀다고 터지는 게이트 이상 현상을 처리하다 보니 육체의 피로는 그렇다 치고 정신적인 피로가 계속해서 쌓였다.

"……뒤지겠네."

강우는 깊은 한숨을 내쉬었다. 게이트의 이상 현상의 처리 말고도 그가 해야 할 일은 산더미처럼 쌓여 있었다.

'광휘교 일도 처리해야 하는데.'

리리스를 통해 최근 들어 에르노어 대륙과의 교류가 활발해지며 지구에도 광휘교가 급속도로 퍼지기 시작했다는 보고를 들었다.

당연하다면 당연한 일이다. 별의 수호가 사라지면서 전세계에서 몬스터들이 미쳐 날뛰기 시작했고, 게이트에서도 이상 현상이 하루가 멀다 하고 발견되고 있었다.

게이트가 없던 자리에 게이트가 생기는 것은 물론, 듣도 보도 못한 신종 몬스터들도 끊임없이 출현했다. 외계(外界)의 침식이 본격화되면서 예상하고 있던 일이었지만, 생각 이상으로 피해가 심했다. 가디언즈가 총력을 기울여 몬스터를 처리하고 있음에도 세계 곳곳에서 피해자가 속출하고 있었다.

이런 상황에서 단순히 '믿는것만으로 힘을 얻을 수 있다는 광휘교가 퍼지지 않는 것이 오히려 이상했다.

'이런 좋은 기회를 놓칠 순 없는데.'

광휘교가 성공적으로 정착한다면 에르노어 대륙에 이어 무려 수억에 달하는 신도들이 생겨나게 되는 것이다. 신앙을 신성으로 변화할 수 있는 강우의 입장에서 놓칠 수 없는 기회.

하지만 김시훈과 김태현의 부재로 인해 생긴 빈자리를 메꾸느라 광휘교를 신경 쓸 여유가 전혀 없었다.

"……신격을 가진 전력이 더 필요해."

신들의 힘을 빌리고 싶었지만 그들은 아직 혼란스러운 신계를 통제하는 것만으로 여유가 없었다.

'어떻게 할까.'

점점 몸집을 불리고 있는 광휘교를 통제하면서, 동시에 신격을 지닌 전력을 만들 수 있는 방법.

"……역시."

당장 선택할 수 있는 방법은 하나였다.

'화신을 만들어야 해.'

자신을 대신해 광휘교를 통솔해 주는 존재를 만들어야 했다.

"음……."

강우는 팔짱을 낀 채 생각에 잠겼다.

화신을 만들면 자신이 지닌 신격의 일부를 빌려주는 것이 가능했다.

'문제는 그렇게 되면 자력으로 신격을 얻은 것보다 훨씬 떨어진다는 거지만.'

한설아와 레이라가 신격을 지녔음에도 큰 전력이 되지 못하는 이유는 자력으로 신격을 얻은 것이 아니기 때문이었다.

'그래도 이 경우는 어쩔 수 없어.'

당장 신격이 있고 없고 차이가 너무 컸다. 자력으로 신격을 획득한 경우는 세계의 역사를 뒤져도 손에 꼽는다고 하지 않았던가. 무작정 기다리고 있을 수는 없었다.

'존버도 정도껏 해야지.'

그 김시훈조차 이번에 겨우 신격을 각성했다. 다른 동료들이 자력으로 신격을 각성하기를 기다리는 것은 너무 비효율적이었다.

'누가 좋을까.'

한설아, 레이라의 경우 이미 신격을 지니고 있으니 당연히 열외였다.

'발록?'

천 년을 함께 싸워온 부하가 가장 먼저 머릿속에 떠올랐다.

잠시 고민을 이어가던 강우는 이내 고개를 저었다.

'발록이라면 자력으로 신격을 각성할 가능성이 있어.'

발록의 악마의 태생적 한계를 넘어 패왕갑이라는 새로운 힘을 각성했다. 김시훈 때와 마찬가지로, 대가 없이 신격을 얻게 된다면 그의 성장은 멈추게 될 것이다.

'자력으로 신격을 각성할 가능성이 없는 사람을 화신으로 삼아야 해.'

냉정한 말이지만 어쩔 수 없었다. 아무리 노력한다고 해도 한계를 넘어 각성할 수 있는 존재는 결국 선택받은 소수에 불과하니까.

"그럼 누구를……."

달칵.

"뭐야, 웬일로 방에 있네?"

문이 열리며 붉은 머리칼의 여인이 들어왔다.

"야, 이번에 영등포에서 나타난 몬스……."

"연주야."

"어?"

강우는 차연주의 어깨를 붙잡으며, 진지한 눈빛을 그녀에게 향했다.

"뭐, 뭐야?"

차연주는 발그레 뺨을 붉히며 뒷걸음질 쳤다.

강우는 낮게 가라앉은 목소리로 말을 이었다.

"빛의 은총을 받아볼 생각 없니?"

"……뭐?"

뭔 개소리야?

· 10장 ·
영혼의 동반자

"……네 화신이 되라고?"

강우를 통해 간단한 설명을 들은 차연주는 헛웃음을 흘리며 물었다.

강우는 가볍게 고개를 끄덕였다.

"그래."

에키드나, 할키온 등 다른 후보들도 머리를 스쳤지만 차연주야말로 가장 화신으로 선택하기 적절한 인재였다.

'일단 연주도 어디서 꿀리는 실력은 아니니까.'

자유자재로 쇠사슬을 다루는 그녀의 능력은 근거리, 중거리, 원거리를 가리지 않고 적절한 대처가 가능했다.

'사실 무기의 범용성만 따지면 연주를 따라가긴 힘들지.'

쇠사슬이라는 독특한 무기는 사용하는 이가 적은 만큼 대처하기도, 대응하기도 어려운 무기였다. 특히 검이나 창과 같은 일반적인 냉병기에 비해 대량 살상이 편리하다는 것도 장점이었다.

'지금 몬스터의 이상 증식 현상을 막기 위해서는 아무래도 빠르게 몬스터들을 쓸어버릴 수 있는 무기가 필요하니까.'

베히모스의 뿔로 만들어져 신살(神殺)의 힘이 섞인 쇠사슬에 신격의 힘까지 곁들어지게 된다면 일반적인 몬스터는 반항 한번 해보지 못하고 쇠사슬에 찢겨 나갈 것이다.

물론, 장점이 확실한 만큼 단점 또한 존재한다.

'일대일은 취약하지.'

차연주의 경지도 경지지만, 쇠사슬이라는 무기 자체가 일대일에서는 불리한 무기였다. 광범위한 공격이 가능한 만큼 쇠사슬 하나하나에 담기는 힘은 약하다. 사방에서 쏟아지는 공격을 대처하지 못하는 낮은 경지의 전사를 상대로는 효과적이겠지만 김시훈급의 전사 앞에서는 무력하게 무너질 것이다.

'상관없지.'

애초에 그녀에게 바라는 것은 강대한 적 하나와 영혼의 막고라를 벌이는 것이 아니었다.

'지금 이상 증식하고 있는 몬스터를 쓸어줄 정도만 되면 돼.'

냉정한 말일 수도 있지만 차연주에게 그 이상을 기대하기는 어려웠다.

그녀가 아무리 노력한다고 해도, 발버둥 친다고 해도 차연주는 김시훈과 같은 경지에 절대 올라설 수 없었다.

영혼의 동반자 309

"……화신이 되면 뭐가 달라지는데?"

"신격을 빌릴 수 있지."

"네 신격을?"

강우는 가볍게 고개를 끄덕였다.

일정량의 신성을 사용해서 버프와 비슷한 축복만 내려줄 수 있는 사도와 달리 화신의 경우 신격 자체를 일부 전달하는 것이 가능했다. 즉, 아무런 대가 없이 신성을 사용할 수 있다는 의미.

"……대가는 뭔데?"

차연주는 긴장에 찬 표정으로 물었다. 화신에 대해 잘 모르는 그녀는 뭔가 큰 대가가 따로 필요하다고 생각한 모양.

'뭐, 아예 아무런 대가가 없는 건 아니니까.'

강우는 피식 웃으며 말을 이었다.

"앞으로 내 영혼의 동반자가 되어야 하겠지."

화신이 된 경우 서로의 컨디션에 직접적인 영향을 받는다.

가이아가 큰 상처를 입었을 때 그녀의 화신인 레이라가 두 눈을 잃고 다리가 움직이지 않았던 것이 그 예였다.

물론 반대로 화신이 큰 상처를 입거나 죽는 경우에도 신에게 영향이 갔다. 신격이 낮은 신은 신격이 격하하거나 소멸까지 할 정도로 큰 영향이.

'뭐, 간단하게 말하면.'

자신이 죽게 되면 그녀 또한 목숨을 잃는다는 것. 말 그대로 '영혼의 동반자'라는 표현을 쓰기에 더없이 적절한 관계였다.

"뭐, 뭐라고?"

차연주가 두 눈을 부릅뜨며 입을 쩍 벌렸다. 당장에라도 폭발할 것처럼 얼굴을 붉히며 그의 정강이를 있는 힘껏 걷어찼다.

까앙!

"아악!"

강우가 지닌 신격에 의해 자연스럽게 신격의 보호가 발동됐고, 차연주의 발길질은 맑은 쇳소리와 함께 튕겨 나갔다.

"이 씨……."

차연주는 발목을 부여잡으며 도끼눈을 날카롭게 떴다.

강우는 어깨를 으쓱거리며 말을 이었다.

"그리고 이게 네가 신격을 얻어야 하는 이유고."

차연주는 입술을 짓씹으며 강우의 시선을 피했다.

고개를 옆으로 돌리며 더듬거리는 목소리로 물었다.

"그, 그 대가가 네 동반…… 자가 되는 거라고?"

"그래."

강우는 망설임 없이 고개를 끄덕였다.

신과 화신의 관계는 악마로 치면 권속과 같은 것. 사실 동반자라는 표현보다는 주종 관계가 더 적합하지만 그렇다고 해서 그녀에게 자신의 종이 되라고는 말할 수 없었다.

"이, 이 비열한 자식!"

차연주는 굳게 주먹을 쥐며 몸을 떨었다.

"쓰레기라고는 생각하고는 생각하고 있었지만…… 서, 설마 이런 짓까지……."

팔을 교차해 가슴을 가리며 몸을 웅크렸다. 분하다는 듯 눈을 치켜뜨며 강우를 쏘아보았다.

그런 그녀의 반응에 오히려 당황한 것은 강우였다.

"……예?"

무슨 소리세요?

"이, 이 개새끼! 야발새끼!"

아니, 내가 뭘 잘못했다고. 화신시켜 준다니까? 신격을 그냥 준다니까?

"벼, 변태 새끼! 서, 설아랑 리리스도 모자라서 나, 나까지……!"

"아니."

아까부터 뭔 개소리세요.

"흐, 흥! 처음부터 이럴 줄 알았다고!"

뭘 알아.

"이, 이 나쁜 놈!!"

철썩.

차연주가 입고 있던 외투를 강우에게 집어 던졌다.

강우는 얼굴에 맞고 스르륵 내려가는 외투를 손으로 잡으며, 이보다 더 어처구니없을 수 없다는 표정을 지었다.

'얘 왜 그러는 거야?'

화신이 되는 게 그렇게 싫었나?

"후우, 후우."

차연주는 가슴에 손을 올리며 깊게 심호흡했다.

꿀꺽, 침을 삼키더니.

"……알았어."

조용히 고개를 끄덕였다.

두 눈을 질끈 감으며 입고 있던 티셔츠를.

"……어?"

조금씩 들어 올리기 시작했다.

'뭐야.'

왜 갑자기 옷을 벗는 거야.

강우는 혼란스러운 표정으로 차연주를 바라보았다.

"……아."

머지않아 그녀가 무엇을 착각하고 있는지 깨달을 수 있었다.

'아니.'

대체 날 뭐라고 생각하는 거야?

마치 레이라가 좋아할 것 같은 만화에서나 등장할 법한 전개에 강우는 헛웃음을 흘렸다.

'영혼의 동반자라는 표현이 좀 문제가 있긴 하네.'

전혀, 눈곱만큼도 그런 의도가 없었기 때문에 별로 신경을 쓰지는 않았지만 되짚어 생각해 보니 착각할 만하다는 생각이 들었다.

"흐윽…… 나, 나쁜 자식."

차연주는 한 줄기 눈물까지 흘리며 천천히 옷을 들췄다.

굉장히 분해하는 것과는 별개로 어째서인지 그녀의 얼굴은 숨길 수 없는 기대감에 부풀어 올라 있었다.

'음.'

영혼의 동반자

언제쯤 말려야 하는 거지.

폭주하는 차연주를 말려야겠다는 생각이 들었지만, 섣부르게 입을 여는 것이 망설여졌다.

그 이유는 굳이 말할 것도 없다.

강우는 깊게 가라앉은 눈빛으로 차연주를 바라보았다.

굳게 주먹을 쥐었다.

'그냥 바로 말리기에는……'

상황이 너무 재밌잖아.

'그치? 내가 이상한 거 아니지?'

이거 재밌는 상황 맞지? 가만히 있을 수 없는 상황 맞지?

강우는 히죽히죽 올라가려는 입가를 필사적으로 내렸다.

"으, 으으."

차연주는 허리 근처에서 더 이상 옷을 올리지 못한 채 가늘게 몸을 떨고 있었다.

강우는 자리에서 몸을 일으키며 그녀에게 다가갔다.

천천히 손을 뻗어 차연주의 뺨에 손을 대었다.

"흐읏!"

차연주는 흠칫 몸을 떨었다.

눈물이 그렁그렁 맺힌 눈으로 한껏 강우를 노려보더니.

"오, 오늘 일은 잊지 않을 거야."

이내 눈을 질끈 감으며 입술을 내밀었다.

'아, 아아.'

짜릿한 전율이 몸을 달린다. 찌릿찌릿 피부가 떨렸다.

흥분에 찬 숨을 토해낸다.

'어떻게.'

진짜 어떻게야 할까.

'존나 재밌어.'

멈춰야 한다는 생각이 잠시 머리를 스쳤지만, 몸이 그를 거부하고 자연스럽게 움직였다.

강우는 방긋 미소를 지었다. 그녀의 뺨에 댄 손으로 천천히 목덜미를 덮으며 얼굴을 기울였다.

"흐, 흐으으."

차연주는 눈을 감은 채 파르르 몸을 떨었다.

강우는 그런 그녀의 귓가에 입을 가져다 댄 후 나지막한 목소리로 말했다.

"걱정하지 마. 잊고 싶어도…… 잊을 수 없는 추억을 만들어 줄 테니까."

딱, 딱, 딱.

차연주의 입에서 이가 부딪히는 소리가 흘러나왔다.

그녀는 질끈 눈을 감은 채, 서러운 목소리로 흐느꼈다.

"……이, 멍청한 새끼. 왜, 왜…… 이렇게 억지로."

투명한 눈물 한 방울이 그녀의 뺨을 타고 흘러내렸다.

"굳이 이러지 않아도…… 제대로, 고백해 줬다면……."

슬픔이 가득한 목소리로 중얼거렸다.

강우는 눈물을 흘리고 있는 차연주를 내려다보았다.

낮은 목소리로 명령하듯 말했다.

"그럼, 침대에 누워."

"……."

"화신의 의식을 거행할 거야."

"의, 의식은 개뿔…… 이 나쁜 새끼."

차연주는 들쳐 올리던 옷을 마저 벗으려고 했다.

강우는 그녀의 팔을 잡아끌며 고개를 저었다.

"……뭐, 네가 벗기고 싶다 이거야?"

차연주는 도끼눈을 뜨며 강우를 쳐려본 후 같잖다는 듯 코웃음을 치며 침대에 걸터앉았다.

"흥, 우리 강우 많이 컸죠~? 응? 만년 동정 새끼가 아주 이젠 선수가 되셨어?"

차연주는 짐짓 여유를 부리며 말했다.

하지만 그녀의 팔과 다리에서는 숨길 수 없는 떨림이 보이고 있었다.

강우는 아무런 대답을 하지 않은 채 차연주를 향해 다가갔다.

"뭐, 뭐?"

차연주는 꿀꺽 침을 삼키며 그를 올려다보았다.

강우는 차연주의 어깨를 잡아 침대에 밀쳤다.

"꺄악!"

"……."

"무, 무슨 짓이야?"

"자, 이제…… 위대한 광휘의 신에게 몸을 바치겠다고 맹세해."

"뭐, 뭐라고?"

차연주는 기겁한 표정으로 강우를 올려다보았다.

"그, 그건 또 무슨 미친 플레이인데……."

"말하지 않으면 화신으로 만들 수 없다니까?"

"이익! 어, 언제까지 그런 헛소리를!"

차연주는 발끈한 표정으로 강우를 노려보더니, 이내 깊은 한숨을 내쉬며 입을 열었다.

"위, 위대한…… 광휘의 신에게…… 모, 몸을 바치겠습니다."

"더 크게."

"위, 위대한! 광휘의 신에게!"

"더 크게 외쳐!!"

"위대하안!! 광휘의 신에게에!! 이 몸을 바치겠습니다아아아아!!"

"그렇지!"

강우는 딱 손가락을 튕기며 고개를 끄덕였다.

차연주는 순식간에 개판이 된 분위기에 아연한 표정으로 강우를 바라보았다.

강우는 실실 웃으며 말을 이었다.

"자, 이제 그러면 귀여운 목소리로 '오빠'라고 불러봐 봐."

"오, 오빠."

"귀여운 목소리로!"

"……오, 오~빠앙."

"푸흡, 푸헤헤헤헤헤헿!!!"

더 이상 참을 수 없었다.

영혼의 동반자

강우는 배를 부여잡으며 데굴데굴 바닥을 굴렀다.

"……."

차연주는 차갑게 식은 표정으로 바닥을 구르고 있는 강우를 내려다보았다.

위대한 광휘의 신 어쩌고 할 때부터.

무언가 불길한 예감이 그녀의 등골을 타고 퍼졌다.

"……야."

"푸헤헤헤헿!!"

"너, 씨발, 설마."

"아하하하!! 크흐흐흑."

"아니지? 씨, 씨발 아니지? 너 신격을 미끼로 나랑 하려고 했던 거 맞지? 그치? 구라 친 거 아니지?"

"크흑, 끄으으윽, '제, 제대로 고백해 줬다면……'이라니. 푸흡! 왜, 제대로 고백해 줄까?"

강우는 빙글 몸을 돌리며 활짝 웃었다.

"응, 구라 친 거 맞아."

깔깔깔.

'아.'

너무 재밌어. 세상에서 제일 재밌어!

와자창!! 콰드드득, 쿵!

창문이 박살 나고, 방 안의 물건이 허공을 난다.

"야 이 개새끼야아아아아아아!!"

붉게 충혈된 눈으로 날뛰는 암사자가 포효를 내질렀다.

촤르륵.

붉은 가시가 달린 쇠사슬이 강우를 후려쳤다.

빠악!

신살(神殺)의 힘이 담긴 쇠사슬이기 때문일까.

신격이 아직 없음에도 차연주의 공격은 강우의 신격의 보호를 뚫고 옷을 찢었다.

강우의 몸이 공깃돌처럼 이리저리 튕기며 벽에 부딪혔다.

"커헉!"

강우는 몸을 후려치는 쇠사슬의 통증에 침음을 흘렸다.

'괜히 무기를 만들어줬나.'

베히모스의 뿔로 만들어진 쇠사슬은 신격의 보호를 뚫으며 차곡차곡 상처를 늘려가고 있었다.

물론 막으려면 얼마든지 막을 수 있는 공격이었지만.

"허어엉!! 이, 이 나쁜 새끼!! 개호로새끼!!!"

펑펑 눈물을 흘리며 쇠사슬을 휘두르는 차연주를 보고 공격을 막기는 어려웠다.

"흐윽! 허어어엉!"

차연주는 이보다 더 서러울 수 없다는 듯 눈물을 흘렸다.

강우는 그녀의 쇠사슬에 묶여 이리저리 날아가면서도 침착한 표정으로 그녀를 살폈다.

'음.'

좆된 것 같은데.

'너무 심했나?'

가벼운 마음으로 장난을 치려 했던 것이 뭔가 심각하게 흘러가고 있는 것 같았다.

이미 장난이라고 넘어가기에 선을 많이 넘은 기분이었다.

'하지만…… 어쩔 수 없었는걸.'

대체 그 상황에서 어떻게 해야 했단 말인가.

'난 아무 잘못 없어.'

누구라도 같은 상황이라면 자신과 같은 장난을 쳤을 거라 맹세할 수 있었다.

뻐어억!

"쿨럭! 쿨럭!"

정타로 들어온 쇠사슬이 턱을 후려쳤다.

이번에는 좀 아팠는지 강우는 턱을 부여잡으며 거친 숨을 몰아쉬었다.

"허억, 허억."

차연주는 거친 숨을 몰아쉬며 공격을 멈췄다.

"미안."

"닥쳐!!"

"내가 잘못했다니깐."

"닥치라고!! 듣기 싫어 이 새끼야!!"

차연주는 새빨갛게 타오르는 얼굴로 울부짖었다.

그녀는 사납게 이를 드러내며 강우를 향해 달려들었다.

눈가에 눈물을 한껏 머금은 채 사슬을 들어 올렸다.

"가만두지…… 않을 거야."

차연주의 눈이 붉게 충혈됐다.

암사자의 붉은 눈이 자신을 향하자, 강우는 본능적으로 움찔 몸을 떨었다.

촤르르르륵!

차연주의 쇠사슬이 마치 살아 있는 뱀처럼 강우의 몸을 옥죄기 시작했다.

'음.'

강우는 자신의 몸을 결박하는 차연주를 바라보며 잠깐 난처하다는 표정을 지었다.

'그냥 힘으로 풀어버릴까.'

아직 화신의 의식도 거행하지 않은 차연주는 신격조차 없는 일반 플레이어 불과했다.

쇠사슬을 힘으로 끊어내는 것 정도는 아주 간단한 일이었다.

아니, 설사 그녀가 자신의 화신이 된다고 해도 그가 이 쇠사슬을 못 끊어내는 일은 없을 것이다.

'하지만……'

강우는 쇠사슬에 묶인 채 차연주를 올려다보았다.

"씨익, 씨익. 가, 가만두지 않을 거라고."

그녀는 수치심과 분노가 뒤섞인 복잡한 표정으로 거친 숨을 내뿜고 있었다.

쇠사슬로 결박한 강우의 위에 올라탄 그녀는 꿀꺽 침을 삼키고는 가늘게 몸을 떨기 시작했다.

막상 올라타기는 올라탔는데 이제부터 뭘 해야 할지 알 수 없다는 듯한 얼굴.

시선을 이리저리 피하는 모습이 퍽 귀엽게 느껴졌다.

강우의 입가에 흐뭇한 미소가 지어졌다.

'조금만 더 내버려 둘까.'

뭔가 더 재밌는 장면을 건질 것 같은데.

방금 전 꽤나 즐겼다고 생각했지만 얼굴을 빨갛게 붉힌 채 우물쭈물거리는 차연주의 모습을 보니 사실은 아직 부족한 게 아니었을까, 하는 생각이 머리를 스쳤다.

'조금만…… 진짜 조금만 더…….'

욕망은 그 무엇보다 강렬한 마약이었다.

강우는 기대감에 부푼 눈빛으로 가만히 쇠사슬에 결박당한 채 차연주를 올려다보았다.

"가, 가만두지 않을 거라고!"

차연주는 막상 강우가 순순히 결박당해 버리자 뭘 어떻게 해야 할지 모르겠다는 듯 초조한 표정으로 입술을 깨물었다.

"가만두지 않을 거라는 말밖에 못 해?"

"이, 이익!"

차연주의 이마에 굵은 힘줄이 돋았다.

주먹의 힘을 가득 주고 강우의 머리를 한 대 후려치려는 듯 들어 올렸다.

하지만.

"……."

짧은 침묵이 흘렀다.

"흑, 흐윽."

뚝뚝. 차연주의 눈에서 떨어진 눈물이 강우의 뺨에 떨어졌다.

"이, 나쁜, 놈."

그녀의 주먹이 투닥투닥 강우의 가슴을 때렸다.

때린다기보다 투정을 부리는 것 같은 주먹질.

가늘게 떨리는 어깨가 뭔가 애처롭게 느껴졌다.

'음.'

강우의 표정에 죄책감이 서렸다.

'너무 심하긴 했네.'

눈물을 흘리는 차연주의 모습을 보니 괜스레 마음이 약해졌다.

강우는 그녀의 팔을 잡으며 낮은 목소리로 말했다.

"미안해."

진심이 담긴 그의 목소리에 차연주의 주먹이 멈췄다.

그녀는 눈가를 쓱쓱 닦으며 찌릿 그를 노려보았다.

"……진짜 다음에 또 그러면 뜯어버릴 거야."

뭘요.

"하하. 명심하겠습니다."

강우는 환한 미소를 지으며 고개를 끄덕였다.

'한동안은 자중해야겠네.'

아무리 그렇다고 해도 차연주의 이런 모습을 보고 죄책감을 느끼지 않을 수 없었다.

"그나저나."

강우는 고개를 돌려 지금 자신의 모습을 내려다보았다.

"이제 슬슬 풀어주지 않을래?"

"어?"

그제야 차연주는 지금 자신의 모습을 확인했다.

사슬에 속박당한 강우와 그 위에 올라탄 자신. 아무리 좋게 쳐준다고 해도 이상하게 보일 수밖에 없는 구도였다.

"이, 이 변태 자식!"

찰싹.

차연주는 얼굴을 확 붉히며 강우의 뺨을 쳤다.

"아니, 네가 묶은 거잖아."

"어, 어쨌든!"

차연주는 괜히 부끄러운지 버럭 소리치며 몸을 일으키려고 했다.

그때.

달칵.

방문이 열렸다.

"저…… 큰 소리가 들렸는데. 무, 무슨 일 있으세요?"

방문을 열고 한설아가 들어왔다.

"……어?"

방 안의 모습을 본 한설아는 두 눈을 부릅떴다.

쇠사슬의 결박당한 채 누워 있는 강우와, 그 위에 올라탄 차연주의 모습을 보았으니 경악을 하지 않을 수 없는 노릇.

"임, 자……?"

경악을 한 것은 강우 또한 마찬가지.

지금 자신들의 모습이 어떻게 그녀에게 비칠지 상상하는 것은 어렵지 않았다.

'야, 잠깐만.'

진짜 좆된 거 아니야?

'뭐야, 이거 뭐냐고.'

인간의 욕심은 끝이 없고, 같은 실수를 반복한다고 했던가.

조금만 더 차연주를 놀려주겠다는 생각이 이런 미친 상황을 만들어낼 줄은 생각지도 못했다.

"강우, 씨? 이게…… 무슨, 일, 이에요?"

한설아의 눈에 초점이 사라졌다.

상냥한 빛으로 빛나던 그녀의 눈이 마치 시체의 눈처럼 어둡게 변했다.

'어, 어어어어어, 씨바, 잠깐만.'

어떻게 하지?

'진짜 어떻게 하지?'

머릿속이 뒤죽박죽 엉켰다.

새하얀 백지가 된 듯 머릿속이 하얗게 불탔다.

"서, 설아야!"

"연주야. 무슨 일인지…… 설명을 좀, 해주면, 안, 돼?"

영혼의 동반자

"그, 그게……."

차연주 또한 갑작스럽게 방에 난입한 한설아를 바라보며 어버버한 표정으로 몸을 떨었다. 만약 만화였다면 그녀의 눈이 뱅글뱅글 돌아가는 듯한 연출이 있었을 것이다.

고민을 이어가던 차연주가 손가락으로 강우를 가리키며 외쳤다.

"가, 강우가 부탁한 거야!"

"뭐?"

이년이?

"강우가 묶인 채 해보는 것에 흥미가 있다고 해서! 도와주고 있던 것뿐이라고!"

야 이년아 그게 무슨 개소리야.

아무리 당황스럽다고 해도 생각이라는 걸 좀 해봐.

그런 말도 안 되는 변명이 통할 리가 없잖아.

"……강우 씨가, 묶인 채 하는 것에 흥미가 있으시다고?"

어?

"그, 그게 정말이니?"

"응, 응! 언젠가 설아 너랑 있을 때 꼭 한번 해보고 싶다고 미리 느낌만 알려준 거라고!"

"어, 어머나."

뭐야. 이게 왜 통하는 거야.

"강우 씨…… 그러셨던 거라면 그냥 제게 말해주셨어도……."

한설아는 뺨을 붉히며 몸을 배배 꼬았다.

'아니, 임자······.'

머리라도 다쳤어······?

'왜 저런 말도 안 되는 변명으로 넘어가려고 하는 거야.'

강우는 어처구니없다는 표정으로 한설아를 바라보았다.

히죽히죽 입가를 올리면서 무언가를 상상하는 한설아의 모습에, 어렵지 않게 해답을 찾아낼 수 있었다.

'······욕망에 집어삼켜진 건가.'

흔히 성욕에 불타 판단력을 잃어버리는 남자를 보며 하반신으로 생각한다고 표현하지 않는가.

지금 한설아의 상황은 딱 그 표현대로였다.

차연주와 강우가 의미심장한 자세로 있었다는 사실보다, 속박 플레이에 대한 욕망이 더욱 커져 버린 것.

아니, 어쩌면 강우 위에 올라탄 대상이 차연주였기 때문일 수도 있다.

그녀의 광적인 집착은 피아(彼我)를 구분하지 않고 무조건적으로 발동하는 것은 아니었다. 그녀의 광기의 근원은 강우와의 '단절'. 다른 존재가 강우를 뺏어가 영영 그와 만나지 못하는 것을 극도로 두려워하기 때문에 그러한 광기를 보여주는 것이다. 그런 의미에서 리리스나 차연주의 경우 만에 하나 강우와 맺어진다고 해도 그를 자신에게서 영영 빼앗아 가는 것은 아니라는 신뢰가 있었다.

즉. 차연주나 리리스까지는 어느 정도 한설아의 허용 범위라는 의미.

'그렇지? 그런 거 맞지?'

나중에 갑자기 뭐 나누자고 그러는 거 아니지?

강우는 간절한 표정으로 한설아를 바라보았다.

카앙.

몸을 묶고 있던 쇠사슬을 가볍게 박살 내고 일어선 강우는 한설아의 두 손을 잡으며 말을 이었다.

"오해야, 임자. 지금 이렇게 된 건······."

"아니에요, 강우 씨."

뭐가 아니야.

"굳이 숨기려 하실 필요 없어요."

안 숨겼어.

"저는······ 강우 씨의 모든 걸 받아줄 수 있는걸요."

그냥 임자가 하고 싶어서 그런 거잖아.

"헤헤."

한설이기 매시시 웃으며 강우의 입술에 입을 맞췄다.

"그러면 전 마저 식사 준비하러 가볼게요."

콧노래를 흥얼거리며 몸을 빙글 돌리다가.

"아, 참."

무언가 생각났다는 듯. 고개를 돌렸다.

"연주야."

"으, 응?"

차연주를 향해 사뿐사뿐 다가간 설아는 차연주를 살며시 끌어안았다.

귓가에 가까이 입을 가져다 대고, 속삭이듯 말을 이었다.

"너무…… 붙어 있는 건 안 돼?"

차연주의 얼굴이 창백하게 질렸다.

한설아는 입가를 손으로 가린 채 호호 웃더니 다시금 몸을 돌렸다.

"그럼 두 분 모두 한 30분 정도 있다가 식사하러 나오세요."

흥얼흥얼 콧노래를 흘리며 방문을 나섰다.

"저기 임……."

"사슬은, 무슨 색이 좋을까."

쾅.

한설아의 마지막 중얼거림을 끝으로 문이 닫혔다.

강우는 방문을 향해 손을 뻗은 채 딱딱하게 굳었다.

"……."

"……."

두 남녀의 시선이 교차했다.

차연주는 어, 음, 어…… 하며 말을 흐리더니.

"그래서, 화신이 되는 건 어떻게 해야 하는데?"

말을 돌렸다.

강우는 머리칼을 쥐어뜯으며 고개를 숙였다.

'……시바.'

조졌다.

"……저기, 여보세요?"

"……."

영혼의 동반자 329

"오강우 씨?"

"……."

"야, 오강우."

"……."

"오강우 이 새끼야!"

따악!

차연주의 손이 강우의 뒤통수를 후려쳤다.

"아악!"

손바닥에 전해지는 아찔한 반탄력에 차연주는 손을 부여잡고 비명을 터뜨렸다.

"아이씨, 진짜 이게 무슨 개사기 같은 힘이야."

신격이라는 것이 얼마나 대단한 힘인지 다시금 느껴졌다.

솔직히, 화신이 되어 신격을 얻는 것이 욕심이 나지 않는다면 거짓말일 것이다.

'지금의 나는…… 할 수 있는 게 많지 않으니까.'

평소 수련을 게을리하지는 않았지만, 아무리 노력한다고 해서 김시훈이나 발록과 같은 경지에 도달할 수는 없다는 사실을 잘 알고 있었다. 억울하고 화나는 일이지만 '재능'이라는 벽은 다가갈 수 없을 정도로 아득했다.

'내가 이런 고민을 하게 되는 일이 오다니.'

차연주의 입에서 실소가 흘러나왔다.

그녀는 1차 각성에서 S랭크 특성을 획득한, 플레이어 사이에서는 따를 자가 없다는 '재능충'이었다.

아마 지금 그녀가 김시훈에게 느끼는 아득함처럼 다른 플레이어도 그녀를 보며 차갑기 그지없는 재능의 벽을 느꼈을 것이다.

'우물 안 개구리였던 거지.'

강우와 김시훈과 같은 강자를 보면 자신이 지니고 있는 재능이라는 것이 얼마나 초라한지 알고 싶지 않아도 알게 된다.

'그 둘이 단순히 재능으로 그 힘을 얻은 건 아니라고 알고 있지만.'

김시훈은 정신이 나갔다고밖에 표현할 수 없는 극한의 수련을 매일 반복하고 있고, 강우는 만 년이라는 아득한 세월을 살아남기 위해 발버둥 쳤다. 그런 그들을 단순히 재능이 많기 때문에 강해졌다고 말하는 것은 모욕이나 다름없으리라.

'그래도 신격을 얻을 수 있다면.'

조금이라도 그들에게 한 걸음 다가갈 수 있다면. 지금 이 어깨를 짓누르는 무력감에서 조금 해방될 수 있을 것 같다는 생각이 들었다.

'그리고.'

크흠.

차연주는 살짝 헛기침을 하며 강우를 바라보았다.

강우는 아직 방금 전의 충격에서 헤어 나오지 못한 듯, 머리를 움켜쥔 채 혼란에 빠져 있었다.

실없기 짝이 없는 모습이었지만. 어째서인지 그런 그의 모습이 나쁘지 않게 느껴졌다.

'화, 화신이라면 뭐…… 그 막 영혼이 연결되고 그런 건가.'
레이라를 떠올리며 몸을 배배 꼰다.
그러더니 갑자기 찌릿, 강우를 째려본다.
'이 씨, 그렇게 말하면 되지 괜히 영혼의 동반자니 뭐니 헛소리를 지껄여서…….'
방금 전의 일이 떠올라 순간적으로 열이 뻗쳐올랐다.
'뭐, 어쨌든.'
그것도 잠시, 차연주의 입가에 헤실헤실 미소가 지어졌다.
'화신이 되면…… 좀 더 가까이 지낼 수 있다는 거네.'
머릿속에 떠오른 생각에 목덜미가 뜨겁게 달아올랐다. 싱글벙글 위로 올라가려는 입꼬리를 내리기가 어려웠다.
"이, 이 씨발!"
히죽히죽 입가를 올리던 차연주가 화들짝 놀라며 뒷걸음질쳤다.
자신의 입을 가리며 부릅뜬 눈으로 강우를 바라보았다.
'내가 미쳤지, 미쳤어!'
저런 능구렁이 변태 동정 새끼와 가까이 지낼 수 있다는 것에 기뻐하다니!
'차연주, 너 그런 여자 아니다. 방금 전에도 그렇게 당했잖아.'
그녀는 어째서인지 자신의 의지와는 상관없는 방향으로 반응하는 몸을 향해 머릿속으로 혼잣말을 되뇌었다.
"후우, 후우."
깊게 심호흡을 하며 떨리는 마음을 다스렸다.

두 팔로 자신의 몸을 끌어안으며 살짝 허리를 숙였다.

"……뭐 하냐?"

차연주의 입에서 튀어나온 욕설에 정신을 차렸는지 강우가 떨떠름한 표정으로 그녀를 바라보았다.

차연주의 이마에 굵은 힘줄이 돋았다.

"그게 네가 할 소리냐?"

강우는 굳게 입을 다물었다.

방금 전 머리칼을 쥐어뜯으며 혼란에 빠진 전적이 있었기 때문에 뭐라 할 말이 없었다.

'임자 일은…… 일단 나중에 생각하자.'

사슬의 색을 고민하는 한설아의 모습에 소름이 돋기는 했으나, 지금 가서 아무리 사정을 설명한다고 해서 뭐가 해결될 것 같지는 않았다.

'임자의 욕망이 조금 누그러들길 기다려야지.'

그전에 괜히 손을 쓰다가 사건이 더욱 커질 위험성도 있었다.

"하아. 일단 다시 본론으로 좀 돌아오자."

강우는 짧은 한숨을 내쉬며 차연주를 향해 고개를 돌렸다.

"……그 화신이라는 건 어떻게 되는 건데."

차연주는 입술을 삐쭉 내밀며 물었다.

"또 의식이 뭐니 하는 헛소리하면 죽여 버릴 거야."

"하하하."

강우는 방금 전의 기억이 떠올랐는지 가볍게 웃음을 터뜨렸다.

"뭐, 너는 딱히 할 것 없어. 그냥 내 힘에 저항하지 않고 받아들이면 돼."

"……그게 끝이야?"

"신체가 화신으로 바뀌면서 의식을 잃을 수도 있지만…… 아이리스처럼 한 달 넘게 누워 있고 그렇지는 않을 거야."

아이리스의 경우 티탄의 율법의 제약이 남아 있던 시절에 화신이 되었기 때문에 시간이 오래 걸렸지만, 지금 신들을 억압하는 제약이 사라진 이상 화신을 만드는 데 그다지 오랜 시간이 필요하지 않았다.

"근데 굳이 날 왜 화신으로 선택한 거야? 신격이 없는 애들은 여럿 있잖아."

차연주가 가늘게 뜬 눈으로 물었다.

강우는 솔직하게 말할까 말까 잠시 고민에 잠겼다.

'네가 절대 자력으로 신격을 얻지 못하기 때문, 이라고 말하는 건 좀 그렇지.'

사실 그 이유만 있는 건 아니다.

자력으로 신격을 얻을 가능성이 없는 것은 비단 그녀만이 아니다. 에키드나도, 할키온도, 발자하크도, 리리스도 자력으로 신격을 얻을 가능성은 제로에 가까웠다.

그럼에도 그녀를 화신으로 선택한 이유는.

"널 믿으니까."

"……뭐?"

"단순히 신격을 주기 위해서만 화신을 만드는 건 아니야."

"그, 그럼?"

"지금 지구에도 광휘교가 조금씩 퍼지고 있는 건 너도 알지?"

"……응. 들은 적 있어."

"네가 그들을 통솔해 줬으면 좋겠어."

차연주는 이래 보여도 타고난 리더의 기질을 지니고 있었다. 그렇지 않았다면 아무리 높은 등급의 특성을 타고났다고 해도 레드로즈 길드처럼 거대 길드를 만들 수는 없었을 것이다.

"……그러면 차라리 리리스가 더 낫지 않아?"

"아니. 리리스는 굉장히 유능하긴 하지만, 리더는 아니야."

한 집단의 리더라는 것은, 굳이 충성을 강요하지 않아도 자연스럽게 그 매력에 이끌리게 만들어야 한다. 충성이라는 것은 강요가 되는 순간 가장 추잡해지는 감정이었으니까.

'이건 타고나야지.'

리더의 매력이라는 것은 무공으로 치면 천골이니 무골이니 하는 것과 비슷한 것이다. 타고나지 않으면 얻을 방법이 없다.

"그, 그래? 흐응. 헤헤. 내가 좀 유능하긴 하지."

차연주는 강우의 칭찬이 기분 좋은지 헤실헤실 웃으며 어깨를 으쓱였다.

그것도 잠시, 그녀의 표정이 거칠게 일그러졌다.

"……야, 그러면 나도 아이리스처럼 오멘 어쩌고 하면서 개지랄해야 하는 거야?"

"필요하다면 그래야겠지."

"싫은데."

영혼의 동반자 335

"싫으면 시집가던가."

"진짜 뒤지고 싶냐."

"죄송합니다."

만 년 전쯤에는 먹혔을 개그였는데…….

"하아. 내가 왜 너 같은 새낄 찬양해야 하는 거냐고."

"강요는 안 할게."

화신이 필요하긴 하지만, 싫다는 사람을 억지로 붙잡고 화신으로 만들 생각은 없었다.

차연주는 잘근잘근 입술을 깨물었다.

짧은 욕지기를 중얼거리더니 이내 의자에 풀썩 앉았다.

"……할게. 하면 되잖아."

강우는 방긋 웃었다.

"믿고 있었어."

차연주는 영 마음에 들지 않는다는 듯 고개를 홱 돌렸다.

강우는 씩 웃으며 그녀에게 다가갔다. 천천히 손을 들어 그녀의 머리 위에 올렸다.

올림푸스에서 들었던 화신의 의식을 머릿속으로 떠올렸다.

"신격(神格)을 걸고 명하노니."

낮은 목소리로 주문을 읊었다.

우우우웅!!

눈을 뜨기 힘들 정도로 강렬한 황금빛이 강우의 몸에서 터질 듯 흘러나왔다.

'오롯한 신성(神聖)만을 끄집어내야 해.'

신성에 마기가 섞이는 순간 차연주의 육체는 악마로 변할 것이다.

'악마가 되는 건…… 피해야겠지.'

악마의 육체는 끝없는 욕망을 불러일으킨다. 그것을 참는 것이 얼마나 고통스러운 일인지 강우 자신이 가장 잘 알고 있었다. 악마에게 욕망을 참으라는 말은. 갈증으로 죽어가는 자에게 눈앞의 물을 마시지 말라고 하는 것이다. 배고픔으로 쓰러진 자에게 눈앞에 차려진 만찬을 먹지 말라고 하는 것이다.

끝없는 갈증과 허기 속에, 서서히 정신은 붕괴된다. 악마로 만들어 버리는 것은 그녀에게 너무도 큰 짐을 짊어지게 만드는 것이다.

"받드는 자여."

몸에서 흘러나오는 황금빛이 차연주의 머리 위에 올린 손에 뭉치기 시작했다.

"나를 대신해 살이 되고, 나를 대신해 피가 되며, 나를 대신해 뼈가 되어라."

우우우우웅!!

"웃……!"

차연주의 몸속으로 강렬한 빛이 스며들기 시작했다.

"하, 으!"

몸 안에서 몰아치는 압도적인 힘의 격류에 차연주는 신음을 흘렸다.

덜덜덜.

몸이 안쪽에서부터 터질 것 같은 공포가 느껴졌다. 외부에서 흘러들어 온 거대한 힘에 자연스럽게 몸이 거부 반응을 일으켰다.

'아니야.'

차연주는 본능적으로 나타나는 거부 반응에 고개를 저었다.

입술을 짓씹으며 굳게 주먹을 쥐었다.

강우는 분명 자신의 힘을 거부하지 말고 받아들이라고 말했다.

'이씨, 말이 쉽지.'

차연주는 대수로울 것 없다는 식으로 말했던 강우를 떠올리며 속으로 욕지기를 내뱉었다.

흘러들어 오는 힘을 거부하지 말라니. 거대한 주사기로 몸 안에 수액을 주사하면서 힘을 전혀 주지 말라고 하는 것과 같다. 힘을 주면 안 된다는 것을 알고 있지만, 어쩔 수 없이 몸이 반응하며 힘이 들어가지 않던가.

"크윽!"

지금이 딱 그러한 경우였다.

그녀의 몸 안에 자리 잡은 마력이 강우에게서 흘러들어 오는 신성의 힘에 저항하기 위해 미친 듯이 발버둥 치고 있었다. 여기서 강우의 신성이 그녀의 마력을 강제로 찍어눌러 굴복시켜 버리면 모든 게 허사로 돌아간다는 것을 본능적으로 느꼈다.

그 사실을 아는지, 강우도 격렬하게 반발하는 그녀의 마력을 강제로 제압하지 않았다.

"후우, 후우."

차연주의 입에서 거친 숨이 흘러나왔다.

'믿는, 거야.'

강우를. 어느새 그녀의 마음속 깊은 곳에 자리 잡은 한 남자를. 믿어야 한다.

"……하."

차연주의 입에서 실소가 흘러나왔다.

막상 그를 믿어야 한다는 생각이 들자마자.

'어렵지…… 않네.'

그녀의 몸은 별다른 저항 없이 그의 신성을 받아들이기 시작했다.

그 이유에 대한 해답은 간단하게 떠올랐지만. 그녀는 콧방귀를 끼며 고개를 저었다.

'내가 저 변태 놈을 처음부터 믿고 있을 리가 없잖아.'

지금 그를 '믿는 척'하는 것은 어디까지나 신격을 얻기 위한 수단일 뿐. 다른 의미는 없었다.

'암암, 그렇고말고.'

차연주는 짐짓 여유로운 표정으로 고개를 끄덕였다.

강우의 손을 통해 흘러들어 온 황금빛이 그녀의 몸 안으로 완전히 들어갔다.

['광휘(???)의 신'의 화신(化神)으로 선택되었습니다.]
[모든 스탯이 큰 폭으로 증가합니다!]

[모든 특성의 등급이 한 단계 격상(格上)합니다!]
['탐식(貪食)의 신격'의 일부를 획득하였습니다.]
[강신(降神)을 사용할 수 있습니다]

"……어?"

눈앞에 떠오른 메시지를 바라보며 차연주가 동그랗게 눈을 떴다.

"야…… 뭐, 뭔가 이상한데?"

"뭐가?"

"그…… 너 광휘의 신 아니었어? 탐식의 신격을 얻었다고 나오는데?"

강우는 굳게 입을 다물었다.

'아.'

씨발 나 탐식의 신이었지.

To Be Continued